21世纪高等学校规划教材｜计算机应用

U0116132

C程序设计基础
（第2版）

李瑞 徐克圣 刘月凡 戚海英 编著

清华大学出版社
北京

内 容 简 介

全书分两篇：第一篇主要介绍 C 语言的基础知识和程序设计思想，内容包括编程思想、C 语言基础知识、C 语言程序设计基础知识、顺序结构程序设计、选择结构程序设计、循环结构程序设计；第二篇以开发实例为主，在设计实例的过程中来学习 C 语言，内容包括数据组织、编程模块化思想、指针、文件、综合设计、实用编程技巧。全书以程序设计为核心，知识覆盖面广，例题多而题型丰富，每章均配有多种题型的习题。

本书的内容循序渐进、结构清晰、层次分明、通俗易懂，讲授的内容少而精，通过大量与 C 语言知识点紧密结合的例题，让读者更好地掌握程序设计方法，强调实践中学习，每章均配有上机实践训练。

本书可以作为高等院校计算机专业本科、专科低年级学生学习计算机语言的入门教材，还可以作为科技人员自学 C 语言的参考书。

图书在版编目（CIP）数据

C 程序设计基础 / 李瑞等编著. —2 版. —北京：清华大学出版社，2011.2
（21 世纪高等学校规划教材·计算机应用）
ISBN 978-7-302-24467-7

Ⅰ. ①C…　Ⅱ. ①李…　Ⅲ. ①C 语言-程序设计-高等学校-教材　Ⅳ. ①TP312

中国版本图书馆 CIP 数据核字（2010）第 264694 号

责任编辑：梁　颖　王冰飞
责任校对：焦丽丽
责任印制：王秀菊

出版发行：清华大学出版社　　　　　　　　　地　　　址：北京清华大学学研大厦 A 座
　　　　　http://www.tup.com.cn　　　　　　邮　　　编：100084
　　　　　社　总　机：010-62770175　　　　邮　　　购：010-62786544
　　　　　投稿与读者服务：010-62795954，jsjjc@tup.tsinghua.edu.cn
　　　　　质　量　反　馈：010-62772015，zhiliang@tup.tsinghua.edu.cn
印　刷　者：北京富博印刷有限公司
装　订　者：北京市密云县京文制本装订厂
经　　　销：全国新华书店
开　　　本：185×260　印　张：19　字　数：457 千字
版　　　次：2008 年 7 月第 1 版　　2011 年 2 月第 2 版　　印　　　次：2011 年 9 月第 2 次印刷
印　　　数：15001～19000
定　　　价：29.50 元

产品编号：039754-01

编审委员会成员

（按地区排序）

清华大学	周立柱	教授
	覃 征	教授
	王建民	教授
	冯建华	教授
	刘 强	副教授
北京大学	杨冬青	教授
	陈 钟	教授
	陈立军	副教授
北京航空航天大学	马殿富	教授
	吴超英	副教授
	姚淑珍	教授
中国人民大学	王 珊	教授
	孟小峰	教授
	陈 红	教授
北京师范大学	周明全	教授
北京交通大学	阮秋琦	教授
	赵 宏	教授
北京信息工程学院	孟庆昌	教授
北京科技大学	杨炳儒	教授
石油大学	陈 明	教授
天津大学	艾德才	教授
复旦大学	吴立德	教授
	吴百锋	教授
	杨卫东	副教授
同济大学	苗夺谦	教授
	徐 安	教授
华东理工大学	邵志清	教授
华东师范大学	杨宗源	教授
	应吉康	教授
东华大学	乐嘉锦	教授
	孙 莉	副教授
浙江大学	吴朝晖	教授
	李善平	教授

扬州大学	李　云	教授
南京大学	骆　斌	教授
	黄　强	副教授
南京航空航天大学	黄志球	教授
	秦小麟	教授
南京理工大学	张功萱	教授
南京邮电学院	朱秀昌	教授
苏州大学	王宜怀	教授
	陈建明	副教授
江苏大学	鲍可进	教授
中国矿业大学	张　艳	副教授
	姜　薇	副教授
武汉大学	何炎祥	教授
华中科技大学	刘乐善	教授
中南财经政法大学	刘腾红	教授
华中师范大学	叶俊民	教授
	郑世珏	教授
	陈　利	教授
江汉大学	颜　彬	教授
国防科技大学	赵克佳	教授
	邹北骥	教授
中南大学	刘卫国	教授
湖南大学	林亚平	教授
西安交通大学	沈钧毅	教授
	齐　勇	教授
长安大学	巨永峰	教授
哈尔滨工业大学	郭茂祖	教授
吉林大学	徐一平	教授
	毕　强	教授
山东大学	孟祥旭	教授
	郝兴伟	教授
中山大学	潘小轰	教授
厦门大学	冯少荣	教授
仰恩大学	张思民	教授
云南大学	刘惟一	教授
电子科技大学	刘乃琦	教授
	罗　蕾	教授
成都理工大学	蔡　淮	教授
	于　春	讲师
西南交通大学	曾华燊	教授

出版说明

　　随着我国改革开放的进一步深化，高等教育也得到了快速发展，各地高校紧密结合地方经济建设发展需要，科学运用市场调节机制，加大了使用信息科学等现代科学技术提升、改造传统学科专业的投入力度，通过教育改革合理调整和配置了教育资源，优化了传统学科专业，积极为地方经济建设输送人才，为我国经济社会的快速、健康和可持续发展以及高等教育自身的改革发展做出了巨大贡献。但是，高等教育质量还需要进一步提高以适应经济社会发展的需要，不少高校的专业设置和结构不尽合理，教师队伍整体素质亟待提高，人才培养模式、教学内容和方法需要进一步转变，学生的实践能力和创新精神亟待加强。

　　教育部一直十分重视高等教育质量工作。2007年1月，教育部下发了《关于实施高等学校本科教学质量与教学改革工程的意见》，计划实施"高等学校本科教学质量与教学改革工程（简称'质量工程'）"，通过专业结构调整、课程教材建设、实践教学改革、教学团队建设等多项内容，进一步深化高等学校教学改革，提高人才培养的能力和水平，更好地满足经济社会发展对高素质人才的需要。在贯彻和落实教育部"质量工程"的过程中，各地高校发挥师资力量强、办学经验丰富、教学资源充裕等优势，对其特色专业及特色课程（群）加以规划、整理和总结，更新教学内容、改革课程体系，建设了一大批内容新、体系新、方法新、手段新的特色课程。在此基础上，经教育部相关教学指导委员会专家的指导和建议，清华大学出版社在多个领域精选各高校的特色课程，分别规划出版系列教材，以配合"质量工程"的实施，满足各高校教学质量和教学改革的需要。

　　为了深入贯彻落实教育部《关于加强高等学校本科教学工作，提高教学质量的若干意见》精神，紧密配合教育部已经启动的"高等学校教学质量与教学改革工程精品课程建设工作"，在有关专家、教授的倡议和有关部门的大力支持下，我们组织并成立了"清华大学出版社教材编审委员会"（以下简称"编委会"），旨在配合教育部制定精品课程教材的出版规划，讨论并实施精品课程教材的编写与出版工作。"编委会"成员皆来自全国各类高等学校教学与科研第一线的骨干教师，其中许多教师为各校相关院、系主管教学的院长或系主任。

　　按照教育部的要求，"编委会"一致认为，精品课程的建设工作从开始就要坚持高标准、严要求，处于一个比较高的起点上；精品课程教材应该能够反映各高校教学改革与课程建设的需要，要有特色风格、有创新性（新体系、新内容、新手段、新思路，教材的内容体系有较高的科学创新、技术创新和理念创新的含量）、先进性（对原有的学科体系有实质性的改革和发展，顺应并符合21世纪教学发展的规律，代表并引领课程发展的趋势和方向）、示范性（教材所体现的课程体系具有较广泛的辐射性和示范性）和一定的前瞻性。教材由个人申报或各校推荐（通过所在高校的"编委会"成员推荐），经"编委会"认真评审，最后由清华大学出版社审定出版。

目前，针对计算机类和电子信息类相关专业成立了两个"编委会"，即"清华大学出版社计算机教材编审委员会"和"清华大学出版社电子信息教材编审委员会"。推出的特色精品教材包括：

（1）21 世纪高等学校规划教材·计算机应用——高等学校各类专业，特别是非计算机专业的计算机应用类教材。

（2）21 世纪高等学校规划教材·计算机科学与技术——高等学校计算机相关专业的教材。

（3）21 世纪高等学校规划教材·电子信息——高等学校电子信息相关专业的教材。

（4）21 世纪高等学校规划教材·软件工程——高等学校软件工程相关专业的教材。

（5）21 世纪高等学校规划教材·信息管理与信息系统。

（6）21 世纪高等学校规划教材·财经管理与计算机应用。

（7）21 世纪高等学校规划教材·电子商务。

清华大学出版社经过二十多年的努力，在教材尤其是计算机和电子信息类专业教材出版方面树立了权威品牌，为我国的高等教育事业做出了重要贡献。清华版教材形成了技术准确、内容严谨的独特风格，这种风格将延续并反映在特色精品教材的建设中。

清华大学出版社教材编审委员会
联系人：魏江江
E-mail:weijj@tup.tsinghua.edu.cn

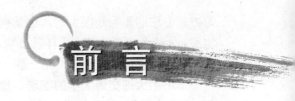

前言

目前绝大多数的 C 程序设计教材都是为了适应早期的教学模式和教学方法而编写的，如今计算机语言教学都在进行教学改革，适用于教学的教材编写风格也必须改革。2008 年我们编写的《C 程序设计基础》已经在许多方面取得了成功的经验并获得大连市科学著作三等奖。本书在上次写作的基础上更加强调把编程实践作为主题，全书分为两篇：第一篇主要介绍 C 语言的基础知识和编程思想；第二篇以开发实例为主，在设计实例的过程中学习 C 语言的特点，全书以设计为核心思想。本书适合高校、高职以及自学人员作为教材之用。

计算机语言程序设计能力和外语一样，对于当今大学生来说是必备的基本技能，而 C 语言程序设计在国内高校中往往是作为大学生学习计算机程序设计的入门课程而设定的，C 语言的开设大都是在 20 世纪 90 年代中期开始的；在开设之初，一直沿用一种传统的理论研究式的教学模式，过于注重计算机语言的语法、语句格式的讲解，没有把计算机语言的目标——编程的逻辑思想放在主体地位上，对学生的编程思想的建立和编程能力训练不够，这样给后续课程的学习和研究留下了隐患。很多学生在学习这门课时感到枯燥难学，而学过之后又不能用来解决实际问题。

我们作为从事计算机基础教学多年的教学团队，在教学中越来越感到原有的教学模式和方法已经不能适用于今天的计算机语言课的教学，通过一线教学工作者长期的教学研究和经验总结，参加有关计算机基础教学研究会议，和其他高校从事计算机基础教学的同行们交流，大家都感到有必要改变我们的课程教学模式，用新的教学理念和方法培养新时代人才。目前，对于 C 语言程序设计课程的课程建设工作，学校给予了高度重视，正在进行精品课的课程建设工作。我们通过反思和学习研究清华大学等院校的改革经验，在精品课的课程建设中，开始研究对 C 语言程序设计课程的教学模式进行改革，以强调动手实践、上机编程为切入点，通过实例讲授程序设计的基本概念和基本方法，重点放在学习编程思路上，要求学生养成良好的编程习惯，在教学过程中注意培养学生的计算机语言的思维能力和编程动手能力，鼓励学生探索、研究和创新。在指导思想上，强调转变观念，以学生为中心，将学生视为教学的主体，安排教学首先要考虑培养目标、学生的认知规律和学习特点。具体的教学改革措施为以下两点：教学模式和方法的改革、学生学习评价体系的改革。

对教学模式的改革：主要是从软的环境上进行改革，包括教学方法、思路、手段的改革，包括转变观念，把强化实践提到一定的高度上予以重视。

对学生学习评价体系的改革：考试是检验学生学习成果的重要环节。考试作为指挥棒对教学目标和教学过程都有重大影响。对于 C 语言课程建设来说，考试改革是调动和激发学生学习积极性和创造性的重要环节。如果对学生的考核是采取上机考核的话，对学生学习方式方法的影响是很大的，也是积极的。作为计算机语言课的学习，只有动手、动脑去实践，才能学到真本事，这样就要求从硬的环境上以及软件的配置上都要加大投入。因此，C 语言程序设计课程建设不是一朝一夕的事情，它是个系统工程，需要逐渐地完成。

　　本书由大连交通大学的李瑞、徐克圣和刘月凡、戚海英编写，第 1、2、3 章由李瑞编写，第 4、7、10 章由刘月凡编写，第 5、8、11 章由戚海英编写，第 6、9、12 章由徐克圣编写，全书由李瑞统稿和审定，戚海英在排版、整理过程中做了许多工作，程亚楠等也参与了本书的一些工作，在此表示感谢。

　　由于作者水平有限，书中难免有疏漏之处，欢迎广大读者批评指正。

作　者
2010 年 10 月

目 录

第一篇　基础篇

第二篇　学习篇

第一篇　基础篇

第1章

编程思想

程序设计通俗地说就是完成一件事情时对步骤的安排。人们平时做每一件事情，其实都使用了程序设计的思想。比如要举行一次会议就要有筹划、安排会议的步骤，这就是程序设计。程序设计思想就是这样的，而计算机程序设计则是指在计算机上完成一件事情的过程。通常人们说完成一件事情，就是解决问题。这里所说的问题，不是平时所说的问题，而是指要解决的一个任务，要完成的一件事情。也就是说，计算机程序设计就是通过计算机解决问题的过程。这里面实际上有两个层面的问题，首先是解决问题的方法和步骤；其次是如何把解决问题的方法和步骤通过计算机实现。要想在计算机上完成这个任务，得用计算机语言来完成，就如同和英国人说话要用英语，和日本人说话要用日语一样，和计算机说话要用计算机语言。

有一个著名的计算机程序设计（以后简称程序设计）的公式：

程序设计 = 算法+数据结构+计算机语言

其实，初学者要想更容易上手的话，可以从算法和计算机语言两个方面来掌握程序设计。也就是说，初学者只要了解算法和计算机语言，就可以进行程序设计工作了。

1.1 程序设计思想

程序设计（programming）是指设计、编制、调试程序的方法和过程。上面已经说过，对于初学者，了解程序设计可以把解决问题的方法与步骤和在计算机上实现这个过程分开来考虑。解决问题的方法与步骤就是人们所说的算法。把算法在计算机上实现也就完成了程序设计的过程。从这个过程来看，算法是程序的核心，是程序设计要完成的任务的"灵魂"。初学者可以只考虑这样的公式：

程序设计=算法+计算机语言

1.1.1 程序设计的基本步骤

程序设计最终要利用计算机来解决问题，完成任务，其基本步骤如下。

（1）设计完成解决问题的方法与步骤，即完成算法设计。

（2）在计算机上用计算机语言把算法中的方法与步骤实现。

（3）调试编辑好的程序。这也是程序设计思想之一，人们完成的程序设计不可能一次成功，就是再天才的人，思维再缜密的人，也不可能保证自己编的程序没有错误。

1.1.2　程序设计的学习方法

　　从程序设计的基本步骤上可以看出，要想学好程序设计，首先要了解和掌握算法的概念，然后再学习一门计算机语言，这样，才可以初步完成在计算机上进行程序设计的工作。本章主要介绍算法的概念和思想。从第 2 章开始详细介绍 C 语言（计算机语言）的基本知识，通过学习并使用 C 语言来完成计算机程序设计的工作。学习计算机语言的最终目的是要进行程序设计，而学习计算机语言的语法、规则的目的是为了更好地掌握计算机语言。

　　目前的计算机语言已经从低级语言发展成为高级语言了，高级语言更方便用户使用，它的源代码都是文本型的，但是，计算机本身只能接受二进制编码的程序，不能直接运行这种文本型的代码，因此需要通过翻译把高级语言源程序代码转换成计算机能识别的二进制代码，这样计算机才能执行，而这个翻译，在这里把它称做编译系统，也可以看成是计算机语言的编程界面。

　　本章接下来首先介绍算法的概念和思想，然后再介绍计算机语言的上机环境，也就是 C 语言的编译系统。目前大家比较喜欢使用的 C 语言编译系统有 Turbo C 和 VC++两种上机环境。Turbo C 简单灵活，适合初学者掌握，VC++是 Windows 系统下的编程环境，界面友好。

1.2　算法

　　算法是解决问题的方法与步骤，比人们平时理解的数学中算法的概念要广义一些。算法是程序的核心，是程序设计要完成的任务的"灵魂"。不论是简单还是复杂的程序，都是由算法组成的。算法不仅构成了程序运行的要素，更是推动程序正确运行、实现程序设计目标的关键。

1.2.1　算法的概念

　　当人们要买东西时，就会先设定目标，然后到合适的商店挑选想要的物品，最后结账、拿发票（收据）、离开商店；当要理发时，就会先到一家理发店与理发师商量好发型，然后理发、结账；当要使用计算机时，就会先打开显示器、开机、输入密码，然后使用。不论人们做什么事情，都有一定的步骤。算法（algorithm），简单来说就是解题的步骤，可以把算法定义成解决某一特定类型问题的任意一种特殊的方法。算法是程序设计的"灵魂"，它独立于任何具体的程序设计语言，一个算法可以用多种编程语言来实现。算法是一组有穷的规则，它们规定了解决某一特定类型问题的一系列运算，是对解题方案准确、完整的描述。在程序设计中，算法要用计算机算法语言描述出来，算法代表用计算机解决某一类问题的精确、有效的方法。

　　【例 1.1】　输入 3 个互不相同的数，求其中的最小值。

　　首先设置一个变量 *min*，用于存放最小值。当输入 *a*、*b*、*c* 3 个不相同的数后，先将 *a* 与 *b* 进行比较，把相对小的数放入 *min*，再把 *c* 与 *min* 进行比较，若 *c* 小于 *min*，则将 *c* 的值放入 *min* 替换 *min* 中的原值，若 *c* 大于 *min*，则 *min* 值保持不变，最后 *min* 中就是 3 个数中的最小值。详细步骤如下。

　　① 先将 *a* 与 *b* 进行比较，若 *a*<*b*，则 *a*→*min*，否则 *b*→*min*；

　　② 再将 *c* 与 *min* 进行比较，若 *c*<*min*，则 *c*→*min*。

　　这样，*min* 中存放的就是 3 个数中的最小值。

　　求解一个给定的、可计算或可解的问题，不同的人可以编写出不同的算法来解决同一个问题。例如计算 1999＋2999＋3999＋…＋9999，也许有的人会选择一个一个加起来，当然也有人会选择（2000–1）＋（3000–1）＋…＋（10000–1）的算法。理论上，不论使用哪种算法，只要逻辑正确并能够得出正确的结论就可以，但是，为了节约时间、运算资源等，当然提倡简单易行的算法。制定一个算法，一般要经过设计、确认、分析、编码、测试、调试、计时等阶段。

　　对算法的研究主要包括 5 个方面的内容。

　　（1）设计算法。算法设计工作的完全自动化是不现实的，算法的设计最终还是要人们自己来完成，应学习和了解已经被实践证明可行的一些基本的算法设计方法，这些基本的设计方法不仅适用于计算机科学，而且适用于电气工程、运筹学等任何算法相关的其他领域。

　　（2）表示算法。算法的类型不同、解决的问题不同、解决问题的步骤不同，表示算法的方法也自然有很多种形式，例如自然语言、图形、算法语言等。这些表示方式各有特色，也分别有适用的环境和特点。

　　（3）认证算法。算法认证其实就是确认这种算法是否能够正确的工作，是否达到解决问题的目的，即确认该算法具有可行性。正确的算法用计算机算法语言描述，构成计算机程序，计算机程序在计算机上运行，得到算法运算的结果。

　　（4）分析算法。对算法进行分析，确认这个算法解决问题所需要的计算时间和存储空间，并对其进行定量分析。对一个算法的分析可以很好地预测一种算法适合的运行环境，从而判断出其适合解决的问题。

　　（5）验证算法。用计算机语言将算法描述出来，进行运行、测试、调试，客观地判断算法的实际应用性、合理性。

1.2.2　算法的特性

　　一个算法应当具有以下 5 方面性质。

　　（1）确定性。与我们日常的行为不同，算法绝对不能有含糊其辞的步骤，像“请把那天的书带来！”，这种无法明确哪一天、哪一本书、带到哪里的语句是不能够出现在算法中的，否则，算法的运行将变得无所适从。算法的每一步都应当是意义明确、毫不模糊的。

　　（2）可行性。算法的基本目的是解决问题，所以要求算法至少是可以运行并能够得到确定的结果的，不能存在违反基本逻辑的步骤。

　　（3）输入。一个算法有 0 个或多个输入，在算法运算开始之前给出算法所需数据的初值，这些输入取自特定的对象集合。

（4）输出。作为算法运算的结果，一个算法产生一个或多个输出，输出是同输入有某种特定关系的量。

（5）有穷性。一个算法应包含有限个操作步骤，而不能是无限的。一个算法总是在执行了有穷步的运算后终止，即该算法是可达的。

满足前4个特性的一组规则不能称为算法，只能称为计算过程。操作系统是计算过程的一个例子，操作系统用来管理计算机资源、控制作业的运行，没有作业运行时，计算过程并不停止，而是处于等待状态。

1.2.3 算法的表示

由于算法的步骤繁简不同、解决的问题不同，算法的表示方法也有许多种，一般可以归纳为以下几种。

1. 自然语言表示

自然语言，简单来说就是人们日常生活中应用的语言。相对于计算机语言来说，自然语言更容易被接受，也更容易学习和表达，但是自然语言往往冗长烦琐，而且容易产生歧义。例如："他看到我很高兴。"便不清楚是他高兴，还是我高兴。尤其是在描述分支、循环算法时，用自然语言十分不方便。所以，除了一些十分简单的算法外，我们一般不采用自然语言来表示算法。

2. 图形表示

用图形表示算法即用一些有特殊意义的几何图形来表示算法的各个步骤和功能。使用图形表示算法是一种很好的方法，因为千言万语不如一张图明了易懂，图形的表示方法比较直观、清晰，易于掌握，有利于检查程序错误，在表达上也克服了产生歧义的可能。一般我们使用得比较多的有传统流程图、N-S 流程图、PAD 流程图等。本书只介绍传统流程图，其他流程图请参看其他程序设计书籍。

传统的流程图一般由图 1.1 所示的几种基本图形组成。

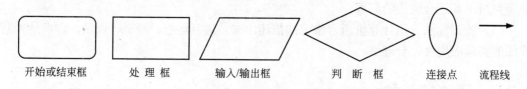

开始或结束框　　　　处 理 框　　　　输入/输出框　　　　判 断 框　　　连接点　　流程线

图 1.1　流程图的基本图形

【例 1.2】 输入两个整数给变量 x 和 y，交换 x 和 y 的值后再输出 x 和 y 的值。

分析：完成本题需要 3 个步骤，首先输入两个整数给 x 和 y；之后交换 x 和 y 的值；最后输出 x 和 y。

根据以上分析，画出程序的流程图（见图 1.2），并根据流程图写出程序：

```
main()
{   int w,x,y;
```

```
printf("请输入两个整数：");
scanf("%d%d",&x,&y);
w=x;
x=y;
y=w;
printf("交换后：x=%dy=%d\n",x,y);
}
```

说明：

① scanf()函数为输入函数，可以用来输入数据；输出数据可以使用 printf()函数。

② 引入第 3 个变量 w，先把变量 x 的值赋给 w，再把变量 y 的值赋给 x，最后把变量 w 的值赋给 y，最终达到交换变量 x 和 y 的值的目的。引入 w 的作用是交换变量 x 和 y 的值。交换 x 和 y 的值不能简单地用 x=y;和 y=x;这两个语句，如果没有把 x 的值保存到其他变量就执行 x=y;语句，把 y 的值赋给 x，将使 x 和 y 具有相同的值，丢失 x 原来的值，也就无法实现两个值的交换。

假如输入 3 和 9，运行程序时，屏幕可能显示如下信息：

请输入两个整数：3　9

交换后：x=9 y=3

【例 1.3】　输入 a、b、c 共 3 个数，把最小的值输出，流程图如图 1.3 所示。

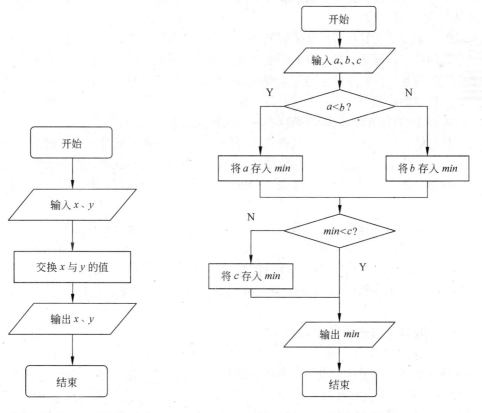

图 1.2　例 1.2 流程图　　　　　　图 1.3　例 1.3 流程图

先将 *a* 与 *b* 进行比较，若 *a*<*b*，则将 *a* 存入 *min*，否则将 *b* 存入 *min*；再将 *c* 与 *min* 进行比较，若 *c*<*min*，则将 *c* 存入 *min*，然后输出 *min*，否则直接输出 *min*。

根据以上几个例子可以看出，使用传统的流程图主要由带箭头的线、文字说明和不同形状的框构成。采用传统的流程图可以清晰直观地反映出整个算法的步骤和每一步的先后顺序。因此，在相当长的一段时间内，传统流程图成为很流行的一种算法描述方式，但是当算法相当复杂，篇幅很长时，使用传统的流程图就会显得费时又费力。随着结构化程序设计思想的推行与发展，渐渐的衍生出 N-S 结构化流程图。

3. 伪代码

伪代码（pseudocode）是一种算法描述语言。使用伪代码的目的是为了使被描述的算法可以容易地以任何一种编程语言（Pascal、C、Java 等）实现。因此，伪代码必须结构清晰、代码简单、可读性好并且类似自然语言。

用各种算法描述方法所描述的同一算法，只要该算法实现的功能不变，就允许在算法的描述和实现方法上有所不同。

1.2.4　算法的复杂度

找到求解一个问题的算法后，接着就是该算法的实现，至于是否可以找到实现的方法，取决于算法的可计算性和计算的复杂度，该问题是否存在求解算法，能否提供算法所需要的时间资源和空间资源。

算法的复杂度是对算法运算所需时间和空间的一种度量。在评价算法性能时，复杂度是一个重要的依据。算法的复杂度的程度与运行该算法所需要的计算机资源的多少有关，所需要的资源越多，表明该算法的复杂度越高；所需要的资源越少，表明该算法的复杂度越低。在计算机的资源中，最重要的是运算所需的时间资源和存储程序、数据所需的空间资源，所以算法的复杂度有时间复杂度和空间复杂度之分。

对于任意给定的问题，设计出复杂度尽可能低的算法是在设计算法时考虑的一个重要目标。另外，当给定的问题已有多种算法时，选择其中复杂度最低者是在选用算法时应遵循的一个重要准则。因此，算法的复杂度分析对算法的设计或选用有着重要的指导意义和实用价值。

算法的时间复杂度是指算法需要消耗的时间资源。一般情况下，问题的规模越大，时间复杂度越大，算法的执行率越低。

算法的空间复杂度是指算法需要消耗的空间资源。其计算和表示方法与时间复杂度类似，一般都用复杂度的渐近性来表示。同时间复杂度相比，空间复杂度的分析要简单得多。

1.2.5　结构化程序设计方法

程序设计初期，由于计算机硬件条件的限制，运算速度与存储空间都迫使程序员追求高效率，编写程序成为一种技巧与艺术而程序的可理解性、可扩充性等因素被放到第二位。这一时期的高级语言如 FORTRAN、COBOL、ALGOL、BASIC 等，由于追求程序的高效率而不太注重所编写程序的结构，其存在的一个典型问题就是程序中的控制随意跳转，即不加限制地使用 goto 语句。goto 语句允许程序从一个地方直接跳转到另一个地方去。这样做的好处是程序设计十分方便灵活，减少了人工复杂度，但其缺点也是十分突出的，一大堆跳转语句使得程序的流程十分复杂紊乱，难以看懂也难以验证程序的正确性，如果有错，排起错来更是十分困难。这种转来转去的流程图所表达的混乱与复杂，正是软件危机中程序人员处境的一个生动写照，而结构化程序设计，就是要把这团乱麻理清。

经过研究，人们发现任何复杂的算法都可以由顺序结构、选择（分支）结构和循环结构这 3 种基本结构组成。因此，人们构造一个算法的时候，也仅以这 3 种基本结构作为"建筑单元"，遵守 3 种基本结构的规范。基本结构之间可以并列、可以相互包含但不允许交叉，不允许从一个结构直接转到另一个结构的内部去。正因为整个算法都是由 3 种基本结构组成的，就像用模块构建的一样，所以结构清晰、易于正确性验证、易于纠错，这种方法就是结构化方法。遵循这种方法的程序设计就是结构化程序设计，C 语言就是一种结构化语言。

1．顺序结构

顺序结构表示程序中的各操作是按照它们出现的先后顺序执行的，其流程如图 1.4 所示。整个顺序结构只有一个入口点和一个出口点。这种结构的特点是：程序从入口点开始，按顺序执行所有操作，直到出口点处，所以称为顺序结构。程序的总流程都是顺序结构的。

2．选择结构

选择结构表示程序的处理步骤出现了分支，它需要根据某一特定的条件选择其中的一个分支执行。选择结构有单选择、双选择和多选择 3 种形式。

双选择是典型的选择结构形式，其流程如图 1.5 所示，在这两个分支中只能选择一条且必须选择一条执行，但不论选择了哪一条分支执行，最后流程都一定到达结构的出口点处。

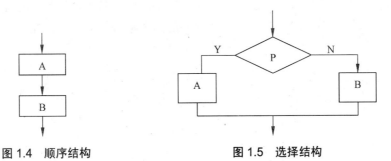

图 1.4　顺序结构　　　　　图 1.5　选择结构

多选择结构是指程序流程中遇到多个分支，程序执行方向将根据条件确定。要根据判断条件选择多个分支的其中之一执行。不论选择了哪一条分支，最后流程都要到达同一个出口点处。如果所有分支的条件都不满足，则直接到达出口点处。

3．循环结构

循环结构表示程序反复执行某个或某些操作，直到某条件为假（或为真）时才可终止循环。在循环结构中最主要的是：什么情况下执行循环？哪些操作需要循环执行？循环结构的基本形式有两种：当型循环和直到型循环，其流程如图 1.6（a）和图 1.6（b）所示。图中 A 的操作称为循环体，是指从循环入口点到循环出口点之间的处理步骤，这就是需要循环执行的部分，而什么情况下执行循环则要根据条件判断。

当型结构：表示先判断条件，当满足给定的条件时执行循环体，并且在循环终端处流程自动返回到循环入口点；如果条件不满足，则退出循环体直接到达流程出口点处。因为是"当条件满足时执行循环"，即先判断后执行，所以称为当型循环，其流程如图 1.6（a）所示。

直到型循环：表示从结构入口点处直接执行循环体，在循环终端处判断条件，如果条件不满足，返回入口点处继续执行循环体，直到条件为真时再退出循环到达流程出口点处，即先执行后判断。因为是"直到条件为真时为止"，所以称为直到型循环，其流程如图 1.6（b）所示。循环结构也只有一个入口点和一个出口点，循环终止是指流程执行到了循环的出口点。图中所表示的 A 处理可以是一个或多个操作，也可以是一个完整的结构或一个过程。

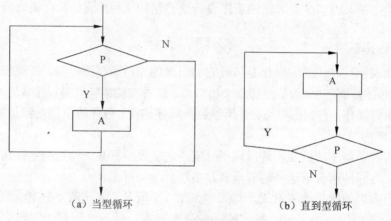

（a）当型循环　　　　　　　（b）直到型循环

图 1.6　循环结构

通过 3 种基本控制结构可以看到，结构化程序中的任意基本结构都具有唯一入口点和唯一出口点，并且程序不会出现死循环。在程序的静态形式与动态执行流程之间具有良好的对应关系。

1.2.6　算法举例

【例 1.4】　计算 $n!$。

分析：

$n!$即 $1×2×3×4×\cdots×(n-1)×n$，因此可以一步一步的采用基本的方法进行计算，即：

S1：1*2 求得结果等于 2；

S2：再用 S1 求得的结果 2 乘以 3，等于 6；

······

S$n-1$：用 S$n-1$ 求得的结果乘以 n，最终求得 $n!$（S 为步骤 Step 的缩写）。

这样的计算方式固然也能够求出正确的答案，但是计算的过程过于烦琐。所以可以设两个变量，一个表示乘数，一个表示被乘数。

算法表示如下：

设 a 为乘数，b 为被乘数；

S1：输入 n；

S2：令 a=1；b=2；

S3：计算 a*b，并把两数的乘积放在 a 中；

S4：使 b 的值加 1；如果 b≤n，则返回到 S3，否则结束运行，输出 a 即为所求。

【例 1.5】　求 2008—3200 年中的哪些年是闰年。

分析：

如果某年是闰年，它要么能被 4 整除但不能被 100 整除，如：2008 年、2020 年；要么能被 400 整除，如 2000 年、2400 年。

根据如上分析，我们可以设计算法如下：

设判断的年份为 N；

S1：设 N=2008；

S2：如果 N 能被 4 整除，转入 S3；

　　如果 N 不能被 4 整除，就输出 N 不是闰年　转入 S5；

S3：如果 N 不能被 100 整除，就输出 N 是闰年　转入 S5；

　　如果 N 能被 100 整除，就转入 S4；

S4：如果 N 不能被 400 整除，就输出 N 不是闰年　转入 S5；

　　如果 N 能被 400 整除，就输入 N 是闰年　转入 S5；

S5：令 N=N+1；

S6：当 N≤3200 时，转入 S2 继续执行，否则停止算法。

闰年的计算方法虽然只是简单的循环和判断，但这些简单的循环和判断却是组成结构化程序的基本要素。

1.3　上机编程准备

1.3.1　Turbo C 集成开发环境

进入 Turbo C 2.5 集成开发环境后，屏幕上显示的内容如图 1.7 所示。

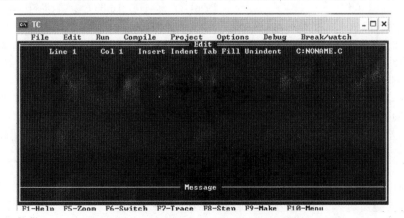

图 1.7　Turbo C 2.5 集成开发环境

图中第 2 行为 Turbo C 2.5 主菜单，中间窗口为编辑区，接下来是信息窗口，最底下一行为参考行。这 4 个窗口构成了 Turbo C 2.5 的主屏幕，以后的编程、编译、调试以及运行都将在这个主屏幕中进行。下面详细介绍主菜单的内容。

主菜单在 Turbo C 2.5 主屏幕的第 2 行，显示下列内容：File、Edit、Run、Compile、Project、Options、Debug、Break/watch。

除 Edit 项外，其他各项均有子菜单，只要用 Alt 键加上某项中第 1 个字母（即大写字母）就可进入该项的子菜单中。

1．File（文件）菜单

按 Alt+F 键可进入 File 菜单，该菜单包括以下内容。

（1）Load（加载）：装入一个文件，可用类似 DOS 的通配符（如*.c）来进行列表选择，也可装入其他扩展名的文件，只要给出文件名（或只给路径）即可。

（2）Pick（选择）：将最近装入编辑窗口的 8 个文件列成一个表让用户选择，选择后将该程序装入编辑区，并将光标置在上次修改过的地方，其热键为 Alt+F3。

（3）New（新文件）：说明文件是新的，默认文件名为 NONAME.C，存盘时可改名。

（4）Save（存盘）：将编辑区中的文件存盘，当文件名是 NONAME.C 时，将询问是否更改文件名，其热键为 F2。

（5）Write to（存盘）：可由用户给出文件名将编辑区中的文件存盘。

（6）Directory（目录）：显示目录及目录中的文件，并可由用户选择。

（7）Change dir（改变目录）：显示当前目录，用户可以改变显示的目录。

（8）OS shell（暂时退出）：暂时退出 Turbo C 2.5 到 DOS 提示符下。若想回到 Turbo C 中，只要在 DOS 状态下输入 exit 即可。

（9）Quit（退出）：退出 Turbo C。

2．Edit（编辑）菜单

按 Alt+E 组合键可进入 Edit 菜单，若再按回车键，则光标出现在编辑窗口，此时用户可以进行文本编辑。编辑方法基本与 WordStar 相同，可按 F1 键以获得有关编辑方法的帮助信息。Edit 命令简介如表 1.1 所示。

表 1.1　Edit 命令简介表

PageUp	向前翻页	Ctrl+Q	查找 Turbo C 2.5 双界符的前匹配符
PageDn	向后翻页	Ctrl+KP	块文件打印
Home	将光标移到所在行的开始	Ctrl+F1	如果光标所在处为 Turbo C 2.5 库函数，
End	将光标移到所在行的结尾		则获得有关该函数的帮助信息
Ctrl+Y	删除光标所在的一行	Ctrl+KC	块拷贝
Ctrl+T	删除光标所在处的一个词	Ctrl+KY	块删除
Ctrl+KB	设置块开始	Ctrl+KR	读文件
Ctrl+KK	设置块结尾	Ctrl+KW	存文件
Ctrl+Q	查找 Turbo C 2.5 双界符的后匹配符		

3．Run（运行）菜单

按 Alt+R 键可进入 Run 菜单，该菜单包括以下各项。

（1）Run（运行程序）：运行由 Project/Project name 项指定的文件或当前编辑区的文

件。如果对上次编译后的源代码未做过修改，则直接运行到下一个断点（没有断点则运行到结束），否则要先进行编译、连接后才能运行，其热键为 Ctrl+F9。

（2）Program reset（程序重启）：中止当前的调试，释放分给程序的空间，其热键为 Ctrl+F2。

（3）Go to cursor（运行到光标处）：调试程序时使用，选择该项可使程序运行到光标所在行。光标所在行必须为一条可执行语句，否则提示错误，其热键为 F4。

（4）Trace into（跟踪进入）：在执行一条调用其他用户定义的子函数时，若用 Trace into 项，则执行长条将跟踪到该子函数内部去执行，其热键为 F7。

（5）Step over（单步执行）：执行当前函数的下一条语句，即使用户使用函数调用，执行长条也不会跟踪进函数内部，其热键为 F8。

（6）User screen（用户屏幕）：显示程序运行时在屏幕上显示的结果，其热键为 Alt+F5。

4．Compile（编译）菜单

按 Alt+C 键可进入 Compile 菜单，该菜单包括以下内容。

（1）Compile to obj（编译生成目标码）：将一个 C 源文件编译生成.obj 目标文件，同时显示生成的文件名，其热键为 Alt+F9。

（2）Make exe file（生成可执行文件）：此命令生成一个.exe 的文件，并显示生成的.exe 文件名，其中.exe 文件名是下面几项之一。

① 由 Project/Project name 说明的项目文件名。

② 若没有项目文件名，则是由 Primary C file 说明的源文件名。

③ 若以上两项都没有文件名，则为当前窗口的文件名。

（3）Link exe file（连接生成可执行文件）：把当前.obj 文件及库文件连接在一起生成.exe 文件。

（4）Build all（建立所有文件）：重新编译项目里的所有文件，并进行装配生成.exe 文件。该命令不作过时检查（上面的几条命令要作过时检查，即如果目前项目里源文件的日期和时间与目标文件相同或更早，则拒绝对源文件进行编译）。

（5）Primary C file（主 C 文件）：当在该项中指定了主文件后，在以后的编译中，如没有项目文件名则编译此项中规定的主 C 文件，如果编译中有错误，则将此文件调入编辑窗口，不管目前窗口中是不是主 C 文件。

（6）Get info：获得有关当前路径、源文件名、源文件字节大小、编译中的错误数目、可用空间等信息。

5．Project（项目）菜单

按 Alt+P 键可进入 Project 菜单，该菜单包括以下内容。

（1）Project name（项目名）：项目名具有.prj 的扩展名，其中包括将要编译、连接的文件名。例如，有一个程序由 file1.c、file2.c、file3.c 组成，要将这 3 个文件编译装配成一个 file.exe 的执行文件，可以先建立一个 file.prj 的项目文件，其内容如下：

　　　file1.c、file2.c、file3.c

此时将 file.prj 放入 Project name 项中，以后进行编译时将自动对项目文件中规定的 3 个源文件分别进行编译，然后连接生成 file.exe 文件。如果其中有些文件已经编译成.obj 文件，而又没有修改过，可直接写上.obj 扩展名，此时将不再编译而只进行连接。

　　　例如：file1.obj、file2.c、file3.c

将不对 file1.c 进行编译，而直接进行连接。

当项目文件中的每个文件都没有扩展名时，均按源文件对待，另外，其中的文件也可以是库文件，但必须写上扩展名.lib。

（2）Break make on（中止编译）：由用户选择是否在有 Warining（警告）、Errors（错误）、Fatal Errors（致命错误）时或 Link（连接）之前退出 Make 编译。

（3）Auto dependencies（自动依赖）：当开关置为 on 时，编译时将检查源文件与对应的.obj 文件的日期和时间，否则不进行检查。

（4）Clear project（清除项目文件）：清除 Project/Project name 中的项目文件名。

（5）Remove messages（删除信息）：把错误信息从信息窗口中清除掉。

6．Options（选择）菜单

按 Alt+O 键可进入 Options 菜单，该菜单对初学者来说要谨慎使用，其包括以下内容。

（1）Compiler（编译器）：本项选择又有许多子菜单，可以让用户选择硬件配置、存储模型、调试技术、代码优化、对话信息控制和宏定义等功能。

（2）Linker（连接器）：本菜单设置有关连接的选择项。

（3）Environment（环境）：本菜单规定是否对某些文件自动存盘及制表键和屏幕大小的设置。

（4）Directories（路径）：规定编译、连接所需文件的路径，如果安装的 TC 文件夹路径与这里设置的不符，就会出现连接错误，显示：unable to open input file C0S.obj。

（5）Arguments（命令行参数）：允许用户使用命令行参数。

（6）Save options（存储配置）：保存所有选择的编译、连接、调试和项目到配置文件中，默认的配置文件名为 TCCONFIG.TC。

（7）Retrive options：装入一个配置文件到 TC 中，TC 将使用该文件的选择项。

7．Debug（调试）菜单

按 Alt+D 键可选择 Debug 菜单，该菜单主要用于查错，它包括的内容如表 1.2 所示。

表 1.2　Debug 菜单内容

Evaluate：	
Expression	要计算结果的表达式
Result	显示表达式的计算结果
New value	赋给新值
Call stack	该项不可接触，在 Turbo C debugger 时用于检查堆栈情况
Find function	在运行 Turbo C debugger 时用于显示规定的函数
Refresh display	若编辑窗口被用户窗口重写了，可用此恢复编辑窗口的内容

8．Break/watch（断点及监视表达式）

按 Alt+B 键可进入 Break/watch 菜单，该菜单的内容如表 1.3 所示。

表 1.3　Break/watch 菜单内容

Add watch	向监视窗口插入一监视表达式
Delete watch	从监视窗口中删除当前的监视表达式
Edit watch	在监视窗口中编辑一个监视表达式
Remove all watches	从监视窗口中删除所有的监视表达式
Toggle breakpoint	对光标所在的行设置或清除断点
Clear all breakpoints	清除所有断点
View next breakpoint	将光标移动到下一个断点处

1.3.2　VC++集成开发环境

Visual C++ 6.0 提供了一个支持可视化编程的集成开发环境：Visual Studio（又名 Developer Studio），如图 1.8 所示。Developer Studio 是一个通用的应用程序集成开发环境，它不仅支持 Visual C++，还支持 Visual Basic、Visual J++、Visual InterDev 等 Microsoft 系列开发工具。Developer Studio 包含了一个文本编辑器、资源编辑器、工程编译工具、一个增量连接器、源代码浏览器、集成调试工具，以及一套联机文档。使用 Developer Studio 可以完成创建、调试、修改应用程序等各种操作。

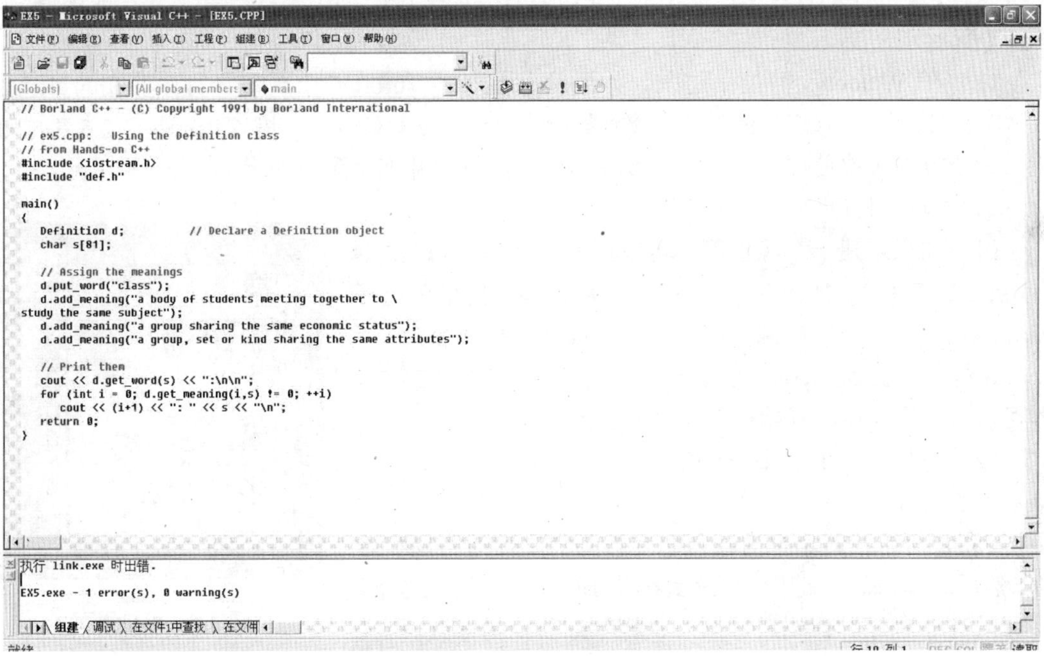

图 1.8　VC++编程开发环境

1.3.3　实例运行过程

前面已经介绍了 Turbo C 2.5 和 VC++ 6.0 集成开发环境，为了让大家更好地掌握 C 程序在两种开发环境下的运行过程，下面给出例 1.6 在两种开发环境下的运行过程。

【例 1.6】　求两数之和。

```
main( )                              /*主函数，求两数和*/
{   int a,b,sum;                     /*定义变量 a,b,sum 为整型/
    a=987;b=654                      /*赋值语句*/
    sum=a+b;
    printf("the sum is %d\n",sum);   /*输出函数*/
}
```

1. 在 Turbo C 2.5 环境下运行 C 程序

1）进入 Turbo C 2.5 集成开发环境

一般来说，我们有两种方法进入 Turbo C 2.5 集成环境（注意：在进入环境后，要先检查一下 Options 项的 directories，看看安装的目录项与配置的是否一致，如果不一致，要改成一致，然后再选 Save options 项保存）：

（1）在 DOS 环境下进入。首先进入 DOS 环境下，进入用户的 Turbo C 2.5 编译程序所在的目录就可以输入 DOS 命令：

```
C:\TC2.5\tc      （回车）
```

这样，就执行 TC2.5 文件夹中的 tc.exe 程序，屏幕上就会出现 Turbo C 2.5 集成环境（如图 1.7 所示）。

（2）在 Windows 环境下进入。如果确定用户的 Turbo C 2.5 编译程序所在的目录为（C:\TC2.5），打开 TC2.5 文件夹，找到执行文件 tc.exe，双击即可进入 Turbo C 2.5 集成环境（为了方便多次使用，可以将 tc.exe 创建快捷方式并拖曳到桌面上）。

2）编辑源程序

（1）如果新建一个源程序，可以用鼠标选择 File 菜单（或按 Alt+F 键）（如图 1.9 所示），然后在其下拉菜单选择 New，即可新建一个 C 源程序（C 语言源程序扩展名为.c，C++源程序扩展名为.cpp），然后选择 Edit(或者按 Alt+E 键)，即可进入编辑窗口，开始编辑新的 C 源代码。

（2）如果对已有的源程序进行修改，则可选择 File 下拉菜单中的 Load。这时，屏幕会出现一个 Load File Name 对话框，用户可以在对话框内输入想要打开的文件的路径和名称，然后回车，就会打开 C 程序到编辑窗口。在编辑状态下，就可以对 C 程序源代码进行插入、删除或其他的修改。

图 1.9　菜单界面

完成编辑后，可以选择 File 下拉菜单下的 Save（或按 F2 键），在 Save File As 对话框中，将 C 源代码保存到想要的位置并对其命名。

3）编译源程序

完成对源程序的编辑后，可以选择 Compile 下拉菜单下的 Compile（或按 Alt+F9 键）来进行编译。之后，便会出现一个消息框，返回 C 源程序出现的错误和警告（如图 1.10 所示）。

按任意键使消息框消失后，在 Message 窗口（消息窗口）中具体指出在哪一行发生错误以及错误的原因，光标停留在错误行上，提示用户修改源程序。经过不断地修改和编译，直到没有警告和错误出现，便会得到一个目标程序（后缀为.obj）。

4）连接目标程序

一个可执行程序可以由一个或多个文件构成，在分别对每个源文件进行编译后，即可选择 Compile 下拉菜单下的 Link，将得到的一个或多个目标程序连接成一个整体，生成.exe 文件，也可以选择 Compile 下拉菜单下的 Make（或按 F9 键），使编译和连接一步完成。

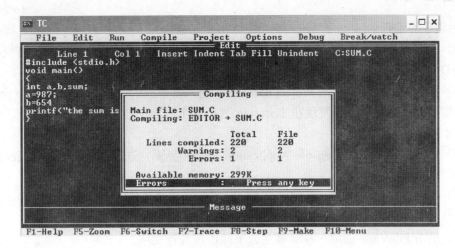

图 1.10 错误和警告信息界面

5）运行程序

可以通过选择 Run 下拉菜单下的 Run（或按 Ctrl+F9 键）来运行得到的可执行文件。需要输入内容的程序则会弹出运行窗口，等待用户输入内容，并返回输出的结果，切换到编辑窗口；直接运行的程序，会直接返回输出的结果，并切换到编辑窗口。由于输出结果的运行窗口的停留时间相当短暂，可以按 Alt+F5 键来切换到运行窗口（如图 1.11 所示），从而更好地观察和分析程序的运行情况。

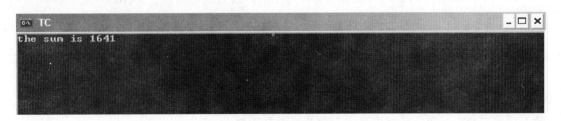

图 1.11 显示结果界面

注意：编辑完源程序后，直接选择 Run 菜单的第 1 项，可以一次完成编译、连接和运行 3 个过程，这样的简单方法不会生成目标文件和可执行文件，因此简单方便。

6）退出 Turbo C 2.5 集成环境

在完成 C 语言的各项操作后，选择 File 下拉菜单下的 Quit（或按 Alt+X 键）来退出 Turbo C 2.5 集成环境。

2．VC++环境运行程序

1）进入 VC++ 6.0

2）建立工程

VC++和 Turbo C 不同，它编程面对的对象更大，其提供工程（Project）来管理这些文件，因此首先要学会建立自己的工程，比如想要建立一个工程 pp project，步骤如下。

（1）在 VC++ 6.0 环境下，选择 File 下拉菜单下的 New。

（2）在 New 菜单弹出的对话框的左上角选择 Project 中的 Win32 Console Application

（控制台程序）选项。

（3）在同一界面的右边 Location 处，输入一个自选路径或辅导老师指定的路径。比如这里用 D:\pp，意思是把工程放在 D 盘 pp 目录下。

（4）在同一界面的右上角 Project name 处，输入要建立的工程名称，比如 pp project。当输入这个工程名称后，会发现在 Location 处，这个名称也自动写到 pp 目录下了。单击 OK 按钮。

（5）接着出现 Win32 Console Application Step 1 界面，选择 An empty project 后单击 Finish 按钮。

（6）接着又出现 New Project Information 界面，单击 OK 按钮，工程就建好了。这时的界面名为 pp project-Microsoft Visual C++。

（7）单击 FileView 选项（在屏幕左边下面出现两行文字）。

```
Workspace 'pp project': 1
pp project files
```

单击第二行文字前的"+"号，会出现 3 个文件的目录，依次为：

```
Source Files   用来存放一般程序文件（含.cpp）
Header Files   存放头文件（含.h）
Resource Files 存放资源文件
```

（8）单击 Source Files，可以看到文件是空的，因为现在还没有文件加入此工程。

3）建立文件

（1）选择 pp project-Microsoft VC++界面中的 File 下拉菜单中的 New。

（2）在弹出的对话框中选择 C++ Source File，此时右侧的 Add to project 中出现 pp project，说明已经将要建立的新文件加入到 pp project 的工程中。

（3）在同界面右侧的 File 处，需要输入给新建的文件名所起的名字，比如：ppfile.cpp，输入后单击 OK 按钮，此时屏幕左上角的界面名称变为：

```
pp project-Microsoft Visual C++-[ppfile.cpp]
```

说明程序名为 ppfile.cpp，并提醒可以写程序了。

（4）输入一个简单程序。

4）运行程序

（1）按 F7 键，对程序进行编译和连接，如有错误，则修改该程序。

（2）按 Ctrl+F5 键，或单击"！"按钮，开始执行程序。

1.4　上机实践

一、上机实践的目的和要求

1. 掌握 C 语言 Turbo C 2.5 集成环境的进入和退出。

2. 了解 Turbo C 2.5 集成环境的基本设置。

3．掌握 C 程序的建立、编辑、修改、保存、编译、连接和运行的基本过程。

二、上机实践内容

1．基本操作

（1）开机，进入 DOS 或 Windows 操作平台。

（2）进入 Turbo C 2.5 集成环境。

（3）打开 Turbo C 2.5 集成环境主菜单，学习各个菜单的使用。

2．建立新程序

（1）按照如下源程序创建 C 语言源程序，并命名为 hello.c，存盘。

源程序：

```
main( )
{   printf("hello! I am so pleased to meet you.\n");
}
```

（2）试编译、连接、运行该程序，并查看结果。

（3）退出 Turbo C 2.5 集成环境。

3．修改程序

（1）打开 hello.c，修改其为如下源程序，并重新命名为 7.c。

源程序：

```
main( )
{   int i=7
    printf("%d\n!%d\n!%d\n!%d\n!%d\n!", i, ++i, --i, i--, i++);
}
```

（2）试编译该源程序，注意编译时出现的错误信息，并确定错误所在行。

（3）修改错误（第 2 行应以"；"结束），重新保存、编译、连接，运行该程序，查看运行结果。

第 2 章　C 语言基础知识

第 1 章中介绍过算法，而算法处理的对象是数据，本章将学习 C 语言程序中对这些数据的处理并开始接触些简单的程序。

2.1　程序的基本结构

C 语言程序的主要特点就是以函数为主体，它的每一项功能的实现都是由函数来完成的。它既可以由 C 系统提供的功能函数来实现，也可以由用户自定义函数来实现。函数是程序的基本单位，是 C 语言的"灵魂"。看下面的例子了解一下程序的基本结构。

【例 2.1】　在输出设备上显示"c 语言世界您好！"字样。

```
main( )
{    printf("c 语言世界您好!");  }
```

上面例题程序由一个 main()函数构成，{}内部为函数体部分，即 main()函数的执行部分，函数体内的 printf()是在 main()函数体内调用的系统函数。一个 C 程序可以由若干个函数组成，如例 2.2。

【例 2.2】　给定半径，计算圆的面积。

```
#define  PI  3.1415926
main( )
{    float  area(float x);
     float  r,s;
     scanf ("%f",&r);
     s=area(r);                       /*调用外部函数*/
     printf("%f\n",s);
}
float  area(float  x)
{    float  y;
     y=PI*x*x;
```

```
    return y;
}
```

结合以上的例子，可以得到 C 源程序的结构特点如下。

（1）一个 C 源程序可以由一个或多个文件组成，C 语言文件的扩展名是.c。

（2）一个 C 文件由若干个函数组成。这些函数可以是系统函数（如 printf()函数），也可以是用户自定义函数（如 area()函数）。函数是 C 程序的基本单位。一个 C 源程序不论由多少个文件组成，都有一个且只能有一个 main()函数，即主函数。

（3）任何函数（包括主函数 main()）都是由函数说明和函数体两部分组成的，其一般结构如下：

```
[函数类型] 函数名(函数参数表)          /*函数说明部分*/
        {   说明语句;                 /*函数体部分*/
                可执行语句;
        }
```

（4）函数说明部分由函数类型（可缺省）、函数名和函数参数表 3 部分组成。如例 2.2 中的函数 area ()，其函数说明部分如下所示。

```
    函数类型          函数名           函数参数表
      ↓               ↓                 ↓
    float            area            (float  x)
```

（5）函数体是函数说明部分的下面、大括号（必须配对使用）内的部分。函数体一般由说明语句和可执行语句两部分构成。

（6）每一个说明、每一个语句都必须以分号";"结尾，分号是 C 语言中语句的终止符，但预处理命令、函数头和花括号"}"之后不能加分号。

（7）标识符、关键字之间必须至少加一个空格以示间隔。若已有明显的间隔符，也可不再加空格来间隔。

（8）main()函数与其他函数之间的位置可以互换。

以上是 C 源程序结构的简单介绍，下面介绍 C 语言的详细内容。

2.2　数据类型

所谓数据类型是按被说明量的性质、表示形式、占据存储空间的多少、构造特点等来划分的。在 C 语言中，数据类型分类如下页图示。

C 语言中的基本数据类型的最主要的特点是其值不可以再分解为其他类型，而构造类型是根据已定义的一个或多个数据类型用构造的方法来定义的。本章主要介绍基本数据类型，其他的数据类型在其他章节介绍。

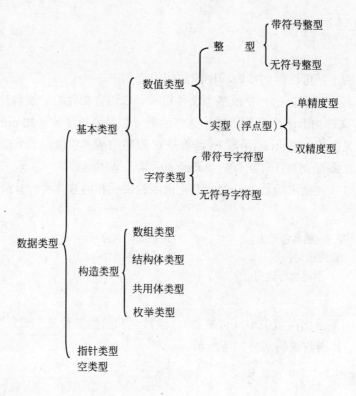

2.3　标识符、常量和变量

2.3.1　标识符

标识符就是一个字符序列，在程序中用来标识常量名、变量名、数组名、函数名、类型名、文件名和语句标号名等。不同的计算机编程语言，标识符的命名规则不一样。

C 语言中标识符的命名规则如下。

（1）标识符只能由字母（A～Z，a～z）、数字（0～9）和下划线（＿）组成，且不能以数字开头。

（2）Turbo C 中标识符长度不能超过 31 个字符（有的系统不能超过 8 个字符）。

（3）标识符区分大小写，即同一字母的大小写被认为是两个不同的字符。

（4）标识符不能和 C 语言的关键字相同。

如：a_b、_ab、a123 是合法的标识符，而 1ab、#ab、a%b、int 是不合法的标识符。

由 ANSI 标准定义的关键字共 32 个：

auto	double	int	struct	break	else	long	switch
case	enum	register	typedef	char	extern	return	union
const	float	short	unsigned	for	signed	void	continue
default	goto	sizeof	volatile	do	if	while	static

随着进一步的学习，这些关键字会逐步接触，不需要刻意去记。知道了如何给标识符命名后，下面介绍程序中的常量和变量。

2.3.2　常量和变量

1. 常量

圆周率 3.14159、0、-4、6556 等数据代表固定的常数，像这样在程序执行过程中，其值不发生改变的量称为常量。

常量的类型有：整型常量、实型常量、字符常量和字符串常量 4 种。

如：12、-10 为整型常量，3.14、-8.9 为实型常量，'a'为字符常量，"USA"为字符串常量。

2. 符号常量

用标识符代表一个常量，称为符号常量。定义的格式为：

#define 标识符　符号常量

由用户命名的标识符是符号常量名，作为符号常量名，一般大写。一旦定义，在程序中凡是出现常量的地方均可用符号常量名来代替。

【例 2.3】　符号常量的应用。

```
#define PI 3.14159
main( )
{   int income=10;
    printf("%f", PI * income);
}
```

说明：本例中定义符号常量 PI，代表常量 3.14159，以后程序中出现 PI 都代表这个固定值，所以计算时 PI * income =3.14159*10。

注意：

（1）符号常量与变量不同，它的值在其作用域内不能改变，也不能再被赋值。

（2）通常在程序的开头先定义所有的符号常量，程序中凡是使用这些常量的地方都可以写成对应的标识符。如果程序中多个地方使用了同一个常量，当需要修改这个常量时，只需要在开头文件定义部分修改这个符号常量值就可以了。

（3）在程序中，常量是不需要事先定义的，只要在程序中需要的地方直接写出该常量即可，常量的类型也不需要事先说明。

3. 变量

在程序执行过程中，其值可以改变，即可以进行赋值运算的量称为变量。

变量定义的一般形式为：

类型标识符　　变量名；

变量名符合标识符的命名规则，如：int a=75。

可以同时定义多个变量，如：int a,b,c。

说明：

（1）变量必须"先定义后使用"。如果没有定义或说明而使用变量，编译时系统会给出错误信息。

（2）变量是用来保存程序的输入数据、计算获得的结果和最终结果，它用来存放变量的值。在程序运行过程中，这些值是可以改变的。一个变量应该有一个名字，以便被引用，变量名遵守标识符命名规则，在程序运行过程中不会改变。

（3）区分变量和类型。变量是属于某一种数据类型的变量，在编译时编译程序会根据变量的类型为变量分配内存单元，不同类型的变量在内存中分配的字节数不同，变量名与其类型无关。

（4）区分变量名和变量值。变量被定义后，变量名是固定的，但变量的值可以随时被改变。变量值存放在为变量分配的内存单元中，在程序运行的每个时刻被使用的变量都有其当前值。即使变量从没被赋值，也有一个不确定的值（静态变量除外），其值是变量分配到的内存单元的原有值。

【例 2.4】 变量定义。

```
main( )
{   int a,b,c;
    a=3;
    c=a-b;
    b=2;
    printf("%d,",c);
}
```

本例是想输出 $a-b$ 的结果，但是由于变量 b 在使用前并未真正赋值，所以本例是有错误的，若将语句"b=2;"放到"c=a-b;"前面，则本程序可正确运行。

深入理解变量的 4 个特性。

（1）一个变量必须有一个变量名。

（2）变量必须有其指定的数据类型。

（3）变量一旦被定义，它就在内存中占有一个位置，这个位置称该变量的地址。

（4）每一个变量都有其对应的值。

变量与常量都有自己的数据类型。下面分别介绍基本的数据类型：整型、实型、字符型。

2.3.3 整型数据

1. 整型常量

在 C 语言中，使用的整型常量有八进制、十六进制和十进制 3 种。

1）八进制整型常量表示形式

八进制整型常量必须以 0 开头，其数码取值为 0~7。

合法的八进制整常数如：015、0101、0177777、-020。不合法的八进制整常数如：256（无前缀 0）、03A2（包含了非八进制数码）。

2）十六进制整型常量表示形式

十六进制整型常量的前缀为 0X 或 0x，其数码取值为 0~9，A~F 或 a~f。

合法的十六进制整型常量如：0X2A、0XA0、0x123、–0x12。不合法的十六进制整型常量如：5A（无前缀 0X）、0X3H（含有非十六进制数码）。

3）十进制整型常量表示形式

十进制整型常量没有前缀，其数码取值为 0～9。

合法的十进制整型常量如：237、–568、65535、1627。不合法的十进制整型常量如：023（不能有前导 0）、23D（含有非十进制数码）。

2．整型变量

整型变量分为带符号整型变量和无符号整型变量。带符号整型变量又分为带符号基本整型（简称整型）变量、带符号短整型（简称短整型）变量、带符号长整型（简称长整型）变量 3 种。无符号整型变量又分为无符号基本整型（简称无符号整型）变量、无符号短整型变量和无符号长整型变量 3 种，其类型标识符、内存中分配的字节数和值域如表 2.1 所示。

表 2.1　整型变量类型

符号	类型名	类型标识符	分配字节数	值域
带符号	整型	int	2	$-2^{15}\sim(2^{15}-1)$
	短整型	short（或 short int）	2	$-2^{15}\sim(2^{15}-1)$
	长整型	long(或 long int)	4	$-2^{31}\sim(2^{31}-1)$
无符号	无符号整型	unsigned 或(unsigned int)	2	$0\sim(2^{16}-1)$
	无符号短整型	unsigned short	2	$0\sim(2^{16}-1)$
	无符号长整型	unsigned long	4	$0\sim(2^{32}-1)$

说明：

（1）在 Turbo C 中，把短整型变量作为整型变量处理，把无符号短整型变量作为无符号整型变量处理。

（2）如果整型常量的范围是 $-2^{15}\sim(2^{15}-1)$，则认为它是 int 型，可以把它赋给 int 型或 long int 型变量。

（3）如果整型常量的范围是 $-2^{31}\sim(-2^{15}-1)$ 或 $2^{15}\sim(2^{31}-1)$，则认为它是 long int 型，可以把它赋给 long int 型变量。

（4）在一个整型常量的后面加字母 1 或 L，则为 long int 常量。如：0l、1231、345L 等。

在赋值时，如果不是值域范围的值，在编译时不会出错，但得不到原值，这种现象称为溢出。

3．整型变量的定义

整型变量定义的格式是：

类型标识符　变量名表；

如：

```
int a,b,c;                        /*变量 a,b,c 可以存放整型变量*/
long a1,b1,c1;                    /*变量 a1,b1,c1 可以存放长整型变量*/
```

【例 2.5】　整型变量的定义与使用。

```
main( )
{   int a,b,c,d;
    unsigned u;
```

```
a=12; b=-24;
u=10;
c=a+u;  d=b+u;
printf("%d,%d\n",c,d);
}
```

说明：本例中定义 *a*、*b*、*c*、*d* 为整型变量，*u* 为无符号整型变量，在书写变量定义时，应注意以下几点。

（1）变量定义时，可以说明多个相同类型的变量，各个变量之间用","分隔。类型说明与变量名之间至少有一个空格间隔。

（2）最后一个变量名之后必须用";"结尾。

（3）变量定义必须放在变量使用之前，一般放在函数体的开头部分。

（4）可以在定义变量的同时，对变量进行初始化。

4. 整型数据的溢出

在 C 语言中，如果一个变量的值超过了各种类型的整型数据所允许的最大范围则会出现溢出的现象，如例 2.6。

【例 2.6】 整型数据的溢出。

```
main( )
{  int a,b;
   a=32767; b=a+1;
   printf("%d,%d\n",a,b);
}
```

其中变量 a（32767）的内存的表示形式如下：

　　　　0 1 1 1 1 1 1 1 1 1 1 1 1 1 1 1

当变量 a 加 1 后变成如下形式：

　　　　1 0 0 0 0 0 0 0 0 0 0 0 0 0 0 0

而它是−32 768 的补码形式，所以输出的变量 *b* 的值为−32 768，而引起这种情况的原因是整型变量的取值范围是−32 768～32 767，而 *b* 的取值超过了 32 767，无法正确表示而发生数据溢出，但运行时不会报错，可见在程序中合理定义变量的数据类型是非常重要的，所以在写代码时一定要认真分析，本例中将变量 *a*、*b* 改为 long 型就可得到预期结果 32 768。

2.3.4　实型数据

1. 实型常量（浮点型常量）

实型常量也称为实数或者浮点数，也就是带小数点的数。实型常量有以下两种表示形式。

（1）十进制数形式。它由数码 0～9 和小数点组成。例如：0.0、.25、5.789、0.13、5.0、300.、−267.8230 等均为合法的实数，注意必须有小数点。

（2）指数形式。它由十进制数加阶码标志"e"或"E"以及阶码（只能为整数，可以带符号）组成，其一般形式为 *a* E *n*（*a* 为十进制数作整数部分，E 为指数部分，*n* 为十进制整数作尾数部分），其值为 a*10^n。

注意：

① 字母 e 或 E 之前必须有数字，e 后面的指数必须为整数。例如：e3、2.1e3.5、.e3、e 都不是合法的指数形式。

② 规范化的指数形式。在字母 e 或 E 之前的小数部分，小数点左边应当有且只能有一位非 0 数字。用指数形式输出时，是按规范化的指数形式输出的。例如：2.3478e2、3.0999E5、6.46832e12 都属于规范化的指数形式。

③ 在不加说明的情况下，实型常量为正值。如果表示负值，需要在常量前使用负号。

④ 实型常量的整数部分为 0 时可以省略，如下形式是允许的：.57、.0075e2、−.125、−.175E-2。

2．实型变量

实型变量分为单精度型和双精度型两种，其类型标识符、内存中分配的字节数、有效数字位数和值域如表 2.2 所示。

表 2.2　实型变量类型

类型名	类型标识符	分配字节数	有效数字位数	值域
单精度实型	float	4	7	$-3.4\times10^{-38}\sim3.4\times10^{38}$
双精度实型	double	8	15~16	$-1.7\times10^{-308}\sim1.7\times10^{308}$

实型常量在内存中以双精度形式存储，所以一个实型常量既可以赋给一个单精度实型变量，也可赋给一个双精度实型变量，系统会根据变量的类型自动截取实型常量中相应的有效位数。

实型数据是按照指数形式存储的，系统将实型数据分为小数部分和指数部分分别存放。

3．实型变量的定义

实型变量的定义与整型变量相同，对于每一个实型变量也都应该先定义后使用。例如：

```
float x=1.27 , y=3.54;          /*x、y为单精度变量,且初值为：1.27、3.54*/
double a,b,c;                   /* 定义双精度变量 a、b、c*/
```

4．实型数据的舍入误差

【例 2.7】 单精度浮点型变量输出。

```
main( )
{   float a=33333.33333;
    printf("%f\n",a);
}
```

程序运行结果如下：

```
33333.332031
```

很明显，输出结果中小数的后 4 位是无效的，也就是说是存在舍入误差的。

说明：在 Turbo C 中单精度型变量占 4 个字节（32 位）内存空间，只能提供七位有效数字，在有效位以外的数字将被舍去，由此可能会产生一些误差，而本例中整数已占五位，故小数两位之后均为无效数字。

2.3.5　字符型数据

1. 字符常量

用一对单引号括起来的一个字符称为字符常量。如：'a'、'7'、'#'等。在 C 语言中，字符常量有以下特点。

（1）字符常量只能用单引号括起来，单引号只起定界作用并不表示字符本身。单引号中的字符不能是单引号（'）和反斜杠（\）。

（2）字符常量只能是单个字符，不能是字符串，且字符常量是区分大小写的。

（3）每个字符常量都有一个整数值，就是该字符的 ASCII 码值（参见附录 A ASCII 表）。如字符常量'a'的 ASCII 码为 97，字符常量'A'的 ASCII 码为 65，由此可知'a'和'A'是两个不同的字符常量。

2. 转义字符

转义字符是一种特殊的字符常量。以“\”开头的字符序列，用来表示一些难以用一般形式表示的字符。常用的转义字符如表 2.3 所示。

表 2.3　常用转义字符

转义字符	功能	转义字符	功能
\n	换行	\t	横向跳格（即到下一个制表站）
\b	退格	\'	单引号字符“'”
\r	回车	\\	反斜杠字符“\”
\a	响铃	\ddd	1~3 位八进制数所代表的字符
\v	纵向跳格	\xhh	1~2 位十六进制数所代表的字符
\f	走纸换页	\0	空操作字符（ASCII 码为 0）

注意：转义字符开头的“\”，并不代表一个斜杠字符，其含义是将后面的字符或数字转换成另外的意义。另外，转义字符仍然是一个字符，仍然对应于一个 ASCII 值。如“\n”中的“n”不代表字母 n，而是代表“换行”符，其 ASCII 码为 10。

3. 字符变量

字符变量的类型标识符为 char，内存中分配 1 个字节。

在对字符变量赋值时，可以把字符常量（包括转义字符）赋给字符变量。如：

```
c1='a';
c2='\376';
```

4. 字符数据和整型数据的关系

（1）字符常量与其对应的 ASCII 码通用。

（2）字符变量和值在 0~127 之间的整型变量通用。

【例 2.8】　字符常量与整型常量转换。

```
main( )
{   char a;
```

```
       a=120;
       printf("%c,%d\n",a,a);
}
```

程序运行结果如下：

```
x, 120
```

字符值是以 ASCII 码的形式存放在变量的内存单元之中的，也可以把它们看成是整型量，所以在按指定格式输出的时候，这两种输出结果实质是同一个变量的值的两种表示形式。

5．字符串常量

字符串常量是用一对双引号括起来的一个字符序列。例如："CHINA"、"C program"、"$12.5"等都是合法的字符串常量。字符串常量和字符常量是不同的量。

说明：

（1）字符串常量在存储时除了存储双引号中的字符序列外，系统还会自动在最后一个字符的后面加上一个转义字符'\0'，所以一个字符串常量在内存中所占的字节数是字符串长度加 1。如"china"的长度为 5，而在内存中占的字节数为 6，形式如下：

c h i n a \0

（2）\0'是 ASCII 码为 0 的空操作字符，C 语言规定用'\0'作为字符串的结束标志，目的是以便于系统据此判断字符串是否结束。

（3）区别'a'和"a"，前者为字符常量，后者是以'\0'结束的字符串常量。

（4）字符串常量中的字符可以是转义字符，但它只代表一个字符。如：字符串"ab\n\\cd\e"的长度是 7，而不是 10。

（5）不能将字符串常量赋给字符变量，如在下面的例子中，$c1$、$c2$ 是字符变量，则下面的赋值是错误的：

```
c1="a";
c2="china";
```

在 C 语言中没有相应的字符串变量，但是可以用一个字符数组来存放一个字符串常量，这在后面的章节介绍。

2.4　赋值运算符和赋值表达式

2.4.1　赋值运算符和赋值表达式简介

1．基本赋值运算符和赋值表达式

基本赋值运算符是=。

基本赋值表达式的一般形式为：

变量名 = 表达式

其求解过程是：先计算赋值运算符右侧表达式的值，然后将其赋给左侧的变量。

2．复合赋值运算符和赋值表达式

复合赋值运算符是：+=，-=，*=，/=，%=，&=，|=，∧=，<<=，>>=。

复合赋值表达式的一般形式为：

变量名 复合赋值运算符 表达式

它等效于：

变量 = 变量 运算符 (表达式)

其求解过程是：将变量和表达式进行指定的复合运算，然后将结果赋给变量。

如：$a*=b+1$ 等价于 $a=a*(b+1)$

3．赋值表达式的值和类型

不论是基本的赋值运算还是复合的赋值运算（包括赋初值），运算完毕后赋值表达式都有值，赋值表达式的值就是被赋值的变量的值，类型就是被赋值的变量的类型。若赋值运算符右侧表达式值的类型与赋值运算符左侧变量的类型不一致，C 语言编译系统自动将赋值运算符右侧表达式值转换成左侧变量的类型，然后赋值给变量。设有定义如：

```
int a;
```

则表达式 $a=2*3.4$ 的类型为整型，其值为 6。

2.4.2 运算符的优先级和结合性

优先级是指同一表达式中多个运算符被执行的次序，在表达式求值时，先按运算符的优先级别由高到低的次序执行，例如，算术运算符中采用"先乘除后加减"。如果在一个运算对象两侧的优先级别相同，则按规定的"结合方向"处理，称为运算符的"结合性"。

（1）左结合——变量（或常量）与左边的运算符结合，运算顺序为自左至右；

（2）右结合——变量（或常量）与右边的运算符结合，运算顺序为自右至左。

关于运算优先级和结合性，请见附录 C。

1．优先级

赋值运算符的优先级相同，它比后面介绍的运算符的优先级都低。

2．结合方向

赋值运算符的结合方向都是右结合。如：

$x=y=z=3+5$ 等价于 $x=(y=(z=3+5))$

$a+=a-=a*a$ 等价于 $a+=(a-=a*a)$

设有定义

```
int a=12;
```

则根据运算符的优先级和结合方向，表达式 $a+=a-=a*a$ 的求解步骤是：

先计算表达式 $a-=a*a$，它相当于 $a=a-(a*a)$，由此可得 $a=-132$，这时变量 a 的值是-132，由于表达式 $a-=a*a$ 的值就是变量 a 的值，所以表达式 $a-=a*a$ 的值是-132；然后计算表达

式 a+=–132，它相当于 a=a–132，由此可得 a=–264，变量 a 的值是–264。由于表达式 a=a–132 就是变量 a 的值，所以表达式 a=a–132 的值是–264，即表达式 a+=a–=a*a 的值是–264。

　　注意：

　　（1）赋值运算符左边必须是变量，不允许出现常量或表达式形式（不包括合法的指针表达式），如：x+y=10 和 6=a+b 都是错误的。右边可以是常量、变量、函数调用或常量、变量、函数调用组成的表达式。

　　（2）赋值符号"="不同于数学的等号，它没有相等的含义（"=="表示相等）。

　　（3）变量未赋初值不能参与运算。

　　【例 2.9】 变量未赋初值的情况。

```
main( )
{   int x,y,z;
    z=x+y;
    printf("%d\n",z);
}
```

这个程序在编译时会给出警告，告知变量 x、y 没有赋值就使用了。如果要执行这个程序，输出将是一个混乱的值，在程序中变量应该先赋值后再引用。

2.5　算术运算符和算术表达式

2.5.1　算术运算符

　　C 语言的算术运算符用于各类数值运算，包括加（+）、减（−）、乘（*）、除（/）、求余（或称模运算%）、自增（++）、自减（--）共 7 种，下面介绍一下这几个运算符。

　　1.基本算术运算符

　　+　（加法运算符，或正值运算符）

　　−　（减法运算符，或负值运算符）

　　*　（乘法运算符）

　　/　（除法运算符）

　　%　（模运算符，或称求余运算符，要求%两侧均为整型数据）

　　需要说明的是：两个整数相除结果为整数，如 5/3 的结果为 1，舍去小数部分，但是如果除数或被除数中有一个为负值，则舍入的方向是不固定的，例如，-5/3 在有的机器上得到结果–1，有的机器则给出结果-2，多数机器采取"向零取整"方法，即 5/3=1，-5/3=-1，取整后向零靠拢。使用求余运算符时，要求%两侧均为整型数据，运算结果的符号与被除数一致。例如：7%2 的值是 1，-7%2 的值是-1，7%-2 的值是 1，-7%-2 的值是-1，7.0%2 是非法的。

　　2.自增自减运算符

　　++　（自增运算符，作用是使变量的值增 1）

　　--　（自减运算符，作用是使变量的值减 1）

　　++和--既可作为变量的前缀，又可作为变量的后缀。如：

```
++a;                        /*先将 a 的值加 1，然后使用 a*/
a++;                        /*先使用 a，然后将 a 的值加 1*/
```

++*a* 和 *a*++ 的作用都相当于 *a*=*a*+1，但 ++*a* 的是先执行 *a*=*a*+1，然后再使用 *a* 的值；而 a++ 是先使用 *a* 的值，然后再执行 *a*=*a*+1。

```
--a;                        /*先将 a 的值减 1，然后使用 a*/
a--;                        /*先使用 a，然后将 a 的值减 1*/
```

--*a* 和 *a*-- 的作用都相当于 *a*=*a*-1，但 --*a* 的是先执行 *a*=*a*-1，然后再使用 *a* 的值；而 *a*-- 是先使用 *a* 的值，然后再执行 *a*=*a*-1。

注意：自增运算符和自减运算符只能用于变量，不能用于常量和表达式，如 4++ 和 ++(*a*+*b*) 都是错误的。

2.5.2　算术表达式

在 C 语言中，用算术运算符和圆括号将运算对象连接起来的，并且符合 C 语言语法规则的式子称为算术表达式。如：

```
12/3+78*6-(10+65%14)
```

单个的常量和变量都是算术表达式，是最简单的算术表达式。算术表达式的值是数值型，具体列举如下。

注意：C 语言中算术表达式与数学表达式的书写形式有一定的区别，具体列举如下。

（1）C 语言算术表达式的乘号（*）不能省略。例如：数学式 b^2-4ac，相应的 C 表达式应该写成：*b**b-4*a*c。

（2）C 语言表达式中只能出现字符集允许的字符。例如，数学式 πr^2 相应的 C 表达式应该写成：PI*r*r（其中 PI 是已经定义的符号常量）。

（3）C 语言算术表达式不允许有分子分母的形式。

（4）C 语言算术表达式只使用圆括号改变运算的优先顺序（不要指望用{}[]）。可以使用多层圆括号，此时左右括号必须配对，运算时从内层括号开始，由内向外依次计算表达式的值。

2.5.3　算术运算符优先级和结合性

1．优先级
算术运算符优先级从高到低的顺序为：

（－（取负）、++、－－）（相同）→（*、/、%）（相同）→（+、－）（相同）

如：++*a*+*b*/5 等价于(++*a*)+(*b*/5)。

2．结合性
－（取负）、++和--的结合方向为右结合，+、－、*、/和%的结合方向为左结合。

当运算符++、--和运算符+、-进行混合运算时，C 语言规定，自左向右尽可能将多字符组成运算符。

【例 2.10】 运算符的优先级与结合性。

```
main( )
{   int e, d,a=3,b=4,c=5;
    d=a-b*c;
    e=a-b+c;
    printf("%d,%d",e,d);
}
```

程序运行结果为：

```
4,-17
```

例中用到了算术表达式 *a-b*c*、*a-b+c*；说明如下。

（1）C 语言规定了运算符的优先级和结合性，在表达式求值时，先按运算符的优先级别高低次序执行，先乘除后加减。如 *a-b*c*，*b* 的左侧为减号，右侧为乘号，而乘号优先于减号，因此，相当于：*a-(b*c)*=3-(5*4)=-17，然后将数值-17 赋给变量 *d*。

（2）如果在一个运算两侧的运算符的优先级别相同，如：*a-b+c*，则按规定的结合方向处理。C 语言规定了各种运算符的结合方向，赋值运算符具有右结合性，先执行=右边的表达式 *a-b+c* 的值；算术运算符的具有左结合性，即运算对象先与左面的运算符结合，因此 *b* 先与减号结合，执行 *a-b* 的运算，再执行加 *c* 的运算。*a-b+c*=(3-4)+5= 4，最后将表达式的值 4 赋值给变量 *e*。

2.5.4　算术运算中的类型转换

1．自动类型转换

转换的规则是：若为字符型必须先转换成整型，即其对应的 ASCII 码；若为单精度型必须先转换成双精度型；若运算对象的类型不相同，将低精度类型转换成高精度类型。精度从高到低的顺序是：

double　→　long　→　unsigned　→　int

根据算术运算符的优先级、结合方向和类型自动转换规则，表达式 3.14+18/4+'a'的运算过程如下。

（1）计算 18/4 得 int 型数 4。

（2）将 3.14 转换成 double 型，再将 4 转换成 double 型，计算 3.14+4.0 得 double 型数 7.14。

（3）先将'a'转换成 int 型数 97，然后再将 int 型数 97 转换成 double 型数 97.0，计算 7.14+97.0 得 double 型数 104.14，故整个表达式的值为 104.14。

2．强制类型转换

强制类型转换的一般形式是：

(类型标识符) (表达式)

其功能是把表达式的运算结果强制转换成类型标识符所表示的类型。如：

```
(int)(x+y)                    /*将 x+y 的值转换成整型*/
(int) x+y                     /*将 x 的值转换成整型*/
```

说明：

（1）类型标识符必须用圆括号括起来。

（2）强制类型转换只是得到一个所需类型的中间值，原来说明的数据类型并没有改变。

（3）由高精度类型转换成低精度类型可能会损坏精度。

【例 2.11】 强制类型转换运算。

```
main( )
{   int i =3;
    float x;
    x=(float)i;
    printf("i=%d,x=%f",i,x);
}
```

程序运行结果为：

```
i=3,x=3.000000
```

本例中，（float）这样的符号称之为强制类型转换运算符，强制类型转换是通过强制类型转换运算来实现的，它的功能是把整型变量 i 强制转换为浮点型变量。

无论是强制转换或是自动转换，都只是为了本次运算的需要而对变量的数据长度进行的临时性转换，得到一个所需类型的中间变量，原来变量的类型未发生变化，如例 2.11 中 i 的值仍然输出 3。

现在已经介绍了两种变量类型转换：一种是自动转换，另一种是强制转换。自动转换发生在不同数据类型的量混合运算时，由编译系统自动完成，再总结一下自动转换应遵循的规则。

（1）若参与运算量的类型不同，则先转换成同一类型，然后进行运算。

（2）转换按数据长度增加的方向进行，以保证精度不降低。如 int 型和 long 型运算时，先把 int 型转成 long 型后再进行运算。

（3）所有的浮点运算都是以双精度进行的，即使是仅含 float 单精度量运算的表达式，也要先转换成 double 型，再作运算。

（4）char 型和 short 型参与运算时，必须先转换成 int 型。

（5）在赋值运算中，赋值号两边量的数据类型不同时，赋值号右边量的类型将转换为左边量的类型。如果右边量的数据类型长度比左边长时，将丢失一部分数据，这样会降低精度，丢失的部分按四舍五入向前舍入。

（6）强制类型转换和自动类型转换都是为了实现运算数据类型的统一，当自动类型转换不能实现目的时，可以用强制类型转换，如"%"运算符，要求其两侧均为整型量，若 x 为 float 型，则 $x\%5$ 是不合法的，必须将 x 强制转换为 int 型变量，即表达式写为：$(int)x\%3$，强制类型转换运算符优先级高于"%"运算符，所以先进行 $(int)x$ 的运算，得到一个临时整型变量，然后再进行取模运算。

2.6　位运算符、逗号运算符和求字节运算符

2.6.1　位运算符

C 语言既具有高级语言的特点，又具有低级语言的功能，下面将介绍位运算符。位运算是指进行二进制位的运算。

1．位运算符

C 语言提供的位运算符如下：

&　　（按位与）

|　　（按位或）

∧　　（按位异或）

~　　（取反）

<<　　（左移）

>>　　（右移）

其中，"~"是单目运算符，其他是双目运算符。

只有整型或字符型的数据能参加位运算，实型数据不能，位运算结果的数据类型为整型。下面对各运算符分别进行介绍。

1）按位与运算符&

参加运算的两个数据的对应位都为 1，则该位的结果为 1，否则为 0。如：3&5=1。

先把 3 和 5 以补码表示，再进行按位与运算。

```
    00000011      3 的补码
&   00000101      5 的补码
    ────────
    00000001      3&5
```

2）按位或运算符|

参加运算的两个数据的对应位都为 0，则该位的结果为 0，否则为 1。如：060|017=077。

将八进制数 60 与八进制数 17 进行按位或运算。

```
    110000        060
|   001111        017
    ──────
    111111        077
```

3）按位异或运算符∧

参加运算的两个运算量的对应位相同，则该位的结果为 0，否则为 1。如：57∧42=19。

```
    0111001       57
∧   0101010       42
    ───────
    0010011       19
```

4）按位取反运算符~

用来将一个二进制数按位取反，即 1 变 0，0 变 1。如：~023 的值是 0354（8 位二进制数）。

5）左移运算符<<

将一个数的各二进位全部左移若干位，左边移出的位丢失，右边空出的位补 0。如：15<<2。

15 的二进制数 00001111，则

15 00001111

↓ ↓

15<<1 00011110

↓ ↓

15<<2 00111100

15<<2 的结果是 60。

6）右移运算符>>

用来将一个数的各二进位全部右移若干位，在 Turbo C 中，右边移出的位丢失，左边空出的位补原来最左边的那位的值，即若原来最左边那位的值为 0，左边空出的位就补 0；若原来最左边那位的值为 1，左边空出的位就补 1，但有的系统左边空出的位补 0。

如：023>>2 表示将 023 的各二进制位右移两位，其值是 04。

2. 优先级

"<<"和">>"的优先级相同，位运算符优先级从高到低的顺序是：

~ → <<、>> → & → ∧ → |

"~"的优先级高于算术运算符；"<<"和" >>"的优先级低于算术运算符，但高于关系运算符；&、∧ 和 | 的优先级低于关系运算符，高于逻辑运算符&&和||。

3. 结合方向

"~"的结合方向是右结合，其他位运算符的结合方向为左结合。

2.6.2 逗号运算符

C 语言提供一种特殊的运算符——逗号运算符","。逗号运算符的优先级是 C 语言所有运算符中最低的，结合方向为左结合，逗号运算符是双目运算符。逗号表达式是由一系列逗号隔开的表达式组成，逗号表达式的一般形式为：

表达式 1，表达式 2 [，表达式 3，…，表达式 n]

其中，方括号内的内容为可选项。表达式 $i(1 \leqslant i \leqslant n)$ 的类型任意。

逗号表达式的求解过程是：从左向右依次计算每个表达式的值，逗号表达式的值就是最右边表达式的值，逗号表达式值的类型就是最右边表达式的值的类型。

【**例 2.12**】 逗号表达式

```
main( )
{   int s,x;
    s=(x=8*2,x*4);
    printf("x=%d,s=%d",x,s);
}
```

程序运行结果如下：

```
x=16, s =64
```

本例中，先计算 8*2 的值为 16，并赋值给变量 x，然后计算 $x*4$，值为 64，由逗号表达式的求解过程知 s 等于整个逗号表达式中表达式 2 的值，即 x*4 的值，所以 s 值为 64。为了帮助大家理解看如下几个例子：

```
x=(z=5,5*2) /*整个表达式为赋值表达式,括号内逗号表达式的值为 10,将逗号表达式的值赋值
            给变量 x,故 x 的值为 10,而 z 的值为 5*/
x=z=5,5*2   /*整个表达式为逗号表达式,它的值为 10,x 和 z 的值都为 5*/
```

逗号表达式用的地方不太多，一般情况是在给循环变量赋初值时才用得到，所以程序中并不是所有的逗号都要看成逗号运算符，尤其是在函数调用时，各个参数是用逗号隔开的，这时逗号就不是逗号运算符。

2.6.3　求字节运算符

求字节运算符是 sizeof，它是一个单目运算符，其优先级高于双目算术运算符，该运算符的用法是：

sizeof(类型标识符或表达式)

用来求任何类型的变量或表达式的值在内存中所占的字节数，其值是一个整型数。sizeof 使用形式为：sizeof（变量名）或 sizeof 变量名，带括号的用法更普遍，大多数程序员采用这种形式。

【例 2.13】　使用 sizeof 运算符返回数据类型的长度。

```
main( )
{   int d,i;
    d=sizeof(double);
    i=sizeof(int);
    printf("d=%d,i=%d",d,i);
}
```

程序运行结果为：

```
d=8,i=2
```

本例中 sizeof 返回数据类型的长度，double 类型在内存中占用 8 个字节，int 类型在内存中占用 2 个字节，所以输出结果为 8 和 2。

2.7　上机实践

一、上机实践的目的和要求

1. 掌握 C 语言的基本数据类型。
2. 初步掌握常量与变量的使用。
3. 掌握基本运算符的功能与使用。
4. 掌握表达式的概念与运算规则。

二、上机实践内容

输入并运行以下各程序。

1.

```
main()
{   int i,a;
    int j=7,k=5;
    i=j+k*4;
    a=j++;
    printf("i=%d j=%d k=%d a=%d",i,j,k,a);
}
```

2.

```
main( )
{   int x;
    x=-3+4*5;
    printf("%d\n",x);
    x=3+7%5-6;
    printf("%d\n",x);
    x=(7+6)%5/2;
    printf("%d\n",x);
}
```

3.

```
main()
{   int a=10,y=2 , x;
    float d,f;
    x=(a*2,y+5)*3;
    f=2.5+y;
    printf("x=%d,y=%d,f=%f\n",x,y,f);
}
```

4.

```
main()
{   float x;
    int i;
    x=3.6;
    i=(int)x;
    printf("x=%f,i=%d \n",x,i);
}
```

2.8 习题

一、选择题

1. 对 C 语言源程序的执行过程描述正确的是（   ）。

　　A．从 main 函数开始执行

　　B．从程序中第 1 个函数开始执行，到最后一个函数结束

　　C．从 main 函数开始执行，到源程序最后一个函数结束

　　D．从第 1 个函数开始执行，到 main 函数结束

2．以下对 C 语言的描述中，正确的是（　　）。

　　A．C 语言源程序中可以有重名的函数

　　B．C 语言源程序中要求每行只能书写一条语句

　　C．注释可以出现在 C 语言源程序中的任何位置

　　D．最小的 C 语言源程序中没有任何内容

3．以下不能定义为用户标识符的是（　　）。

　　A．main　　　　　　B．_0　　　　　　C．_int　　　　　　D．sizeof

4．设 x、y、z、k 都是 int 型变量，则执行表达式：$x=(y=4, z=16, k=32)$ 后，x 的值为（　　）。

　　A．4　　　　　　　B．16　　　　　　C．32　　　　　　D．52

5．以下选项中，属于 C 语言中合法的字符串常量的是（　　）。

　　A．how are you　　B．"china"　　　　C．'hello'　　　　D．abc

6．在 C 语言中，合法的长整型常数是（　　）。

　　A．0L　　　　　　B．49 267^{10}　　　C．3 245 628&　　D．216D

7．Turbo C 中 int 类型变量所占的字节数是（　　）。

　　A．1　　　　　　　B．2　　　　　　　C．3　　　　　　D．4

8．以下程序的输出结果为（　　）。

```
main()
{   int i=010,j=10;
    printf("%d,%d\n",++i,j--);
}
```

　　A．11,10　　　　　B．9,10　　　　　C．010,9　　　　　D．10,9

9．若已定义 x 和 y 为 double 类型，则表达式 $x=1, y=x+3/2$ 的值是（　　）。

　　A．1　　　　　　　B．2　　　　　　　C．2.0　　　　　　D．2.5

10．表达式 (int)((double)9/2)-(9)%2 的值是（　　）。

　　A．0　　　　　　　B．3　　　　　　　C．4　　　　　　D．5

11．若有定义语句：int x=10;，则表达式 $x-=x+x$ 的值为（　　）。

　　A．-20　　　　　　B．-10　　　　　　C．0　　　　　　D．10

12．有以下程序：

```
main()
{   int a=1,b=0;
    printf("%d,",b=a+b);
    printf("%d",a=2*b);
}
```

程序运行后的输出结果是（　　）。

  A. 0,0   B. 1,0   C. 3,2   D. 1,2

13. 有以下定义语句，编译时会出现编译错误的是（ ）。

  A. char a='a'; B. char a='\n'; C. char a='aa'; D. char a='\x2d';

14. 有以下程序：

```
int    r=8;  printf("%d\n",r>>1);
```

输出结果是（ ）。

  A. 16   B. 8   C. 4   D. 2

二、程序分析题

1. 以下程序的输出结果是（ ）。

```
main( )
{ int a=0 ;
  a+=(a=8);
  printf("%d\n",a);
}
```

2. 已知字母 a 的 ASCII 码为十进制数 97，下面程序的输出结果是（ ）。

```
main( )
{ char c1,c2;
  c1='a'+'5'-'3';
  c2='a' +'6' -'3';
  printf("%c,%d\n",c1,c2);
}
```

3. 以下程序的输出结果是（ ）。

```
main()
{   int a=5,b=2;float x=4.5,y=3.0,u;
    u=a/3+b*x/y+1/2;
    printf("%f\n",u);
}
```

4. 以下程序的输出结果是（ ）。

```
main()
{   int i=10,j=1;
    printf("%d,%d\n",i--,++j);
}
```

5. 以下程序的输出结果是（ ）。

```
main()
{   int m=3,n=4,x;
    x=-m++;
    x=x+8/++n;
```

```
    printf("%d\n",x);
}
```

三、填空题

1. 填写程序运行结果。

```
main( )
{   int i=2,j;
    (j=3*i,j+2),j*5;
    printf("j=%d\n",j);
}
```

以下程序的执行结果是＿＿＿＿

2. 若 *t* 为 double 类型，表达式 *t*=1,*t*+5, *t*++的值是＿＿＿＿＿＿。

3. 下列程序的输出结果是 16.00，请将程序填充完整。

```
main( )
{   int a=9,b=2;
    float x=＿＿＿＿ , y=1.1 , z;
    z=a/2+b*x/y+1/2;
    printf("%f\n",z);
}
```

4. 下面程序的运行结果是＿＿＿＿。

```
main( )
{   int x,y,z;
    x=y=z=1;
    y++;
    ++z;
    printf("x=%d,y=%d,z=%d\n",x,y,z);
    x=(-y++)+(++z);
    printf("x=%d,y=%d,z=%d\n",x,y,z);
    x=y=1;z=++x||y++;
    printf("x=%d,y=%d,z=%d\n",x,y,z);
}
```

第3章

C 语言程序设计基础知识

3.1 基本输入/输出函数

为了让计算机处理各种数据，首先就应该把源数据信息输入到计算机中，计算机处理结束后，再将目标数据信息以人能够识别的方式输出。C 语言本身没有提供输入/输出操作语句。C 语言中的输入/输出操作是由 C 语言编译系统提供的库函数来实现的。下面介绍两个常用的输入/输出函数：printf()函数、scanf()函数。

3.1.1 格式化输出函数——printf()

printf()函数的作用：向计算机系统默认的输出设备（一般指终端或显示器）输出一个或多个任意类型的数据。一般调用格式为：

printf("格式字符串",输出表列);

如：

```
printf("a=%d,b=%d\n",a,b);
```

1. 输出表列

输出表列是需要输出的数据，可以没有。当有两个或两个以上输出项时，要用逗号（,）分隔。输出表列中的输出项可以是常量、变量或表达式。下面的 printf()函数都是合法的：

```
printf("I am a student.\n");
printf("%d",3+2);
printf("a=%f,b=%5d\n", a, a+3);
```

2. 格式字符串

格式字符串也称转换控制字符串，由普通字符和格式说明符两部分组成。

（1）普通字符即需要原样输出的字符，包括转义字符。格式字符串中的普通字符原样输出。

例如，printf("a=%d,b=%d\n"，a,b);语句中的"，"、"a="、"b="等都是普通字符。

（2）格式说明符是以"%"开始，以一个格式字符结束，中间可以插入附加说明符，它的作用是将输出的数据转换为指定的格式输出，其一般形式为：

%[附加说明符]格式字符

3．格式字符

输出不同类型的数据，要使用不同的格式字符。

格式字符%d 以带符号的十进制整数形式输出。

【例 3.1】　格式字符"%d"的使用。

```
main( )
{   int a=123;
    long b=123456;
    printf("a=%d,a=%5d,a=%-5d,a=%2d\n",a,a,a,a);
    printf("b=%ld,b=%8ld,b=%5ld\n",b,b,b);
    printf("a=%ld\n",a);
}
```

程序运行结果如下：

```
a=123,a=□□123,a=123□□,a=123
b=123456,b=□□123456,b=123456
a=16908411                              /*变量 a 的类型与格式符不匹配*/
```

对于整数，还可用八进制、无符号形式（%o(小写字母 o)）和十六进制、无符号形式（%x）输出。对于 unsigned 型数据，也可用%u 格式符，以十进制、无符号形式输出。

所谓无符号形式是指，不论正数还是负数，系统一律当作无符号整数来输出。例如：

```
printf("%d,%o,%x\n",-1,-1,-1);
```

结果如下：

```
-1,177777, ffff
```

3.1.2　格式化输入函数——scanf()

scanf()函数的作用：按指定的格式从键盘读入数据，并存入地址表列指定的内存单元中。一般调用格式为：

scanf("格式字符串"，地址表列)；

如：

```
scanf("a=%d,b=%d\n",&a,&b);
```

1．地址表列

地址表列是由若干个地址组成的表列，可以是变量的地址或其他地址，C 语言中变量的地址通过取地址运算符"&"得到，表示形式为：&变量名，如变量 a 的地址为&a。

2．格式字符串

格式字符串同 printf()函数相似，是由普通字符和格式说明符组成。普通字符是需原样输入的字符，包括转义字符。格式说明符同 printf()函数相似。

说明：

（1）格式字符串中的普通字符必须原样输入。如：

```
scanf("a=%d,b=%d",&a,&b);
```

输入时应用如下形式：

```
a=3,b=4↙
```

但如果没有任何间隔，输入数据时需要以空格间隔，如：

```
scanf("%d%d",&a,&b);
```

输入时应用如下形式：

```
3    4↙
```

（2）地址表列中的每一项必须为地址。如：

```
scanf("a=%,b=%",&a,&b);
```

不能写成：

```
scanf("a=%d,b=%d",a,b);
```

虽然在编译时不会出错，但是得不到正确的输入。

3.2　编译预处理

在 C 语言源程序中，凡是以"#"开头的均为预处理命令，一般都放在源文件的前面，函数之外。

所谓预处理是指在进行编译的第一遍扫描（词法扫描和语法分析）之前所做的工作。预处理是 C 语言的一个重要功能，由预处理程序负责完成。对源文件进行编译时，系统将自动引用预处理程序对源程序中预处理部分作处理，处理完作再自动进入对源程序的编译。

C 语言提供了多种预处理功能，主要有宏定义、文件包含、条件编译等。

3.2.1　宏定义——#define

在 C 语言源程序中允许用一个标识符来表示一个字符串，称为"宏"。被定义为"宏"的标识符称为"宏名"。在编译预处理时，对程序中所有出现的"宏名"，都用宏定义中的字符串去代换，这称为"宏代换"或"宏展开"。

宏定义是由源程序中的宏定义命令完成的。宏代换是由预处理程序自动完成的。在 C 语言中，宏分为有参数和无参数两种。下面分别讨论这两种宏的定义和调用。

1. 不带参数的宏定义

不带参数的宏定义的一般形式为：

#define　宏名　字符序列

其中，#define 是宏定义命令，宏名是一个标识符，字符序列可以是常数、表达式、格式串等。功能是用指定的宏名代替字符序列。例如：

```
#define  PI  3.14159
```

该宏定义的作用是用指定的宏名 PI 来代替其后面的字符序列 3.14159，这样，在后续程序中凡是用到 3.14159 这个字符序列的地方，都可用 PI 来代替。

说明：

（1）宏名一般用大写字母，以便于阅读程序，但这并非规定，也可用小写字母。

（2）在宏定义中，宏名的两侧至少各有一个空格。

（3）宏定义不是 C 语句，不能在行尾加分号，如果加了分号，在预处理时连分号一起替换。一个宏定义要独占一行。

（4）宏定义的位置任意，但一般放在函数外。

（5）取消宏定义的命令是#undef，其一般形式为：

#undef　宏名

（6）宏名的作用域为宏定义命令之后到本源文件结束，或遇到#undef 结束。

（7）在程序中，若宏名用双引号括起来，在宏替换时不进行替换处理。

（8）宏定义可以嵌套，即在一个宏定义的字符序列中可以含有前面宏定义中的宏名。在宏定义嵌套时，应使用必要的圆括号，否则有可能得不到所需的结果。

（9）宏替换只是进行简单的字符替换，不作语法检查。

（10）在一个源文件中可以对一个宏名多次定义，新的宏定义出现就是对同名的前面宏定义的取消。

【例 3.2】　在宏定义中引用已定义的宏名。

```
#define N  2
#define M  N+1
#define NUM  2*M
main( )
{   printf("NUM=%d\n",NUM);
}
```

程序运行结果为：

```
NUM=5                              /* NUM=2*N+1 */
```

2．带参数的宏定义

带参数的宏定义的一般形式为：

#define　宏名(形参表)　字符序列

其中，#define 是宏定义命令，宏名是一个标识符，形参表是用逗号隔开的一个标识符序列，序列中的每个标识符都称为形式参数，简称形参。如：

```
#define  s(a,b)  a>b?a:b          /*s 是宏名,a、b 是形参, a>b?a:b 是宏体*/
```

在程序中调用带参数宏的一般形式为：

```
宏名(实参表)
```

其中，实参表是用逗号隔开的常量、变量或表达式。例如：

```
#difine  M(x,y)  ((x)<(y)?(x):(y))
```

则语句：

```
c=M(3+8,7+6);
```

将被替换为语句：

```
c= ((3+8)<(7+6)?(3+8):(7+6));
```

上述带参数宏定义的替换过程是：按宏定义#define 中命令行指定的字符串从左向右依次替换，其中的形参（如 x、y）用程序中的相应实参（如 3+8，7+6）去替换。若定义的字符串中含有非参数表中的字符，则保留该字符，如本例中的"("、")"、"？"和":"这些符号原样照写。

注意：

（1）在带参数的宏定义中，宏名和形参表之间不能有空格出现。

例如把：

```
#define MAX(a,b)  (a>b)?a:b
```

写为：

```
#define MAX (a,b)  (a>b)?a:b
```

MAX 将被认为是无参宏定义，宏名 MAX 代表字符串"(a,b) (a>b)?a:b"。宏展开时，若宏调用语句为：

```
max=MAX(x,y);
```

将被展开为：

```
max=(a,b) (a>b)?a:b(x,y);
```

这显然是错误的。

（2）带参数宏的展开，只是将实参作为字符串，简单地置换形参字符串，而不做任何语法检查，要注意用括号将整个宏和各参数全部括起来。

若有宏定义　#define　S(x)　x*x

当语句执行 a=S(3+2)时，就成了 a=3+2*3+2，从而无法得到预期的结果。

（3）若实参是表达式，宏展开之前不求解表达式，宏展开之后进行真正编译时再求解。

3.2.2　文件包含

文件包含是 C 预处理程序的另一个重要功能。文件包含的一般格式为：

#include"文件名"

或

#include<文件名>

其中，#include 是文件包含命令，文件名是被包含文件的文件名。如：

```
#include "stdio.h"                    /*包含标准输入/输出头文件*/
#include "math.h"                     /*包含数学函数头文件*/
#include "string.h"                   /*包含字符串处理函数头文件*/
```

功能：将指定的文件内容全部包含到当前文件中来，替换#include 命令的位置。

处理过程：编译预处理时，用被包含文件的内容取代该文件包含命令，编译时，再将"包含"后的文件作为一个源文件进行编译。

两种格式的区别：

（1）#include"文件名"：系统先在当前目录搜索被包含的文件，若没找到，再到系统指定的路径去搜索。

（2）#include <文件名>：系统直接到系统指定的路径去搜索。

被包含文件的类型：通常为以".h"为后缀的头文件（或称"标题文件"）和以".c"为后缀的源程序文件。既可以是系统提供的，也可以是用户自己编写的。

系统提供的常用的头文件有：

stdio.h	标准输入/输出头文件
string.h	字符串操作函数头文件
math.h	数学库函数头文件
conio.h	屏幕操作函数头文件
dos.h	DOS 接口函数头文件
alloc.h	动态地址分配函数头文件
graphics.h	图形库函数头文件
stdlib.h	常用函数库头文件

使用文件包含的目的是避免程序的重复书写，特别是能够使用系统提供的诸多的可供包含的文件。

若存在文件名为 area.h，文件内容如下：

```
#define PI 3.1415926535
#define S(r) PI*r*r
```

【例 3.3】 文件包含。

```
#include "area.h"
main( )
{   float a, area;
    a = 5;
    area = S(a);
    printf("r=%f\narea=%f\n",a,area);
}
```

在预处理时，将 area.h 的内容引入程序中，插入到该命令行位置取代该命令行。

此时指定的文件和当前的源程序文件连成一个源文件。

说明：

（1）一个#include 命令只能指定一个被包含文件，用文件包含可实现文件的合并连接。

（2）一个#include 命令要独占一行。

（3）文件包含可以嵌套，即在一个被包含文件中又可以包含另一个文件。

（4）被包含的文件必须存在，并且不能与当前文件有重复的变量、函数及宏名等。

3.2.3　条件编译

一般情况下，源程序中所有的行都参加编译，但是有时希望对其中一部分内容只在满足一定条件时才进行编译，也就是对一部分内容指定编译的条件，这就是条件编译。

条件编译命令最常见的形式为：

```
#ifdef 标识符
    程序段 1
#else
    程序段 2
#endif
```

它的作用是：当标识符已经被定义过（一般是用#define 命令定义），则对程序段 1 进行编译，否则编译程序段 2。

其中#else 部分也可以没有，即：

```
#ifdef
    程序段 1
#endif
```

【例 3.4】 条件编译。

```
#define PI 3.1415926
#define V(r) 4.0/3*PI*(r)*(r)*(r)
main( )
{   double r,v,s;
    scanf("%lf",&r);
    #ifdef V
        v=V(r);
        printf("The V=%lf\n",v);
    #else
        s=4*PI*r*r;
        printf("Area=%lf\n",s);
    #endif
}
```

程序中，如果没第 2 行的宏定义，系统只编译求球体表面积的那一段程序，而不编译计算球体体积的那段程序。

3.3 选择结构和循环结构

3.3.1 选择结构

目前，在国内的大学中，为了教学管理的需要，将课程分为 3 类：选修课、考查课和考试课。对于选修课，记录在学生档案中的总评成绩只有"及格"一档，成绩不及格不做记录；对于考查课，记录在学生档案中的总评成绩分为"及格"、"不及格"两档；对于考试课，记录在学生档案中总评成绩分为"优"、"良"、"中"、"及格"和"不及格" 5 档，或者直接记录百分制的分数。

在实际工作中，一般要根据学生的平时成绩、实验成绩和考试成绩等计算出来一个百分制的成绩，然后再按照规则将其转换成登记在学生档案中的总评成绩。如何将百分制的成绩转换成总评成绩，就是人们提出的问题。

这些问题的求解都需要根据情况判断并做选择，这就是选择结构，在 C 语言中选择结构使用 if 语句实现，if 语句有以下 3 种格式：单分支格式、双分支格式、多分支格式。

1．单分支格式

【例 3.5】　编写程序，输入一个选修课成绩的分数，输出应登记到学生档案中的总评成绩。

```
main( )
{   int score;                          /*定义整型变量 score，记录分数*/
    printf("\n Please enter score (0<=score .&&.score<=100)");
    scanf("%d",&score);                 /*接收分数*/
    if (score>=60)                      /*判断分数是否大于等于 60*/
    printf("Passed!\n");          /*如果是，则输出"Passed"*/
}
```

本例使用的是 if 语句的单分支格式，其一般形式为：

if（表达式）
语句；

执行过程：先计算 if 后面的表达式，若结果为真（非 0），执行后面的语句；若结果为假（0），不执行该语句，其流程图如图 3.1 所示。

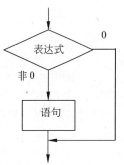

图 3.1　单分支选择流程图

2．双分支格式

对于考查课，如果百分制成绩大于等于 60 分，则总评成绩为"及格"，否则，总评成绩为"不及格"。

【例 3.6】　编写程序，输入一个考查课成绩的分数，输出应登记到学生档案中的总评成绩。

```
main( )
{   int score;                          /*定义整型变量 score，记录分数*/
    printf("\n Please enter score (0<=score .&&.score<=100)");
    scanf("%d",&score);                 /*接收分数*/
    if (score>=60)                      /*判断分数是否大于等于 60*/
        printf("Passed!\n");            /*如果是，则输出"Passed"*/
    else
    printf("Failed!\n");           /*否则输出"Failed"*/
}
```

本例使用的是双分支格式，一般形式为：

if(表达式)
语句 1；
else
语句 2 ；

执行过程：先计算 if 后面的表达式，若结果为真（非 0），则执行语句 1；否则执行语句 2，其流程图如图 3.2 所示。

3. 多分支格式

对于考试课：如果百分制分数小于 60 分，总评成绩为"不及格"；如果分数小于 70 分，但是大于等于 60 分，总评成绩为"及格"；如果分数小于 80 分，但是大于等于 70 分，总评成绩为"中"；如果分数小于 90 分，但是大于等于 80 分，总评成绩为"良"；如果分数小于等于 100 分，但是大于等于 90 分，总评成绩为"优"。当然，实际工作中，考试课可能不需要进行这种转换，但是，可能需要统计不同分数段的学生的人数，这与成绩转换是非常相似的操作。

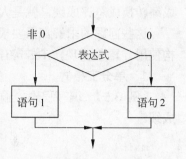

图 3.2　双分支选择流程图

【例 3.7】 编写程序，输入一个考试课成绩的分数，输出应登记到学生档案中的总评成绩。

```
main( )
{   int score;                              /*定义整型变量 score，记录分数*/
    printf("\n  Please enter score (0<=score .&&.score<=100)");
    scanf("%d",&score);                      /*接收分数*/
    if (score<60)
        printf("Failed\n");                  /*分数小于 60 分输出"不及格"*/
    else if(score<70)
        printf("Passed\n");                  /*分数小于 70 分输出"及格"*/
    else if(score<80)
        printf("Middling\n");                /*分数小于 80 分输出"中"*/
    else if(score<90)
        printf("Fine\n");                    /*分数小于 90 分输出"良"*/
    else
        printf("Excellent\n");               /*分数小于等于 100 分输出"优"*/
}
```

本例选用的是多分支格式，其一般形式为：

if(表达式 1)　语句 1 ;
else　if(表达式 2)　语句 2 ;
else　if(表达式 3)　语句 3 ;
　　　　…
else　if(表达式 n)　语句 n ;
else 语句 m ;

执行过程：先计算表达式 1，若表达式 1 的结果为真（非 0），执行语句 1，否则计算表达式 2，若表达式 2 的结果为真（非 0），执行语句 2，以此类推，若 n 个表达式的结果都为假（0），则执行语句 m，其流程图如图 3.3 所示。

由执行过程可知，n+1 个语句只有一个被执行，若 n 个表达式的值都为假，则执行语句 m，否则执行第一个表达式值为真（非 0）的后面的语句。

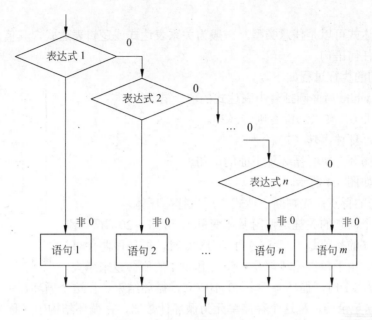

图 3.3　多分支选择流程图

3.3.2　循环结构

计算机的优势就在于它可以不厌其烦地重复工作，而且还不出错（只要程序编写正确）。其实，表示循环结构语句的语法并不难掌握，关键是如何使用循环程序设计的思想去解决实际问题。

首先，提出一个实际问题要大家解决：

问题是：在屏幕上输出整数 1～20，每两个整数中间空一个格。

也许，有的读者会这样来解决这个问题：

```
main( )
{  printf("1 2 3 4 5 6 7 8 9 10 11 12 13 14 15 16 17 18 19 20\n");
}
```

毫无疑问，这个程序的语法是对的，它能够顺利地通过编译，也能够完成题目的要求，但是，这绝对不是一个好的程序，因为程序设计者没有掌握程序设计思想。如果题目是要求输出 1～2000，那又如何呢？对循环程序设计来说，首先要掌握的是思想，而不是语法，只要是重复的工作，就要想办法用循环语句实现。这个问题的解决思路应该是：从输出 1 开始，每次输出一个比前一次大 1 的整数，重复 20 次。哪怕是只重复 10 次，或者 5 次，都是"重复"，重复就要用循环结构。

循环语句主要有 3 种：while、do…while 和 for 语句。

1．while 语句

while 语句的一般形式为：

while(表达式)
　循环体；

其中，表达式可以是任意类型，一般为关系表达式或逻辑表达式，其值为循环条件。循环体可以是任何语句。

while 语句的执行过程如下。

（1）计算 while 后面圆括号中表达式的值，若其结果为非 0，转（2）；否则转（3）。

（2）执行循环体，转（1）。

（3）退出循环，执行循环体下面的语句。

其流程图如图 3.4 所示。

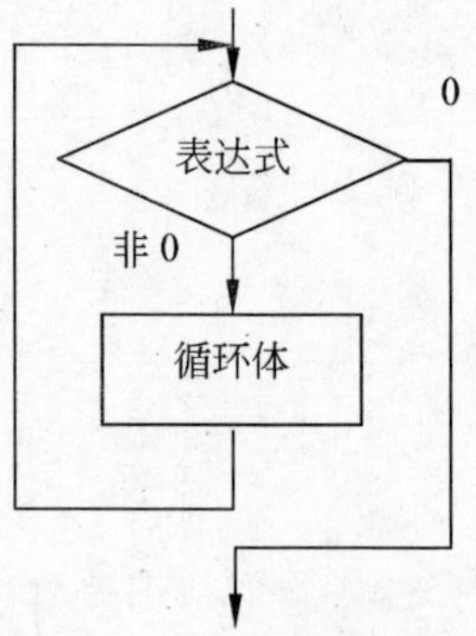

图 3.4　while 循环流程图

while 语句的特点：先判断表达式，后执行循环体。

解决第一个问题的关键是使用循环变量 i，从 1～20，循环刚好进行 20 次。i 的初值是 1，当 i 小于等于 20 时，循环做两件事，输出 i 和 i 增 1。由于每次循环都使 i 增 1，因此 i 的值会越来越大，当 i 的值增加到 21 时，循环条件 $i \leqslant 20$ 不成立，循环结束。在这个循环当中，重复的次数是用存储单元 i 记录的，称这个存储单元为循环计数器，在循环结构中又称为循环变量。

【例 3.8】　用 while 语句解决"在屏幕上输出 1～20"的问题。

```
main( )
{    int i;                    /*定义变量i*/
     i=1;                      /*设i的初值为1*/
     while (i<=20)             /*i 小于等于20 时，进行循环*/
     {    printf("%d␣",i);     /*输出当前i的值*/
          i++;                 /*i 的内容增1*/
     }
     printf("\n");
}
```

说明：

（1）由于 while 语句是先判断表达式，后执行循环体，所以循环体有可能一次也不执行。

（2）循环体可以是任何语句。如果循环体不是空语句，不能在 while 后面的圆括号后加分号(；)。

（3）在循环体中要有使循环趋于结束的语句。

2．do…while 语句

do…while 语句的一般形式为：

do
循环体；
while(表达式)；

其中，表达式可以是任意类型，一般为关系表达式或逻辑表达式，其值为循环条件。循环体可以是任意语句。

do…while 语句的执行过程为：

（1）执行循环体，转（2）。

（2）计算 while 后面圆括号中表达式的值，若其结果为非（0），转（1）；否则转（3）。

（3）退出循环，执行循环体下面的语句。

其流程图如图 3.5 所示。

do…while 语句的特点：先执行循环体，后判断表达式。

说明：

（1）do…while 语句最后的分号（；）不可少，否则将出现语法错误。

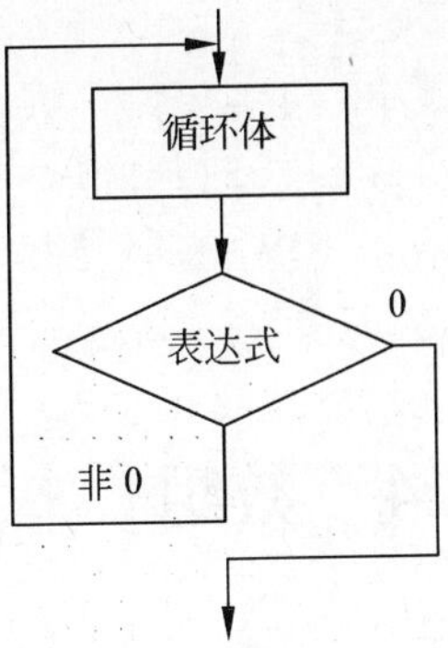

（2）循环体中要有使循环趋于结束的语句。

（3）由于 do…while 语句是先执行循环体，后判断表达式，所以循环体至少执行一次。

【例 3.9】 用 do…while 语句解决"在屏幕上输出 1～20"的问题。

图 3.5　do…while 循环流程图

```
main( )
{   int i;                      /*定义变量i*/
    i=1;                        /*设i的初值为1*/
    do
    {   printf("%d ",i);        /*输出当前i的值*/
        i++; }                  /*i的内容增1*/
    while(i<=20);               /*循环结束条件*/
    printf("\n");
}
```

3. for 语句

for 语句的一般形式为：

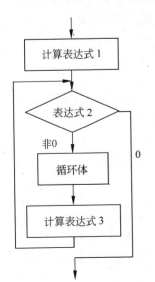

图 3.6　for 循环流程图

for(表达式 1；表达式 2；表达式 3)
　　循环体；

其中，循环体可以是任意语句。3 个表达式可以是任意类型，一般来说，表达式 1 用于给某些变量赋初值，表达式 2 用来说明循环条件，表达式 3 用来修正某些变量的值。

for 语句的执行过程为：

（1）计算表达式（1），转（2）。

（2）计算表达式（2），若其值为非 0，转（3）；否则转（5）。

（3）执行循环体，转（4）。

（4）计算表达式 3，转（2）。

（5）退出循环，执行循环体下面的语句。

其流程图如图 3.6 所示。

for 语句的特点：先判断表达式，后执行循环体。

【例 3.10】 用 for 语句解决"在屏幕上输出 1～20"的问题。

```
main( )
{   int i;                         /*定义变量 i*/
    for(i=1;i<=20;i++)             /*循环*/
    printf("%d  ",i);             /*输出结果*/
}
```

3.4　数组

　　首先，提出一个实际问题：请输入 100 个学生的"C 程序设计"课程的成绩，将这 100 个分数从小到大输出。

　　这实际是一个排序问题，由于需要把 100 个成绩从小到大排序，因此必须把这 100 个成绩都记录下来，然后在 100 个数中找到最小的、次最小的、……、最大的，对这 100 个数进行重新排列。现在先不讨论排序的细节，单说这 100 个数如何存储。初学者可能会想象定义 100 个整型变量：int a1,a2,a3, …,a100;，这样要写 100 个变量，而且在程序设计中可不能用省略号！如果需要处理的成绩更多，那又如何操作呢？更何况仔细想想如何对这 100 个成绩排序呢？用 if 语句对 4 个数进行排序都是很麻烦的。因此，我们引入数组这个概念。

　　在 C 语言中，数组的使用和普通变量的使用类似，必须"先声明，后使用"。下面将对数组的定义和使用进行简单讲述。

1.　一维数组的定义

　　定义一维数组的一般形式为：

类型标识符　　数组名[常量表达式]

　　其中，类型标识符表示数组的数据类型，即数组元素的数据类型，可以是任意数据类型，如整型、实型、字符型等。常量表达式可以是任意类型，一般为算术表达式，其值表示数组元素的个数，即数组长度。数组名要遵循标识符的命名规则。例如：

```
int  a[10];
```

定义了一个一维数组，数组名为 a，数据类型为整型，数组中有 10 个元素，分别是：$a[0]$、$a[1]$、$a[2]$、$a[3]$、$a[4]$、$a[5]$、$a[6]$、$a[7]$、$a[8]$、$a[9]$。

　　说明：

　　（1）不允许对数组的大小作动态定义。如下面对数组的定义是错误的：

```
int n=10;
int a[n];
```

　　（2）数组元素的下标从 0 开始。如：数组 a 中的数组元素是从 $a[0]$ 到 $a[9]$。

　　（3）C 语言对数组元素的下标不作越界检查。如：数组 a 中虽然不存在数组元素 $a[10]$，但在程序中使用并不作错误处理，所以在使用数组元素时要特别小心。

　　（4）数组在内存中分配到的存储空间是连续的，数组元素按其下标递增的顺序依次占用相应字节的内存单元。数组所占字节数为：sizeof(类型标识符)*数组长度。如：数组 *a* 占用连续 20 个字节存储空间，为其分配的内存如图 3.7 所示。

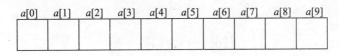

a[0]	*a*[1]	*a*[2]	*a*[3]	*a*[4]	*a*[5]	*a*[6]	*a*[7]	*a*[8]	*a*[9]

图 3.7　一维数组内存分配

（5）可以同时定义多个数组，还可以同时定义数组和变量。如：

```
float a[10],b[20],c,d,*p;
```

2．一维数组元素的引用
一维数组元素的下标表示形式为：

数组名 [表达式]

其中，表达式的类型任意，一般为算术表达式，其值为数组元素的下标。
用下标法引用数组元素时，数组元素的使用与同类型的普通变量相同。
若有定义：int a[10]={1,2,3,4,5,6,7,8,9,10},i=3;，则下列对数组元素的引用都是正确的：

```
a[i]                /* 表示 a[3] */
a[++i]              /* 表示 a[4] */
a[3*2]              /* 下标为 6 的数组元素 */
```

【例 3.11】　建立一个数组，数组元素 *a*[0]到 *a*[9]的值为 0～9，然后按逆序输出。

```
main( )
{ int i,a[10];
    for (i=0;i<=9;i++)
        a[i]=i;
    for(i=9;i>=0;i--)
    printf("%d",a[i]);
}
```

3．一维数组初始化
（1）全部元素初始化。在对全部数组元素初始化时，可以不指定数组长度。如下面对数组 a 的初始化是等价的：

```
int a[10]={0,1,2,3,4,5,6,7,8,9};
int a[ ]={0,1,2,3,4,5,6,7,8,9};
```

a[0]到 *a*[9]的值分别为：0、1、2、3、4、5、6、7、8、9。
（2）部分元素初始化。部分元素初始化时，数组的长度不能省略，并且是赋值给前面的元素，没有被赋值的数组元素，数值型数组时值为 0，字符型数组时值为'\0'。如：

```
int a[10]={1,2};
```

a[0]的值为 1，*a*[1]的值为 2，*a*[2]到 *a*[9]的值都为 0。

【例 3.12】　若已有 10 个数，求它们当中的最小值。

```
main( )
{   int i,a;
    int n[10]={8,2,4,6,7,1,0,85,32,54};
    a=n[0];
    for(i=1;i<10;i++)
        if(n[i]<a)
        a=n[i];
    printf("a=%d\n",a);
}
```

3.5　结构体

数组只允许把同一类型的数据组织在一起，但在实际应用中，有时需要将不同类型的但相关联的数据组合成一个有机的整体，并利用一个量来管理它。C 语言提供了结构体的数据类型来描述这类数据类型。

1. 结构体类型的定义

定义结构体类型的一般形式为：

struct 结构体类型名
{ 类型 1　成员 1；
　类型 2　成员 2；
　…　　　…
　类型 n　成员 n；
};

例如：一个学生的学号、姓名、性别、年龄、成绩、家庭住址，这些都与某一学生相联系，如表 3.1 所示。

表 3.1　学生基本情况表

Num	name	sex	age	score	addr
99001	Wangli	M	20	90	Dalian

将上述这些独立的简单变量组织在一起，可组成一个组合项，在一个组合项中包含若干个不同类型的数据项。C 语言提供了这样一种数据结构，称为结构体（Structure），相当与其他高级语言中的"记录"。将学生基本情况表用结构体表示如下：

```
struct student
{   int num;
    char name[20];
    char sex;
```

```
    int age;
    float score;
    char addr[30];
};
```

说明：

（1）结构体类型由"struct 结构体类型名"统一说明和引用。

（2）只有变量才分配地址，类型定义并不分配内存空间。

（3）结构体中说明的各个成员类似于以前的变量，但在类型定义时不分配地址。

（4）相同类型的成员可以合在一个类型下说明。如：

```
struct student
{   int num,age;
    char name[20],sex,addr[30];
    float score;
};
```

（5）最后一定要以分号结束。

（6）可以嵌套定义，即在结构体类型定义中又有结构体类型的成员。如：

```
struct student
{   int num,age; char name[20],sex,addr[30];
    struct
    {   float Chinese,Math,Physics,English;
    }score;                              /*无名结构体类型定义的成员 score */
};
```

（7）结构体类型也是有作用范围的，即它与变量一样，也有全局和局部之分。在一个函数中定义的结构体类型是局部的，只能用于在该函数中定义结构体变量；在函数之外定义的结构体类型是全局的，可定义在其后用到的结构体类型的全局和局部变量。

2．结构体变量的定义和引用

定义结构体类型变量有如下 3 种形式（以上面的结构体类型 student 为例）。

（1）定义结构体类型之后再定义结构体类型变量，如：

```
struct student a,b,c;
```

定义了 3 个结构体 student 类型变量 *a*、*b* 和 *c*。

（2）在定义结构体类型的同时定义结构体变量，如：

```
sturct student
{   int num;
    char name[20];
    char sex;
    int age;
    float score;
    char addr[30];
}a,b,c;
```

这样也定义了 3 个结构体类型变量 a、b 和 c。

（3）在定义无名结构体类型的同时定义结构体类型变量，如：

```
struct
{   int num;
    char name[20];
    char sex;
    int age;
    float score;
    char addr[30];
}a,b,c;
```

这样也定义了 3 个结构体类型变量 a、b 和 c，但这种方法只能在此定义变量，因为没有类型名称，所以这种结构体类型无法重复使用。

注意： 结构体变量所占的字节数为各成员所占字节数之和。

结构体变量成员引用的一般形式为：

结构体类型变量名.成员变量名[.成员变量名.…]

【例 3.13】 将结构体变量 a 赋值为一个学生的记录，然后输出。

```
main( )
{   struct student
    {   long int num;
        char name[20];
        char sex;
        char addr[20];
    }a={99001, "Wangli",'M', "Dalian"};
    printf("No.:%ld\nname:%s\nsex:%c\naddress:%s\n",a.num,a.name,a.sex,a
    .addr);
}
```

3.6 函数

【例 3.14】 C 程序的组成。

```
printstar( )                        /*定义 printstar()函数*/
{   printf("* * * * * * * * * *\n");
}
printmessage( )                     /*定义 printmessage()函数*/
{   printf("  How are you!\n");
}
main( )
{   printstar( );                   /*调用 printstar()函数*/
    printmessage( );                /*调用 printmessage()函数*/
```

```
    printf("* * * * * * * * * *\n"); /*调用 printf()函数*/
}
```

程序运行结果如下：

```
* * * * * * * * * *
How are you!
* * * * * * * * * *
```

例 3.14 由 3 个函数组成：主函数 main()、printstar()和 printmessage()。其中 printstar()
和 printmessage()都是用户定义的函数，分别用来输出一行星号和一行信息；printf()是系统
提供的库函数。由上面的例题可以得出如下结论。

（1）一个 C 程序文件由一个或多个函数组成。一个 C 程序文件是一个编译单位，即以
文件为单位进行编译，而不是以函数为单位进行编译。

（2）C 程序的执行总是从 main()函数开始，完成对其他函数的调用后再返回到 main()
函数，最后由 main()函数结束整个程序。一个 C 源程序必须有也只能有一个 main()函数。

（3）所有函数都是平行的，即在定义函数时是互相独立的，一个函数并不从属于另一
函数，即函数不能嵌套定义，但可以嵌套调用，还可以自己调用自己，但不能调用 main()
函数。

从用户的角度看，函数有两种：系统库函数（即标准函数）和用户自定义函数。前面
使用的 printf()函数就是系统库函数，是由系统提供的，用户可以直接使用它们。库函数虽
然有很多，但不能完全满足用户的需求，这时就要根据用户自身的需要定义新的函数，这
样的函数就是用户自定义函数，如前面的 printstar()函数。

函数定义的格式如下：

类型标识符　函数名（形式参数表）
{
函数体
}

说明：

（1）类型标识符说明了函数返回值（即函数值）的类型，它可以是第 2 章介绍的各种
数据类型。若函数无返回值，则函数的类型为"void"；当函数值类型为整型（int）时，可
以省略，也就是说函数类型默认为整型。

（2）函数名是函数存在的标识符，要符合标识符命名的规则，不能与关键字同名。

（3）形式参数表用于指明函数调用时，调用函数传递给该函数的数据类型和数据个数。
形式参数表中的参数可以有多个，相邻参数间用逗号","间隔；若没有参数则形式参数表
为空或用"void"表示，但函数名后"()"必须存在，如：

```
void Hello()
{   printf ("Hello,world \n");
}
```

Hello()函数是一个无参函数，当被其他函数调用时，输出"Hello, world"字符串。

（4）形式参数表中的每个参数都必须进行类型定义，格式是：

类型 1　参数 1，类型 2　参数 2，…

其放在"（）"内，也可以放在函数名下面。

（5）函数体就是函数的功能，由若干语句组成，包括说明语句和可执行语句，函数体中可以没有语句，但大括号不可省略。

（6）函数不允许嵌套定义，即在一个函数的函数体内不能再定义另一个函数。

（7）一个函数的定义，可放在程序中的任意位置，如主函数 main()之前或之后。

【例 3.15】 定义一个求两个数中最大数的函数。

```
int max(int x, int y)                 /*定义一个函数 max()*/
{    int z;
     z= x>y?x:y;
     return(z);                       /*将 z 的值作为函数 max 的值*/
}
```

3.7　指针

3.7.1　指针的概念

指针是 C 语言中重要的概念，也是难理解的概念。要弄清 C 语言中指针的概念，必须首先了解计算机基本组成与计算机工作原理。计算机由输入设备、输出设备、内存储器、运算器、控制器 5 部分组成，如图 3.8 所示。程序员编写 C 语言源程序，通过键盘输入到内存中，然后对源程序进行编译、连接，当用户发出运行命令时，计算机就按照程序中的语句顺序自动执行，这就是计算机程序存储运行原理。

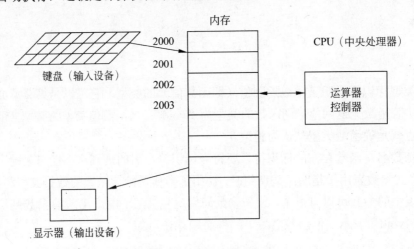

图 3.8　计算机基本组成

C 程序中的主函数、子函数存储在程序存储区，变量、常量、数组、结构体存储在数据存储区。程序存储区、数据存储区在内存中是以多个存储单元形式存放的，每个存储单元由一个字节（8 个二进制位）组成，每个存储单元都有地址，如图 3.8 的第一个存储单元的地址是 2000。在 C 语言中函数变量、常量、数组、结构体通常占用多个连续的存储单元，其地址为最前面存储单元的地址，即首地址，以后就简称为"地址"。在 C 语言中地址就称为指针。以整型变量 a 为例，假设整型变量占两个字节，即变量 a 占有 2000、2001 两个连续的存储单元，则最前面的存储单元的地址 2000 就是变量 a 的地址，也是变量 a 的指针。在计算机中数据是通过数据总线传输的，要把数据准确地输入到内存储器中，必须知道存储单元的地址，即通过地址找到存储单元，此过程称为"寻址"。这就如同我们将报纸投送到报箱中，而每个报箱都有报箱号一样。只有知道了报箱号（地址）才能将报纸（数据）投送到正确的报箱中。在计算机中寻址是由计算机地址总线自动完成的，地址相当于目的存储单元的"指向标"，形象地将地址称为"指针"。

在 C 语言中，访问变量可以通过变量名直接存取变量的值，叫做"直接访问"，就是前面所使用的访问变量的方法。在本章中有了变量的指针，就可以通过变量的指针间接存取变量的值，称为"间接访问"。变量的指针是常量，即变量一经定义，其地址就确定了。定义一个专门存放变量指针的变量称为指针变量，其语法格式为：

基类型　*指针变量名；

其中基类型是指与指针变量所存放的地址相对应的变量的类型。例如，基类型为 int 的指针变量，只能存储 int 型变量的地址；基类型为 float 的指针变量，只能存储 float 型变量的地址。其中"*"是一个标志，指示其后面变量是一个指针变量。基类型可以是 int、float、char、double、long 等。

【例 3.16】 定义指针变量。

```
main( )
{   int a,b,*p1=&a,*p2;
    float c,d,*q1=&c,*q2;
    p2=&b;
    q2=&d;
    printf("%ld, %ld, %ld, %ld\n",p1,p2,q1,q2);
}
```

例 3.16 中，整型变量 a、b 的地址可以通过取地址运算符"&"得到。"&"运算符是一个单目运算符，其优先级与!、++、--相同，右结合，其功能为取其后面变量的地址。a、b 的指针分别为&a、&b，其为常量。主函数的第 1 行定义了整型指针变量 p1、p2，而 p1、p2 变量前面的"*"是一个标志，说明其后的变量是一个指针变量，而不是一个普通变量。定义完指针变量 p1、p2 后，必须将一个整型变量的地址赋给指针变量。给指针变量赋值有两种方法：第 1 种是在定义的时候就赋初值，例如"*p1=&a"，注意"*"是一个标志，"p1=&a"是将 a 的地址赋给指针变量 p1；第 2 种方法是先定义指针变量，然后在执行语句中给指针变量赋值，例如"p2=&b"，注意在定义时*p2 已经说明 p2 是一个指针变量，但它没有存放任何变量的地址。在执行语句中，将&b 即 b 的地址赋给指针变量 p2，p2 前面不能有"*"，"*"标志只能出现在变量定义语句中。指针变量 q1、q2 的基类型为 float 型，则 q1、q2 只能存放 float 型的变量地址，其赋值方法与 p1、p2 类似。定义指针变量时给变量赋值的两种方法在实际应用时，采用哪一种都可以。还要注意，变量 a、b、c、d 的定义要先于对其地址的引用，例如语句 int *p1=&a,a;是错误的。

3.7.2　变量与指针

3.7.1 节介绍了指针的概念，每个变量都有一个地址，变量地址是常量，变量地址也叫指针。可以定义一个变量，专门存放变量的地址（指针），该变量就称为指针变量。语句 int a,*p=&a; 定义了变量 a 和指针变量 p，其示意图如图 3.9 所示。

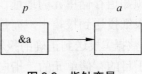

变量 a 为整型，p 为指针，其基类型为整型，即只能存放整型变量的指针。p 存放变量 a 的地址&a，我们就形象地说 p 指向 a，或者说指针变量指向哪个变量，其含义就是指针变量存放着该变量的指针（地址）。

图 3.9　指针变量

3.7.3　指针变量的引用

由 3.7.1 节可知，除了直接访问变量外，还可以通过指针（地址）间接访问变量，其一般形式为：

*指针变量

注意，此形式只能出现在可执行语句中，不能出现在变量定义语句中，变量定义中的"*"只是一个标志，而此处的"*"是一个指针运算符（或称"间接访问运算符"），其含义是间接访问指针变量所指向的变量，其优先级为 2 级，与!、++、&（取地址）等运算符同级，右结合。例 3.16 中，指针变量 p1 指向整型变量 a，在可执行语句中*p1 与变量 a 完全等价，语句 "*p1=10;" 的含义就是将 10 赋给变量 a（p1 指向的变量）。

【例 3.17】 指针变量的引用。

```
main( )
{   int *p1,*p2,a,b;
    float *q,c,d;
    a=b=2;
    c=d=a+b;
    p1=&a;p2=&b;
    *p1=3;*p2=4;
    q=&c;
    *q=*p1+*p2;
    printf("%d,%d\n",a,*p1);
    printf("%d,%d\n",b,*p2);
    printf("%f,%f\n",c,d);
}
```

程序运行结果如下：

```
3, 3
4, 4
```

7.000000, 4.000000

程序第 1 行、第 2 行为变量定义语句，即非执行语句，在程序编译阶段完成。其中的
"*"是一个标志，标志后的 *p1*、*p2*、*q* 为指针变量。第 3 行及以下均为可执行语句，在程
序运行阶段完成。*p1* 存放 *a* 的指针，即 *p1* 指向 *a*，同理，*p2* 指向 *b*。*p1* 中的 "*" 为间
接访问 *p1* 指向的变量，由于 *p1* 指向 *a*，因此*p1* 为间接访问变量 *a*，即*p1* 与 *a* 等价。*a*
的值原来等于 2，现在 "*p1=3；"，等价于 "a=3；"，故 *a* 的值为 3。同理，*b* 的值原来为 2，
现在为 4。基类型为实型的指针 *q* 指向实型变量 *c*，则*q* 与 *c* 等价，其等于*p1* 与*p2* 的和，
也就是 *a* 与 *b* 的和，其值为 7。

【**例 3.18**】　输入 *a*、*b* 两个实型数，通过指针的方法，降序输出 *a*、*b*。

```
main( )
{   float *pa,*pb,*p,a,b;
    pa=&a;pb=&b;
    scanf("%f%f",pa,pb);
    if(a<b)
    {    p=pa;pa=pb;pb=p;}
    printf("%f,%f\n",*pa,*pb);
}
```

程序运行结果如下：

运行 1 输入：3　5
　　　输出：5，3
运行 2 输入：6　2
　　　输出：6，2

程序的第 3 行定义 *pa* 指向 *a*，*pb* 指向 *b*。由于 *pa*、*pb* 存放的是 *a*、*b* 的地址，所以第
4 行输入语句用 *pa*、*pb* 代替&*a*、&*b* 完全可行，大家以后也要学会这种方法。第 5 行是一
个选择结构，如果 *a* 小于 *b*，则将 *pa* 和 *pb* 的值互换，则 *pa* 指向 *b*，*pb* 指向了 *a*，最后一
行打印*pa*、*pb* 就是打印 *b* 和 *a* 的值，*b* 的值大于 *a*，所以降序输出的目的达到了。如果 *a*
小于 *b* 不成立，则 *pa* 和 *pb* 的值保持原值，最后一行打印*pa*、*pb* 就是 *a* 和 *b* 的值，由于
a 小于 *b* 不成立，即 *a* 大于等于 *b*，显然也符合降序输出的目的。

3.8　上机实践

一、上机实践的目的和要求

1. 掌握输入/输出函数的格式及应用。
2. 了解编译预处理命令的使用。
3. 掌握 if 语句和 switch 语句。
4. 掌握 3 种循环语句的使用。
5. 掌握一维数组的定义及使用。

6. 掌握结构体变量的定义。

7. 掌握 C 语言函数的定义。

8. 掌握 C 语言指针的定义和使用。

二、上机实践内容

输入并运行程序。

1. 判断下面程序的运行结果是否正确，并用 for 语句代替 while 语句重新编写程序，确保输出结果相同。

```c
main( )
{   int i,sum;
    i=0;sum=0;
    while(i<=5)
    {   sum+=i;
        i++;
    }
  printf("i=%d,sum=%d\n",i,sum);
}
```

程序运行结果如下：

```
i=6,sum=15
```

用 for 语句代替 while 语句重新编写的程序如下：

```c
main( )
{   int i,sum;
    for(i=0,sum=0;i<=5; i++) sum+=i;
    printf("i=%d,sum=%d\n",i,sum);
}
```

2. 判断下面程序的运行结果是否正确，并用 while 语句代替 do…while 语句重新编写程序，确保输出结果相同。

```c
main( )
{   int i,sum;
    i=5;
    sum=0;
    do
    {   sum+=2*i;
        i--;
    }while(i>0);
    printf("i=%d,sum=%d\n",i,sum);
}
```

程序运行结果如下：

```
i=0,sum=30
```

3. 译密码。为了使电文保密，往往按一定规律将其转换成密码，收报人再按约定的规律将其译回原文。如使用 A→E，B→F，a→e 等，将 "China!" 转换为 "Glmre!"。

```c
#include "stdio.h"
main( )
{   char c;
    while((c=getchar())!='\n' )
    {   if((c>='a'&&c<='z')||(c>='A'&&c<='Z'))
        c=c+4;
        if(c>'Z'&&c<='Z'+4)
        c=c-26;
        printf("%c",c);
    }
}
```

4. 输入一正整数，计算并显示该整数的各位数字之和，例如正整数 1987 各位数字之和是 1+9+8+7=25。

```c
main( )
{   long i,sum;
    int k;
    printf("\nEnter a integer: ");
    scanf("%ld",&i);
    sum=0;
    while (i!=0)
    {   k=i%10;
        sum=sum+k;
        i=i/10;
    }
printf("\nsume is %d",sum);
}
```

5. 编写函数计算某两个自然数之间的所有自然数的和，使用函数调用的方法求 1～50、50～100 的和。

```c
int fun(int a,int b)
{   int i;
    int sum=0;
    for(i=a;i<=b;i++)
        sum+=i;
    return sum;
}
main( )
{   printf("%d\n",fun(50,100));
    printf("%d\n",fun(1,50));
}
```

程序运行结果如下：

```
3825
1275
```

3.9　习题

一、选择题

1. 若有定义：int x,y;，则循环语句 for(x=0,y=0;(y!=123)||(x<4);x++);的循环次数为（　　）。

　　A．无限次　　　　B．不确定次　　　　C．4 次　　　　D．3 次

2. 若有定义：int a=1,b=10;，执行下列程序段后，*b* 的值为（　　）。

```
do {b-=a;a++;}while(b--<0);
```

　　A．9　　　　　　B．-2　　　　　　C．-1　　　　　D．8

3. 表达式 (int) 3.6*3 的值为（　　）。

　　A．9　　　　　　B．10　　　　　　C．10.8　　　　D．18

4. 下面的叙述中不正确的是（　　）。

　　A．宏名无类型，其参数也无类型

　　B．宏定义不是 C 语句，不必在行末加分号

　　C．宏替换只是字符替换

　　D．宏定义命令必须写在文件开头

5. 与 for(　;0;　)等价的为（　　）。

　　A．while(1)　　　B．while(0)　　　C．break　　　　D．continue

6. 下列能正确定义一维数组 *a* 的语句是（　　）。

　　A．int a(10);　　　　　　　　　　B．int n=10,a[n];

　　C．int n;　scanf("%d",&n);　　　D．#define N 10
　　　　int a[n];　　　　　　　　　　　　int a[N];

7. 有以下的结构体变量定义语句：

```
struct student {int num;char name[9];}stu;
```

则下列叙述中错误的是（　　）。

　　A．结构体类型名为 student　　　B．结构体类型名为 stu

　　C．num 是结构体成员名　　　　D．struct 是 C 的关键字

8. 函数返回值的类型是由（　　）。

　　A．return 语句中的表达式类型所决定

　　B．调用该函数的主调函数类型所决定

　　C．系统临时决定

　　D．在定义函数时所指定的函数类型所决定

9. 已知：int a,*p=&a;语句中的“*”的含义是（　　）。

　　A．指针运算符　　B．乘号运算符　　　C．指针变量定义标志　　D．取指针内容

10. 有以下程序：

```
#define   f(x)   x*x*x
main( )
{   int   a=3,s,t;
    s=f(a+1);t=f((a+1));
    printf("%d,%d\n",s,t);
}
```

程序运行后的输出结果是（　　　）。

  A．10,64   B．10,10   C．64,10   D．64,64

二、程序分析题

1. 以下程序的输出结果是（　　　）。

```
main().
{   int x=3,y=3,z=1;
    printf("%d   %d\n",(++x,y++),z+2);
}
```

2. 以下程序的输出结果是（　　　）。

```
main()
{   int i,sum;
    for(i=1,sum=10;i<=3;i++) sum+=i;
    printf("%d\n",sum);
}
```

3. 以下程序的输出结果是（　　　）。

```
main( )
{   int x=23;
    do
    { printf("%d",x--);
    }while(!x);
}
```

4. 以下程序的输出结果是（　　　）。

```
#define  N  2
#define  M  N+1
#define  NUM  2*M+1
main( )
{   int i;
    for(i=1;i<=NUM;i++);
    i--;
    printf("%d\n",i);
}
```

5．以下程序的输出结果是（　　）。

```
main( )
{   int a=10,b=4,c=3;
    if(a<b)  a=b;
    if(a<c)  a=c;
    printf("%d,%d,%d\n",a,b,c);
}
```

三、程序设计题

1．输入三角形的边长 a、b、c，求三角形的面积 $area$。$area=\sqrt{s(s-a)(s-b)(s-c)}$ 其中：$s=(a+b+c)/2$。

2．输入两个整数，求它们相除的余数。用带参数的宏来实现，编写程序。

3．输入 10 个整数，统计并输出正数、负数和零的个数。

第4章 顺序结构程序设计

通过第 3 章的学习，大家已经基本了解和掌握了 C 语言程序设计的基本知识，本章对编程中遇到的数据的输入/输出问题作详细阐述。

4.1 赋值语句

赋值语句是由赋值表达式加上分号构成的表达式语句，其一般形式为：

赋值表达式；

赋值语句的功能和特点与赋值表达式相同，它是程序中使用最多的语句之一。当执行赋值语句时，会完成计算和赋值的操作。

在赋值语句的使用过程中需要注意以下几点：

（1）在赋值符"="右边的表达式也可以又是一个赋值表达式，即有如下形式：

变量=变量=…=表达式；

例如：x=y=z=3；是一个合法的赋值语句。按照赋值运算符的右结合性，该语句实际上等效于 z=3；y=z；x=y；。

（2）在变量说明中给变量赋初值和赋值语句是有区别的。给变量赋初值是变量说明的一部分，赋初值后的变量与其后的其他同类变量之间是用逗号间隔，而赋值语句则必须用分号结尾。

（3）在变量说明中，不允许连续给多个变量赋初值。int x=y=z=3；是错误的，应该写为 int x=3，y=3，z=3；，而赋值语句允许连续赋值，如 x=y=z=3；是正确的。

（4）赋值表达式和赋值语句的区别是：赋值表达式是一种表达式，它可以出现在任何允许表达式出现的地方，而赋值语句则不能，如 if(x=y)>0 z=x；是正确的，而 if((x=y;)>0 z=x；)是错误的，因为 if 的条件中不允许包含赋值语句。

4.2 数据的输入和输出

C 语言中的输入/输出操作，是由 C 语言编译系统提供的库函数来实现的。3.1 节已介绍了格式化输入 scanf()函数和格式化输出 printf()函数的基本使用方法，下面介绍如何使用它们进行格式化的输入和输出，以及字符数据的输出和输入函数：putchar()函数和 getchar()函数。

4.2.1　整型数据的输入和输出

使用 scanf()和 printf()实现整型数据的输入和输出时，应该根据数据的类型和输入/输出的形式，使用合适的格式字符和附加说明符（如表 4.1～表 4.3 所示）。

表 4.1　整型数据格式字符

数据类型	输入/输出形式			
	十进制	八进制	十六进制	格式符的含义
int	%d	%o	%x	以十进制输入/输出一个整数
long	%ld	%lo	%lx	以十进制输入/输出一个长整数
unsigned	%u	%o	%x	以十进制、八进制或十六进制输入/输出一个无符号整数
unsigned long	%lu	%lo	%lx	以十进制、八进制或十六进制输入/输出一个无符号长整数

表 4.2　常用的格式字符

格式字符	说明
%d	以十进制输入/输出一个整数
%o	以八进制输入/输出一个无符号整数 (无前导 0)
%x	以十六进制输入/输出一个无符号整数 (无前导 0x)
%u	以十进制输入/输出一个无符号整数

表 4.3　常用的附加说明符

附加说明符	说明
m(列宽)	按宽度 m 输出。若 m>数据长度，左补空格，否则按实际位数输出
-m(列宽)	按宽度 m 输出。若 m>数据长度，右补空格，否则按实际位数输出

【例 4.1】　格式字符%d、%ld 和列宽的使用。

```
main( )
{   int  a=123;
    long  b=123456;
    printf("a=%d,a=%5d,a=%-5d,a=%2d\n",a,a,a,a);
    printf("b=%ld,b=%8ld,b=%5ld\n",b,b,b);
}
```

程序运行结果如下：

```
a=123,a=□ □123,a=123□ □,a=123
b=123456,b=□ □123456,b=123456
```

【例 4.2】　格式字符%d、%o、%x、%u 的使用。

```
main( )
```

```
{    int a=20;
     int b=-1;
     printf("%d,%o,%x,%u\n",a,a,a,a);
     printf("%d,%o,%x,%u \n",b,b,b,b);
}
```

程序运行结果如下：

```
20,24,14,20
-1,177777,ffff,65535
```

对于整数，当使用八进制、十六进制和无符号形式输出数据时，一律按照无符号形式。所谓无符号形式是指不论正数还是负数，系统一律当作无符号整数来输出。不论采用哪种输出形式，数据在内存中的二进制序列是确定的。

4.2.2　实型数据的输入和输出

使用 scanf() 和 printf() 实现实型数据的输入和输出时，应该根据数据的类型和输入/输出的形式，使用合适的格式字符和附加说明符（如表 4.4、表 4.5 所示）。

表 4.4　实型数据格式字符

函数	数据类型	格式	含义
printf	float	%f	以小数形式输出实数（保留 6 位小数）
	double	%e	以指数形式输出实数（小数点前有且仅有一位非 0 的数字）
scanf	float	%f	以小数或指数形式输入一个单精度实数
		%e	
	double	%lf	以小数或指数形式输入一个双精度实数
		%le	

表 4.5　常用的附加说明符

附加说明符	说明
m(列宽)	按宽度 m 输出。若 m>数据长度，左补空格，否则按实际位数输出
-m(列宽)	按宽度 m 输出。若 m>数据长度，右补空格，否则按实际位数输出
.n(小数位数)	在 f 前，指定 n 位小数
	在 e 或 E 前，指定 n-1 位小数

【例 4.3】　格式字符 %m.nf 的使用。

```
main( )
{    float  f=123.456;
     double d1,d2;
     d1=1111111111111.111111111;
     d2=2222222222222.222222222;
     printf("%f,%12f,%12.2f,%-12.2f,%.2f\n",f,f,f,f,f);
     printf("d1+d2=%f\n",d1+d2);
}
```

程序运行结果如下：

```
123.456001,□ □123.456001,□ □ □ □ □123.46,123.46□ □ □ □ □,123.46
d1+d2=3333333333333.333010
```

在输出实型数据时，可以使用%m.nf 实现对宽度和小数点位数的控制，输出时保留 *n* 位小数且输出宽度是 *m*。

本例程序的输出结果中，数据 123.456001 和 3333333333333.333010 中的 001 和 010 都是无意义的，因为它们超出了有效数字的范围。

对于实数，也可使用格式符%e，以标准指数形式输出：尾数中的整数部分大于等于 1、小于 10，小数点占一位，尾数中的小数部分占 5 位，指数部分占 4 位（如 e-03），其中 e 占一位，指数符号占一位，指数占 2 位，共计 11 位。

也可使用格式符%g，让系统根据数值的大小，自动选择%f 或%e 格式且不输出无意义的零。

在使用 scanf() 和 printf() 函数实现数据的输入和输出时，还要注意以下几点：

（1）格式字符一定要小写（e 、x 除外），否则将不是格式字符，而是作为普通字符处理。如：

```
printf("%D",123);                 /*输出结果为：%D*/
```

（2）格式说明与输出项从左向右一一对应，两者的个数可以不相同，若输出项个数多于格式说明个数，输出项右边多出的部分不被输出；若格式说明个数多于输出项个数，格式控制字符串中右边多出的格式说明部分将输出与其类型对应的随机值。如：

```
printf("%d  %d ",1,2,3);          /*输出结果为1  2*/
printf("%d  %d %d",1,2);          /*输出结果为1  2  随机值*/
```

（3）格式控制字符串可以分解成几个格式控制字符串。如：

```
printf("%d%d\n",1,2);  等价于  printf("%d""%d""\n",1,2);
```

（4）在格式控制字符串中，两个连续的%只输出一个%。如：

```
printf("%f%%",1.0/6);             /*输出结果为 0.166667% */
```

（5）格式说明与输出的数据类型要匹配，否则得到的输出结果可能不是原值。

（6）格式字符串中的普通字符必须原样输入。如：

```
scanf("a=%d,b=%d",&a,&b);
```

输入时应用如下形式：

```
a=3,b=4✓
```

（7）地址表列中的每一项必须为地址。如：

```
scanf("a=%,b=%",&a,&b);
```

不能写成：

```
scanf("a=%d,b=%d",a,b);
```

虽然在编译时不会出错，但是得不到正确的输入。

（8）在用"%c"格式输入字符时，空格和转义字符都作为有效字符输入。如：

```
scanf("%c%c%c",&ch1,&ch2,&ch3);        /*输入：A□↙*/
```

字符 A 送给变量 $ch1$，空格送给变量 $ch2$，回车送给变量 $ch3$。

（9）输入数据时不能指定精度。如：

```
scanf("%lf,%lf",&x,&y);
```

不能写成：

```
scanf("%8.3lf,%.4lf",&x,&y);
```

（10）输入数据时，遇空格、回车、跳格(Tab)、宽度结束或非法输入时该数据输入结束。如：

```
scanf("%d%c%lf",&a,&ch1,&x);        /*输入：1234w12h.234*/
```

变量 a 的值为 1234，变量 $ch1$ 的值为 w，变量 x 的值为 12.00。

由于遇空格数据输入结束，所以用 scanf()函数不能输入含有空格的字符串。

4.2.3　字符型数据的输入和输出

字符型数据的输入/输出使用%c 格式符，也可以使用 putchar()和 getchar()函数。

【例4.4】　格式字符%c 的使用。

```
main( )
{    char c='A';
     int i=65;
     printf("c=%c,%5c,%d\n",c,c,c);
     printf("i=%d,%c",i,i);
}
```

程序运行结果如下：

```
c=A,□ □ □ □A,65
i=65,A
```

需要强调的是：在 C 语言中，整数可以用字符形式输出，字符数据也可以用整数形式输出。将整数用字符形式输出时，系统首先求该数与 256 的余数，然后将余数作为 ASCII 码，转换成相应的字符输出。

【例4.5】　格式字符%s 的使用。

```
main( )
{    printf("%s,%5s,%-10s","Internet","Internet","Internet");
     printf("%10.5s,%-10.5s,%4.5s\n","Internet","Internet","Internet");
}
```

程序运行结果如下：

Internet,Internet,Internet□ □,□ □ □ □ □Inter,Inter□ □ □ □ □,Inter

可以使用%s格式符输出字符串常量。

注意：系统输出字符和字符串时，不输出单引号和双引号。

4.2.4 字符输入/输出函数

字符型数据的输入/输出可以使用putchar()和getchar()函数完成，使用它们时一定要使用文件包含：#include␣"stdio.h"或#include␣<stdio.h>。

1. getchar( )

getchar()函数的功能是从键盘读入一个字符。一般调用格式为：getchar()。

说明：

（1）getchar()函数一次只能接收一个字符，即使从键盘输入多个字符，也只接收第一个。空格和转义字符都作为有效字符接收。从键盘上输入的字符不能带单引号，输入以回车结束。

（2）接收的字符可以赋给字符型变量或整型变量，也可以不赋给任何变量，作为表达式的一部分。

（3）getchar()函数是无参函数。

2. putchar ( )

putchar()函数的功能是向显示器输出一个字符。一般调用格式为：

putchar(参数)

其中，参数可以是任意类型表达式，一般为算术表达式。如：

```
putchar('a')                          /*输出字符 a*/
putchar(65)                           /*输出 ASCII 码为 65 的字符 A*/
putchar('a'+2)                        /*输出字符 c*/
putchar('\n')                         /*输出一个换行符*/
```

说明：

（1）putchar()函数一次只能输出一个字符，即该函数有且只有一个参数。

（2）putchar()函数可以输出转义字符。

【例4.6】 从键盘上输入一个大写字符，输出其对应的小写字符。

```
#include␣"stdio.h"
main( )
{    char c1,c2;
     c1=getchar();                     /*从键盘输入字符直到回车结束*/
     c2=c1+32;
     putchar(c2);                      /*输出运算结果*/
}
```

4.3　上机实践

一、上机实践的目的和要求

1. 掌握赋值语句的使用。

2. 掌握输入/输出函数的格式及应用。

二、上机实践内容

输入并运行以下程序。

1. 格式符的使用。

```
main( )
{   int a=1234;
    float b=123.456;
    printf("%2d,%2.1f",a,b );
}
```

程序运行结果如下：

```
1234,123.5
```

2. 整型数据和字符型数据在一定范围内可通用。

```
main( )
{   int i=65;
    char ch='A';
    printf("i=%d ch=%c\n",i,ch);
    printf("i=%c ch=%d\n",i,ch);
    i='A';
    ch=65;
    printf("i=%d ch=%c\n",i,ch);
    printf("i=%c ch=%d\n",i,ch);
}
```

3. 格式输入/输出函数的使用。

```
main( )
{   int a,b,c;
    scanf("%d%d%d", &a,&b,&c);
    printf("a=%d, %d==%d", a,b,c);
}
```

运行时按以下方式输入 a、b、c 的值：3□4□5↓（输入 a、b、c 的值）

程序运行结果为：

```
a=3,4==5（输出 a、b、c 的值）
```

4.4　习题

一、选择题

1．putchar()函数可以向终端输出一个（　　　）。
　　A．整型变量的值　　　　　　　　　　B．实型变量的值
　　C．字符串　　　　　　　　　　　　　D．字符或字符型变量值

2．printf()函数中用到格式符%5s，其中数字5表示输出的字符串占用5列，如果字符串长度大于5，则输出方式为（　　　）；如果字符串小于5，则输出方式为（　　　）。
　　A．左对齐输出该字符串，右补空格　　B．按原字符长从左向右全部输出
　　C．右对齐输出该字符串，左补空格　　D．输出错误信息

3．已有定义 int a=-2 和输出语句 printf("%8lx",a);以下叙述正确的是（　　　）。
　　A．整形变量的输出格式只有%d 一种
　　B．%x 是格式符的一种，它适用于任何一种类型数据
　　C．%x 是格式符的一种，其变量的值按十六进制输出，但%8lx 是错误的
　　D．%8lx 不是错误的格式符，其中数字8 规定了输出字段的宽度

4．已有如下定义和输入语句，若要求 $a1$、$a2$、$c1$、$c2$ 的值分别为 10、20、A 和 B、当从第一列开始输入数据时，正确的数据输入方式是（　　　）。

```
int a1,a2;char c1,c2;
scanf("%d%c%d%c",&a1,&c1,&a2,&c2);
```

　　A．10A□20B✓　　　B．10□A□20□B✓　　　C．10A20B✓　　　D．10A20□B✓

5．已有如下定义和输入语句，若要求"a1,a2,c1,c2"的值分别为"10, 20, A，B"，当从第一列开始输入数据时，正确的数据输入方式是（　　　）。

```
int a1,a2;char c1,c2;
scanf("a1=%da2=%d",&a1, &a2);
scanf("c1=%cc2=%c",&c1, &c2);
```

　　A．a1=10a2=20cl=Ac2=B✓　　　　　B．a1=10□a2=20✓
　　　　　　　　　　　　　　　　　　　　　　c1=Ac2=B✓
　　C．10□□20□□B✓　　　　　　　　　D．a1=10a2=20□c1=Ac2=B✓

6．有输入语句 scanf("a=%d,b=%d,c=&d",&a,&b,&c);为使变量 a 的值为 1，b 的值为 3，c 的值为 2，从键盘输入数据的正确形式应当是（　　　）。
　　A．132✓　　　　　　　　　　　　　B．1，3，2✓
　　C．a=1□b=3□c=2✓　　　　　　　　D．a=1, b=3，c=2✓

7．已有定义 int x; float y;且执行 scanf("%3d%f",&x,&y);语句时，从第一列开始输入数据，1234□678✓，则 x 的值为（　　　），y 的值为（　　　）。
　　A．1234　　　　B．123　　　　C．45　　　　D．345
　　E．4.000000　　F．46.000000　　G．678.000000　　H．123.000000

8．根据定义和数据输入方式，输入语句的正确形式为（　　　）。

已有定义：

```
float f1,f2;
```

数据的输入方式：

```
4.52✓
3.5✓
```

A. scanf("%f,%f",&f1,&f2);   B. scanf("%f%f",&f1,&f2);

C. scanf("%3.2f %2.1f",&f1,&f2);   D. scanf("%3.2f%2.1f",&f1,&f2);

9. 以下说法正确的是（   ）。

    A. 输入项可以是一个实型常量，如 scanf("%f",3.5);

    B. 只有格式控制，没有输入项，也可以进行正确的输入，如 scanf("a=%d,b=%d");

    C. 当输入一个实型数据时，格式部分应规定小数点后的位数，如 scanf("%5.1f", &x);

    D. 当输入一个数据时，必须指明变量的地址，如 scanf("%d",&x);

10. 以下能正确定义整型变量 a、b 和 c 并为其赋初值 5 的语句是（   ）。

    A. int a=b=c=5;   B. int a,b,c=5;   C. a=5,b=5,c=5;   D. int a=5,b=5,c=5;

11. 已知 ch 是字符变量，下面不正确的赋值语句是（   ）。

    A. ch='a+b';   B. ch='\0';   C. ch='7'+'9';   D. ch=5+9;

12. 若有如下的定义，则正确的赋值语句是（   ）。

```
int a,b;  float x;
```

    A. a=1,b=2;   B. b++;   C. a=b=5   D. b=(int)x;

二、程序设计题

1. 从键盘输入半径，计算圆的面积和周长，输出要求取小数点后两位数字。

2. 输入一个华氏温度，输出摄氏温度，公式为 $c=5(f-32)/9$，输入时要求有文字说明。

3. 用 getchar()函数读入两个字符给 $c1$、$c2$，然后分别用 putchar()函数和 printf()函数输出这两个字符，并思考以下问题：

    ① 变量 $c1$、$c2$ 应定义为字符型还是整型？抑或二者皆可？

    ② 要求输出 $c1$ 和 $c2$ 值的 ASCII 码,应如何处理？用 putchar()函数还是 printf()函数？

    ③ 整型变量与字符型变量是否在任何情况下都可以互相代替？如 char c1,c2;与 int c1,c2;是否无条件等价？

第5章

选择结构程序设计

在前面的章节中已经简单介绍了选择结构，它是常用的 3 种基本结构之一。在很多程序中都会使用选择结构，它的功能是根据所指定的条件是否满足从给定的两组操作中选择其一。本章将详细介绍如何使用 C 语言实现选择结构。

5.1 关系运算符和关系表达式

5.1.1 关系运算符

【例 5.1】 编写程序，输入一个整数，输出它的绝对值。

```
main( )
{   int number;
    scanf("%d", &number);
    if(number<0) number = -number;
    printf("%d\n", number);
}
```

程序中当 number < 0 时，number = -number；当 number >= 0 时，其值不变。程序用到了单分支选择结构，在选择结构的条件判断中用到了关系运算符。关系运算实际上是比较运算，即将两个值进行比较。

在 C 语言中关系运算符均为二目运算符，共有以下 6 种：

>	（大于）
<	（小于）
>=	（大于等于）
<=	（小于等于）
!=	（不等于）
==	（等于）

关系运算符的优先级低于算术运算符，关系运算符"=="和"!="的优先级低于前 4 种运算符，结合方向均为左结合。

5.1.2　关系表达式

由关系运算符将两个表达式连接起来的有意义的式子称为关系表达式，运算对象可以是常量、变量或表达式，关系表达式的值是一个逻辑值，即"真"或"假"（"真"记为 1，"假"记为 0）。如：

5>6	值为 0	5*2>=8	值为 1
100!=99	值为 1	x==y	值取决于 x、y 两个变量的值

算术运算符的优先级高于关系运算符。如求表达式 a+b<c+d 的值，先进行 a+b 和 c+d 两个算术表达式的运算，得到两个值后再进行比较，从而求出关系表达式的值。

关系表达式的值是一个逻辑值，即"真"或"假"，其值为 1 或 0。

注意：在 C 语言中，常用 1 表示"真"，用 0 表示"假"。

5.2　逻辑运算符和逻辑表达式

5.2.1　逻辑运算符

【例 5.2】　输入一个年份，判断其是否是闰年。若 year 是闰年，则满足 year 能被 4 整除，但不能被 100 整除，或 year 能被 400 整除。问题的逻辑表达式为：

```
(year%4==0&& year%100!=0)||( year%400==0)
```

在上面的运算中用到了逻辑运算符"&&"和"||"。

C 语言提供了以下 3 种逻辑运算符：

&&　　　（逻辑与运算符）

||　　　（逻辑或运算符）

!　　　（逻辑非运算符）

其中"&&"和"||"为二目运算符，为左结合；"!"为单目运算符，为右结合仅对其右边的对象进行逻辑求反运算。逻辑运算的对象为 0 或非 0 的整数值，其运算规则如表 5.1 所示。

表 5.1　逻辑运算规则

A	B	A&&B	A||B	!A	!B
T	T	T	T	F	F
T	F	F	T	F	T
F	T	F	T	T	F
F	F	F	F	T	T

注意：在 C 语言的逻辑运算中，非 0 认为是"真"，0 认为是"假"，但是在记运算的结果时，"真"记为 1，"假"记为 0。

5.2.2　逻辑表达式

由逻辑运算符及其操作对象组成的表达式称为逻辑表达式。数学表达式 $a>b>c$ 用 C 语言来描述就是 $a>b\&\&b>c$。除了 "!" 运算符外，逻辑运算符的级别比关系运算符低。运算符的级别由高到低是：

!（非）→算术运算符→关系运算符→逻辑运算符（&&、||）→赋值运算符

【**例 5.3**】　逻辑运算举例。

```
main( )
{   int a=1,b=2,c=3,d=4,m=1,n=1;
    (m=a>b)&&(n=c>d);
    printf("m=%d n=%d\n",m,n);
}
```

程序运行结果如下：

```
m=0 n=1
```

由于 $a>b$ 的值为 0，使 $m=0$，而 $n=c>d$ 没有被执行，因此 n 的值不是 0，而仍保持其原值 1。

又如 $a\&\&b\&\&c$，该表达式只有 a 的值为真时才判断 b 的值，只有 $a\&\&b$ 的值为真时才判断 c 的值。若 a 的值为假，则整个表达式的值肯定为假，就不再往下判断 b 和 c；若 a 的值为真，b 的值为假，整个表达式的值肯定为假，就不再往下判断 c。

5.3　语句和复合语句

在 C 语言中，一个表达式的后面跟随一个分号就构成了语句，也称为表达式语句。如：

```
x=x+a;
```

分号 ";" 是语句的结束标志。

除了表达式语句外，C 语言还有复合语句、流程控制语句、函数返回语句及空语句等。复合语句是由左右花括号括起来的语句，其一般形式为：

```
{   语句1;
    语句2;
}
```

一个复合语句在语法上等同于一个语句，在程序中凡是单个语句能够出现的地方，都可以出现复合语句。一个复合语句又可以出现在其他复合语句内部。

5.4　分支结构

5.4.1　双分支结构和基本的 if 语句

双分支结构的形式主要有两种，如图 5.1 所示，它使用基本的 if 语句实现。

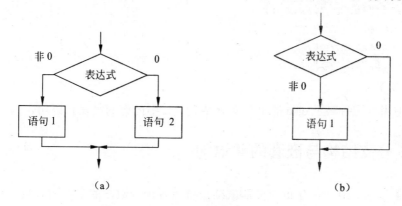

图 5.1 双分支结构

图 5.1（a）用 if-else 语句实现，该语句的一般形式为：

if(表达式)
　　语句 1；
else
　　语句 2；

执行过程：先计算 if 后面的表达式，若值为真（非 0），则执行语句 1；否则执行语句 2。语句 1 和语句 2 总要执行一个，但不会同时执行。

图 5.1（b）用省略了 else 的 if 语句实现，该语句的一般形式为：

if(表达式)
　　语句 1；

执行过程：先计算 if 后面的表达式，若值为真（非 0），则执行语句 1；否则什么也不做。

这里的语句 1 和语句 2 也称为内嵌语句，只允许是一条语句，若需要多条，应该用大括弧括起来组成复合语句。

【**例 5.4**】　输入两个整型数，将值较大者输出。

```
main( )
{   int a,b,max;
    scanf("%d,%d",&a,&b);
    if(a>b)
```

```
        max=a;
    else
        max=b;
    printf("%5d\n",max);
}
```

【例 5.5】 输入两个数，按值由小到大的顺序输出。

```
main( )
{   int a,b,t;
    scanf("%d,%d ",&a,&b);
    if (a>b)
    {   t=a;a=b;b=t;    }
    printf("%d,%d ",a,b);
}
```

例 5.5 中用到了省略了 else 的单分支 if 语句，if 中内嵌的是复合语句。

5.4.2 多分支结构与嵌套的 if 语句

【例 5.6】 输入 10 个学生的百分制成绩，统计各个分数段的学生的人数。

```
main ( )
{   int score,a,b,c,d,e,i;              /*定义整型变量 score 记录分数*/
    a=b=c=d=e=0;                        /*置存放统计结果的 5 个变量初值为 0*/
    for(i=1;i<=10;i++)                  /*循环执行了 10 次*/
    {   scanf("%d",&score);            /*输入一个分数*/
        if (score<60)    e++;          /*如果成绩小于 60，则累加 e*/
        else if(score<70)    d++;      /*如果成绩在 60~69，则累加 d*/
        else if(score<80)    c++;      /*如果成绩在 70~79，则累加 c*/
        else if(score<90)    b++;      /*如果成绩在 80~89，则累加 b*/
        else     a++;                  /*如果成绩大于等于 90，则累加 a*/
    }
    printf("%d,%d,%d,%d,%d",a,b,c,d,e);
}
```

本例题中，for 循环执行了 10 次，每次输入一个整数，根据整数的范围，选择执行相应的累加运算。

循环体内是一个多分支结构，使用 else-if 语句实现。该语句的一般形式为：

if(表达式 1) 语句 1；
else if(表达式 2) 语句 2；
else if(表达式 3) 语句 3；
⋮
else if(表达式 n) 语句 n；
else 语句 n+1；

执行过程：先计算表达式 1，若表达式 1 的值为真（非 0），执行语句 1，否则计算表达式 2，若表达式 2 的值为真（非 0）， 执行语句 2，以此类推，若 n 个表达式的值都为假（0），则执行语句 n+1。

由执行过程可知，n+1 个语句只有一个被执行，若 n 个表达式的值都为假，则执行语句 n+1。

【例 5.7】 已知一分段函数

$$y = \begin{cases} -1 & (x<0) \\ 0 & (x=0) \\ 1 & (x>0) \end{cases}$$

编写程序，输入 x，输出 y 值。

```
main( )
{   int x,y;
    scanf("%d",&x);
    if(x>=0)
        if(x>0)  y=1;
        else     y=0;
    else     y=-1;
    printf("y=%d\n",y);
}
```

例 5.7 中使用嵌套的 if 语句解决多分支选择结构问题，即在一个 if 语句中又可以包含一个或多个 if 语句，嵌套的 if 语句一般形式为：

```
if(表达式 1)
    if(表达式 2)  语句 1;
    else         语句 2;
else
    if(表达式 3)  语句 3;
    else         语句 4;
```

注意：在缺省花括号的情况下，if 和 else 的配对关系是：从最内层开始，else 总是与它上面最近的并且没有和其他 else 配对的 if 配对。

例 5.7 中程序的选择结构还有其他的求解方法，如：

```
(1) if(x>0)
       y=1;
    else
       if(x==0)   y=0;
       else       y=-1;
(2) y=0                           /*本程序是错误的*/
    if(x>=0)
       if(x>0) y=1;               /*else 和 if 的配对出错*/
    else           y=-1;
```

使用 if 语句时应注意以下几点：

（1）if 后面圆括号内的表达式可以为任意类型，但一般为关系表达式或逻辑表达式。

（2）if 和 else 后面的语句可以是任意语句。

（3）if(x)与 if(x!=0)等价。

（4）if(!x)与 if(x= =0)等价。

5.4.3　switch 语句

【例 5.8】　在成绩处理中，经常需要将百分制的成绩转换成对应的五分制成绩。百分制和五分制成绩的转换规则如下：90~100 为'A'，80~89 为'B'，70~79 为'C'，60~69 为'D'，0~59 为'E'。编写程序，输入一个百分制的成绩，输出对应的五分制成绩。

```
main ( )
{   int score;                      /*定义整型变量 score 记百分制成绩*/
    char g;                         /*定义字符型变量 g 记五分制成绩*/
    scanf("%d",&score);
    switch (score/10)
    {   case 10:
        case 9: g='A';break;
        case 8: g='B'; break;
        case 7: g='C'; break;
        case 6: g='D'; break;
        default : g='E';
    }
    printf("%c",g);
}
```

虽然用 if 语句可以解决多分支问题，但如果分支较多，嵌套的层次就多，这样就会使程序冗长、可读性降低。C 语言提供了专门用于处理多分支情况的语句——switch 语句，使用该语句编写程序可使程序的结构更加清晰，增强可读性。switch 语句的一般形式为：

```
switch (表达式)
{   case 常量表达式1：语句1 [break; ]
    case 常量表达式2：语句2 [break; ]
        …
    case 常量表达式n：语句n [break; ]
    default：语句n+1 [break; ]
}
```

说明：

（1）各 case 后面常量表达式的值必须为整型、字符型或枚举型。

（2）各 case 后面常量表达式的值必须互不相同。

（3）case 后面的语句可以是任何语句，也可以为空，但 default 后面的语句不能为空。若为复合语句，则花括号可以省略。

（4）若某个 case 后面的常量表达式的值与 switch 后面圆括号内表达式的值相等，就执行该 case 后面的语句，执行完后若没有遇到 break 语句，不再进行判断，接着执行下一个 case 后面的语句。若想执行完某一语句后退出，必须在语句最后加上 break 语句。

（5）多个 case 可以共用一组语句。

（6）switch-case 语句可以嵌套，即一个 switch-case 语句中又含有 switch-case 语句。

注意：case 后面的语句中有 break 和没有 break 在执行时值是不同的。

【例 5.9】　查询自动售货机中商品的价格。假设自动售货机出售 4 种商品:薯片、巧克力、可乐和矿泉水，售价分别是每份 3.0 元、4.0 元、2.5 元和 1.5 元。在屏幕上显示如下：

```
1-薯片
2-巧克力
3-可乐
4-矿泉水
0-退出
```

用户可以连续查询商品的价格，当查询次数超过 5 次时，自动退出查询；不到 5 次，用户可以选择退出。当用户输入编号 1～4 时，显示相应商品的价格；输入 0 退出查询，输入其他编号，显示价格为 0。

```
main( )
{   int x,i;
    float p;
    for(i=1;i<=5;i++)
    {   printf("\n 1----薯片");
        printf("\n 2----巧克力");
        printf("\n 3----可乐");
        printf("\n 4----矿泉水");
        printf("\n 0----退出");
        printf("\n 请选择商品：");
        scanf("%d",&x);
        if(x==0)    break;
        switch (x)
        {   case 1: p=3.0;break;
            case 2: p=4.0;break;
            case 3: p=2.5;break;
            case 4: p=1.5;break;
            default: p=0;
            }
    printf("商品的价格是:%.1f",p);
    }
}
```

从语法上看，任何一个 switch 语句表示的多分支结构都可以用 else-if 形式来替代，但是，并不是所有的用 else-if 形式表示的程序段都能用 switch 语句来替代。switch 语句对条件的写法要求更苛刻。紧跟着 switch 后面的表达式的数据类型应为整型或字符型,它与 case

后面的常量表达式的数据类型必须一致，并且常量表达式中不能包含变量。实际上，switch语句的重点就在于如何设计 switch 后面的表达式，并让它的值正好能够匹配 n 个常量表达式的值。

5.4.4　条件运算符

C 语言中提供的唯一的三目运算符就是条件运算符"? :"，它的运算对象有 3 个。条件运算符的语法格式是：

表达式 1? 表达式 2：表达式 3

条件表达式的计算方法是：首先计算表达式 1 的值；若表达式 1 为真，整个条件表达式的值取表达式 2 的值；若表达式 1 为假，整个表达式的值取表达式 3 的值。

例如：

```
c=a>b?a:b;                          /*将 a 和 b 两个数中较大的数存入 c 中*/
```

它与下面的 if 语句是等价的：

```
if (a>b)      c=a;
else          c=b;
```

将条件运算符用于程序中，会使程序看起来更简单、清晰。条件运算符的结合方向为右结合。如：

```
10<9?1:6>7?2:3 等价于 10<9?1:(6>7?2:3)        /*表达式的值为3*/
```

【例 5.10】　用条件运算符求 3 个整数中的最大数。

```
main( )
{   int a,b,c,t;                        /*定义变量*/
    scanf("%d,%d,%d",&a,&b,&c);         /*接收用户输入的 3 个整数*/
    t=(a>b?a:b)>c?(a>b?a:b):c;
    printf("Max is %d\n",t);            /*输出最大的数*/
}
```

条件运算符的优先级低于逻辑运算符，高于赋值运算符和逗号运算符。

5.5　上机实践

一、上机实践的目的和要求

1. 掌握 if 语句的使用。

2. 掌握 switch 语句的使用。

二、上机实践内容

输入并运行程序。

1. 输入 3 个数，按由小到大的顺序输出。

```
main( )
{   int a,b,c,t;
    scanf("%d,%d,%d",&a,&b,&c);
    if (a>b){    t=a;a=b;b=t;}
    if(a>c)  {    t=a;a=c;c=t;}
    if(b>c)  {    t=b;b=c;c=t;}
    printf("%d<%d<%d",a,b,c);
}
```

程序运行结果如下：

<u>10, 3, 6</u>↙
3<6<10

注意：两个变量内容互换时，应该引入一个中间变量 t，协助完成这两个变量值的互换。

2. 输入一个整数，判断该数是奇数还是偶数。

```
main( )
{   int a;
    scanf("%d", &a);
    if(a% 2 == 0)
        printf("Tne a is even. \n");
    else
        printf("Tne a is odd. \n");
}
```

3. 计算分段函数的值。

$$y = f(x) = \begin{cases} 0 & x < 0 \\ \dfrac{4x}{3} & 0 \leqslant x \leqslant 15 \\ 2.5x - 10.5 & x > 15 \end{cases}$$

```
main( )
{  float x, y;
   scanf("%f", &x);
   if (x < 0)
      y = 0;
   else if (x <= 15)
      y = 4 * x / 3;
   else
        y = 2.5 * x - 10.5;
   printf("f(%.2f) = %.2f\n", x, y);
}
```

4. 输入一个年份，判断该年份是否是闰年。

```
main( )
{   int year,leap;
    scanf("%d",&year);
    if (year%4==0)
    {   if (year%100==0)
        {   if (year%400==0)
                leap=1;
            else
                leap=0;
        }
        else
            leap=1;
    }
    else
        leap=0;
    if(leap)
        printf("%d is",year);
    else
        printf("%d is not",year);
    printf(" a leap year.\n");
}
```

5. 输入一个形式如"操作数 运算符 操作数"的四则运算表达式，输出运算结果。

输入：3.1+4.8

输出：7.9

```
main( )
{   char operator;
    float value1, value2;
    scanf("%f%c%f", &value1, &operator, &value2);
    switch(operator)
    {   case '+':
            printf("=%.2f\n", value1+value2);break;
        case '-':
            printf("=%.2f\n", value1-value2);break;
        case '*':
            printf("=%.2f\n", value1*value2);break;
        case '/':
            printf("=%.2f\n", value1/value2);break;
        default:
            printf("Unknown operator\n");
    }
}
```

5.6 习题

一、选择题

1. 表达式 10!= 9;的值为（　　）。

    A．true   B．非零值   C．0   D．1

2. 当 $a=3,b=2,c=1$ 时，表达式 f=a＞b＞c;的值是（　　）。

    A．1   B．0   C．true   D．false

3. 若已知 $a=10,b=20$，则表达式!a＜b 的值是（　　）。

    A．0   B．1   C．真   D．假

4. 判断变量 ch 中的字符是否为大写字母，最简单的正确表达式是（　　）。

    A．ch>='A'&&ch<='Z'   B．A<=ch<=Z

    C．'A'<=ch<='z'   D．ch>=A && ch<= z

5. 下列与表达式 b=(a<0?-1∶a>0?1∶0)的功能等价的选项是（　　）。

    A．
```
b=0
if(a>=0)
if(a>0) b=1;
else b=-1;
```

    B．
```
if(a>0)b=1;
else if(a<0)b=-1;
elseb=0;
```

    C．
```
if(a)
if(a<0) b=-1;
else if(a>0)b=1;
else b=0;
```

    D．
```
b=-1;
if(a)
if(a>0)b=1;
else if(a==0)b=0;
else b=-1;
```

6. 设有定义：int a=1,b=2,c=3;，以下语句中执行效果与其他 3 个不同的是（　　）。

    A．if(a>b)　c=a,a=b,b=c;   B．if(a>b){c=a,a=b,b=c;}

    C．if(a>b)　c=a;a=b;b=c;   D．if(a>b){c=a;a=b;b=c;}

7. 执行以下程序段后，w 的值为（　　）。

```
int w='A',x=14,y=15;
W=((x||y)&&(w<´a´));
```

    A．−1   B．NULL   C．1   D．0

8. 有以下程序段：

```
int a,b,c;
```

```
a=10;b=50;c=30;
if(a>b)a=b,b=c,c=a;
printf(" a=%d b=%d c=%d\n",a,b,c);
```

程序的输出结果是（　　）。

    A．a=10 b=50 c=10   B．a=10 b=50 c=30

    C．a=10 b=30 c=10   D．a=50 b=30 c=50

9．有以下程序段：

```
main( )
{   int x=1,y=2,z=3;
    if(x>y)
    if(y>z) printf("%d",++z);
    else printf("%d",++y);
    printf("%d\n",x++);
}
```

程序运行的结果是（　　）。

  A．331　　　　　　　　B．41　　　　　　　　C．2　　　　　　　　D．1

二、程序分析题

1．以下程序的输出结果是（　　）。

```
main( )
{   int x=3,y=0,z=0;
    if(x=y+z)
        printf("* * * *");
    else
        printf("# # # #");
}
```

2．将下面的程序运行两次，如果从键盘上分别输入 6 和 4，则输出结果是（　　）。

```
main( )
{   int x;
    scanf("%d",&x);
    if(x + + >5) printf("%d",x);
    else  printf("%d\n",x --);
}
```

3．以下程序的输出结果是（　　）。

```
main( )
{   float x=2,y;
    if(x<0)  y=0;
    else if(x<10)  y=1.0/10;
    else y=1;
    printf("%.1f\n",y);
}
```

4. 以下程序的输出结果是（　　　）。

```
main( )
{   int a=2,b=-1,c=2;
    if(a<b)
        if(b<0)  c=0;
        else c++;
    printf("%d\n",c);
}
```

5. 以下程序的输出结果是（　　　）。

```
main( )
{   int x=1,a=0,b=0;
    switch(x)
    {   case 0: b++;
        case 1: a++;
        case 2: a++;b++;
    }
    printf("a=%d,b=%d\n",a,b);
}
```

三、程序设计题

1. 输入 3 个单精度数，输出其中最小值。

2. 输入三角形的 3 个边长，输出三角形的面积。

3. 用 if-else 结构编写一程序，求一元二次方程 $ax^2+bx+c=0$ 的根。

4. 用 switch-case 结构编写一程序，输入月份 1～12 后，输出该月的英文名称。

5. 假设某高速公路的一个节点处收费站的收费标准为：小型车 15 元/车次、中型车 35 元/车次、大型车 50 元/车次、重型车 70 元/车次。编写程序，首先在屏幕上显示一个表如下：

1——小型车

2——中型车

3——大型车

4——重型车

然后请用户选择车型，根据用户的选择输出应交的费用。

第6章 循环结构程序设计

在前面的章节中已经简单介绍了循环结构，它是常用的 3 种基本结构之一。在很多程序中都会使用循环结构。它的功能是，根据所指定的条件重复执行语句块，从而完成累加、累乘、递推、迭代等功能。本章将详细介绍如何使用 C 语言实现循环结构。

6.1 循环结构

6.1.1 循环的应用

【例 6.1】 输入若干学生的一门课程成绩，求总成绩和平均成绩。

凡是题目没有明确是几个学生，需要约定何种条件停止累加时，一般取一个非法数作为结束条件。本例采用输入负数成绩作为停止累加的条件。

```
main( )
{   int s,sum,n;                                /*定义变量*/
    float average;
    n=0; sum=0;                                 /*赋初值*/
    printf("\n Please input %d score:",n+1);    /*提示用户输入一个成绩*/
    scanf("%d",&s);                             /*接收用户输入的成绩*/
    while (s>=0)                                 /*当成绩大于等于零时，进入循环*/
    {   sum=sum+s;                              /*累加*/
        n++;                                    /*计数*/
        printf("\n Please input %d score:",n+1);    /*提示用户输入一个成绩*/
        scanf("%d",&s);
    }
    average=sum/(float)n;
    printf("sum=%d,average=%f\n",sum,average);      /*输出结果*/
}
```

说明：

（1）由于 while 语句是先判断表达式，后执行循环体，所以循环体有可能一次也不执行。

（2）循环体可以是任何语句。如果循环体不是空语句，不能在 while 后面的圆括号后加分号(；)。

（3）在循环体中要有使循环趋于结束的语句。

while 是一个循环语句结构，其特点是一个循环条件加上一条语句（或者一条复合语句），该语句即为循环体语句（或者语句块）。进行累加时，在循环语句结构前置 *sum*=0，循环时，循环体中的 sum=sum+s 语句将每次循环输入的成绩 *s* 累加到 *sum* 中。请大家考虑累乘时，如何编程。如果累加的数为实数，则累加变量 *sum* 就得定义成实型，要特别注意。

进行计数时，在循环语句结构前置整型变量 *n*=0，循环时，循环体中的 *n*++语句，每累加一个成绩就增加 1，循环结束后 *n* 的值就是输入的学生人数。该方法可以完成各种计数工作，有时要进行条件计数时，就在 *n*++前设一个 if 语句就可以了。例如，统计不及格人数，可用下面的语句组合。

```
int  n1=0;
while(s>=0)
{..............
    if(s<60)n1++;
..............
```

本例最复杂的是成绩输入。多个成绩的输入必须用循环语句来实现，但是本题的循环条件是输入的成绩大于等于 0，所以必须在循环前输入第一个学生的成绩 *s*，从第二个学生开始用循环体中的输入语句输入学生成绩。为了提高用户界面的友好性，在输入语句的前面加上一个输出语句，其作用是在屏幕上显示输入第几个学生的成绩的提示。

循环结束后，若直接用学生的总成绩 *sum* 除以学生人数 *n* 得到平均成绩就错了，这就是计算机的特点，每时每刻都得考虑数据类型。由于 *sum*、*n* 都是整型，所以至少要把一个变量强制转化成实型，否则得的平均成绩为整型。

运行过程：

```
 Please input 1 score:67

 Please input 2 score:88

 Please input 3 score:76

 Please input 4 score:93

 Please input 5 score:-8
sum=324,average=81.000000,n=4
```

【例 6.2】　用 do-while 语句解决"1+2+3+…+*n*"的问题。

```
main( )
{   int i,sum,n;                              /*定义变量*/
    i=1; sum=0;                               /*赋初值*/
    printf("\n Please input a integer:");     /*提示用户输入一个整数*/
    scanf("%d",&n);                           /*接收用户输入的整数*/
```

```
        do
        {                                    /*循环体开始*/
            sum=sum+i;                       /*累加*/
            i++;                             /*i 的内容增 1*/
        }while(i<=n);
        printf("sum=%d\n",sum);              /*输出结果*/
}
```

运行情况一：

```
Please inupt a integer: 10✓
55
```

运行情况二：

```
Please input a integer: 0✓
1
```

从运行情况看，当用户的输入为 55 时，程序的运行结果是正确的；当用户的输入为 0 时，程序的运行结果是错误的！为什么呢？这是因为 do-while 语句是先执行循环体，再判断循环表达式。所以，不论 n 的值是 0 还是其他的数值，循环体必然被执行一遍。读者自己试修改该程序。

do-while 语句的循环变量 i 控制着循环次数，其必须由 3 个部分组成：在循环体之前设置循环变量初值 "i=1"；循环体中设置循环体变量的增量 "i++"；while 括号内设置循环继续执行的条件 "i<=n"。

【例 6.3】　用 for 语句解决 $1-\dfrac{1}{2}+\dfrac{1}{3}-\dfrac{1}{4}+\cdots+(-1)^{n-1}\dfrac{1}{n}$ 的问题。

```
main( )
{   int i,n;                                 /*定义变量*/
    float sum,t=1.0;
    printf("\n Please input a integer:");    /*提示用户输入一个整数*/
    scanf("%d",&n);                          /*接收用户输入的整数*/
    for(i=1,sum=0.0;i<=n;i++)                /*循环*/
    {   sum=sum+t/i;                         /*累加*/
        t=-t;}
    printf("sum=%f\n",sum);                  /*输出结果*/
}
```

在 for 语句中，表达式 1 和表达式 3 经常使用逗号表达式，用于简化程序，提高程序运行效率，这也是逗号表达式的主要用途。

程序求加减相间的多项式之和时，将符号放到分子上，多项式变成：

$$1+\dfrac{-1}{2}+\dfrac{1}{3}+\dfrac{-1}{4}+\cdots+\dfrac{1}{n}$$

程序是求 n 项的累加和，累加的算法前面已经介绍了。每一项的分子为：1、–1、1、–1、1…，循环前，置实型变量初值为 1.0，每次循环累加后，将 –t 的值赋给 t，就可以实现分子的上述值序列，分母为循环变量的值。两个数相除必须注意数据类型，这就是为什么要定义 t 为实型变量的原因。

运行结果：

```
Please input a integer:20
sum=0.668771
```

6.1.2　循环语句的嵌套

循环嵌套：一种循环语句的循环体中又有循环语句称为循环语句嵌套。3 种循环语句可以互相嵌套，并且可以嵌套多层。

【例 6.4】　输出如下九九乘法表。

```
1*1=1
1*2=2   2*2=4
1*3=3   2*3=6   3*3=9
1*4=4   2*4=8   3*4=12  4*4=16
1*5=5   2*5=10  3*5=15  4*5=20  5*5=25
1*6=6   2*6=12  3*6=18  4*6=24  5*6=30  6*6=36
1*7=7   2*7=14  3*7=21  4*7=28  5*7=35  6*7=42  7*7=49
1*8=8   2*8=16  3*8=24  4*8=32  5*8=40  6*8=48  7*8=56  8*8=64
1*9=9   2*9=18  3*9=27  4*9=36  5*9=45  6*9=54  7*9=63  8*9=72  9*9=81
main( )
{   int i,j;
    for(i=1;i<=9;i++)
    {   for(j=1;j<=i;j++)
            printf("%d*%d=%-4d",j,i,i*j);
    printf("\n");
    }
}
```

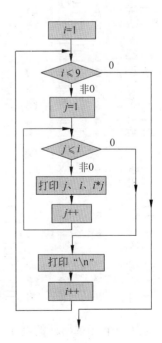

该程序是一个双重循环，如图 6.1 所示，外循环为 for(i=1;i<=9;i++){…}，图中背景为浅灰色的部分为其循环体，即外循环体。外循环体重复执行 9 次，每次循环 i 的值分别为 1、2、3、4、5、6、7、8、9。外循环体的最后一部分为打印一个换行符，由此可以断定该程序打印了 9 行，第 1 行打印的 i 值均为 1、第 2 行打印的 i 值均为 2、第 3 行打印的 i 值均为 3、……、第九行打印的 i 值均为 9。如图 6.1 所示，内循环为 for(j=1;j<=i;j++){…}，内循环体为"打印 j、i、$i*j$"。第 i 次外循环，内循环体循环 i 次，每次循环打印一次，但不换行。内循环结束后，执行"打印\n"，完成换行。例如：第 4 行，$i=4$，$j=1$、2、3、4，打印结果为：

图 6.1　输出九九乘法表

```
1*4=4    2*4=8    3*4=12   4*4=16
```

总结：每一次外循环，内循环要由始至终循环一遍。双重循环是从外循环开始，于外循环结束。内循环完全嵌套在外循环内。

【例 6.5】 学生奖学金奖项设立方案。某学院设立 30 000 元奖学金，一等 2000 元，二等 1000 元，三等 600 元，一等数量小于等于二等数量，二等数量小于等于三等数量。试将所有可能的方案打印出来。

```
main( )
{   int i,j,k;
    for(i=1;i<=100;i++)
    for(j=1;j<=200;j++)
    for(k=1;k<=334;k++)
    if(i*2000+j*1000+k*600==30000&&i<=j&&j<=k)
    printf("一等：%2d 二等：%2d 三等：%2d\n",i,j,k);
}
```

运行结果：

```
一等：  1 二等： 10 三等： 30
一等：  1 二等： 13 三等： 25
一等：  1 二等： 16 三等： 20
一等：  2 二等：  2 三等： 40
一等：  2 二等：  5 三等： 35
一等：  2 二等：  8 三等： 30
一等：  2 二等： 11 三等： 25
一等：  2 二等： 14 三等： 20
一等：  3 二等：  3 三等： 35
一等：  3 二等：  6 三等： 30
一等：  3 二等：  9 三等： 25
一等：  3 二等： 12 三等： 20
一等：  3 二等： 15 三等： 15
一等：  4 二等：  4 三等： 30
一等：  4 二等：  7 三等： 25
一等：  4 二等： 10 三等： 20
一等：  4 二等： 13 三等： 15
一等：  5 二等：  5 三等： 25
一等：  5 二等：  8 三等： 20
一等：  5 二等： 11 三等： 15
一等：  6 二等：  6 三等： 20
一等：  6 二等：  9 三等： 15
一等：  7 二等：  7 三等： 15
一等：  7 二等： 10 三等： 10
一等：  8 二等：  8 三等： 10
```

这是一个三重循环的例子，请大家参照例 6.4，画出程序的流程图，然后进行分析。该题使用的算法叫做穷举法，也就是通过多重循环将每一个变量所有可能的情况都计算一次，将符合条件的情况打印出来。

6.2 break 语句和 continue 语句

6.2.1 break 语句

break 语句的一般形式为:

break;

break 语句的功能:用于 switch 语句时,退出 switch 语句,程序转至 switch 语句下面的语句;用于循环语句时,退出包含它的循环体,程序转至循环体下面的语句。

【**例 6.6**】 判断输入的正整数是否为素数,如果是素数,输出"yes",否则输出"no"。

```
main( )
{   int m,i;
    scanf("%d",&m);
    for(i=2;i<=m-1;i++)
        if(m%i==0)
        break;
    if(i>=m) printf("yes");
    else printf("no");
}
```

注意:

(1) break 语句不能用于循环语句和 switch 语句之外的任何其他语句。

(2) 在多重循环的情况下,使用 break 语句时,仅仅退出包含 break 的那层循环体,即 break 语句不能使程序控制退出一层以上的循环。

例如,输入 7,$m=7$,$i=2$,如图 6.2 所示,首先判断 i 是否小于等于 $m-1$,$2 \leqslant 6$ 的值是非 0 的,然后判断 $m\%i$ 是否为 0,$7\%2$ 为 1,$7\%2==0$ 为假,即值为 0,然后执行 $i++$,i 变成 3,执行下一次循环,重新判断 i 是否小于等于 $m-1$,$3 \leqslant 6$ 的值是非 0,接下来判断 $m\%i==0$ 是否成立,$7\%3==0$ 为假,值为 0,所以执行 $i++$,依次类推,$i=4$,$i=5$,$i=6$,同样判断,直到 $i=7$,$i \leqslant m-1$ 不成立,值为 0,执行 $i \geqslant m$ 判断,$i=7$,$m=7$,所以 $i > m$ 的值为 1,非 0,故执行打印"yes",所以 7 是素数。

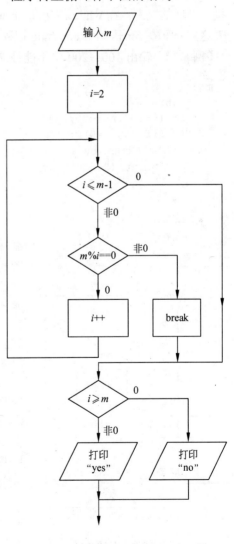

图 6.2 素数

同样输入 9，$m=9$，$i=2$，首先判断 i 是否小于等于 $m-1$，$2 \leqslant 8$ 的值是非 0 的，然后判断 $m\%i==0$ 的值，$9\%2$ 为 1，$9\%2==0$ 为假，即值为 0，然后执行 i++，i 变成 3，执行下一次循环，重新判断 i 是否小于等于 $m-1$，$3 \leqslant 8$ 的值是非 0，接下来判断 $m\%i==0$ 是否成立，$9\%3==0$ 为真，值为 1，非 0，执行 break 语句，跳出循环，判断 $i \geqslant m$，$3 \geqslant 9$ 的值为假，即 0，执行打印"no"，所以 9 不是素数。

6.2.2　continue 语句

continue 语句的一般形式为：

continue;

continue 语句的功能：结束本次循环，跳过循环体中尚未执行的部分，进行下一次是否执行循环的判断。在 while 语句和 do-while 语句中，continue 把程序控制转到 while 后面的表达式处，在 for 语句中 continue 把程序控制转到表达式 3 处。

【例 6.7】 输出 100～200 中不能被 7 整除的数。

```
main( )
{   int n;
    for(n=100;n<=200;n++)
    {   if (n%7==0)
            continue;
        printf("%d\n",n);
    }
}
```

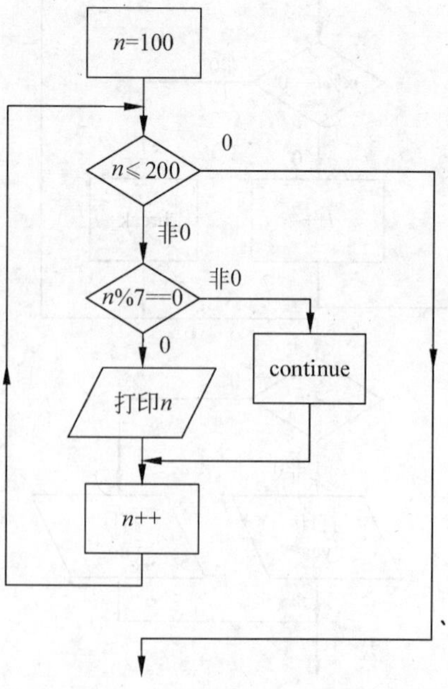

图 6.3　不能被 7 整除的数

这个程序只有一层循环，n 的值从 100 到 200，循环体的功能是判断 n 是否能被 7 整除，其流程图如图 6.3 所示。要判断 n 是否能被 7 整除，即求得 $n\%7==0$ 的值，如果值为 1，非 0，则执行 continue，跳出本次循环，不执行打印 n 的操作，然后 n++，进入下次循环；如果 $n\%7==0$ 的值为 0，则执行打印 n 的操作，然后 n++，进入下次循环，直至 $n \leqslant 200$ 的值为假，退出循环。

例如，当 $n=147$ 时，$147 \leqslant 200$ 的值为非 0，$147\%7==0$ 的值为 1，非 0，执行 continue，跳出本次循环，不执行打印 n 的操作，所以 147 能被 7 整除，不被打印。当 $n=150$ 时，$150 \leqslant 200$ 的值为非 0，$150\%7==0$ 的值为 0，则执行打印 n 的操作，即 150 是不能被 7 整除的，被打印出来，然后执行 n++，进入下次循环，直至 $n \leqslant 200$ 的值为假，退出循环。

注意：break 与 continue 的区别，break 是退出包含它的整个循环，而 continue 是退出本次循环，接着进行下次循环。

6.3 上机实践

一、上机实践的目的和要求

1. 进一步熟悉 C 语言的基本语句。
2. 掌握 while 语句和 do-while 语句、for 语句。
3. 掌握 3 种循环语句的应用算法。

二、上机实践内容

输入并运行程序。

1. 用下列公式计算π的值：

$$\pi = 4 * \left(\frac{1}{1} - \frac{1}{3} + \frac{1}{5} - \frac{1}{7} + \cdots \pm \frac{1}{n} \right) \qquad \left(\text{精度要求为} \frac{1}{n} < 10^{-4} \right)$$

```
#include "math.h"                    /*程序中用到求绝对值函数 fabs() */
main( )
{   int n=1,t=1;
    float pi=0;
    while(fabs(t*1.0/n)>=1e-4)       /*控制循环的条件是当前项的精度*/
    {   pi+=t*1.0/n;                  /*将当前项累加到 pi 中*/
        t=-t;                        /*得到下一项的符号*/
        n+=2;                        /*得到下一项的分母*/
    }
    printf("pi=%.2f\n",4*pi);
}
```

程序运行结果如下：

```
pi=3.14
```

注意：求实型数据的绝对值用 fabs()函数，求整型数据的绝对值用 abs( )函数。while(fabs(t*1.0/n)>=1e-4)用来判断当前项的精度是否大于 10^{-4}。

2. 从键盘输入一正整数 n，求 n 的阶乘。

```
main( )
{   int i,s=1,n;
    scanf("%d", &n);
    for(i=1;i<=n;i++)
    s=s*i;
    printf("s=%d",s);
}
```

3. 求 1!+2!+3!+…+50!。

```
main( )
```

```
{   double sum=0.0,t=1.0;
    int i;
    for(i=1;i<=50;i++)
    {   t=t*i;sum=sum+t;}
    printf("sum=%le\n",sum);
}
```

运行结果：

```
Sum=3.103505e+064
```

注意：for(i=1;i<=50;i++) 循环控制 i 从 1 到 50，$t=t*i$ 的功能是求各个数的阶乘，而 sum=sum+t 实现各个阶乘的累加。

4．求 $1+\dfrac{1}{3!}+\dfrac{1}{5!}+\dfrac{1}{7!}+...+\dfrac{1}{21!}$。

```
main( )
{   double sum=0.0,t=1.0;
    int i;
    for(i=1;i<=50;i++)
    {   t=t*i;
        if(i%2)sum=sum+1.0/t;}
    printf("sum=%lf\n",sum);
}
```

运行结果：

```
sum=1.175201
```

注意：for(i=1;i<=50;i++)控制 i 的取值范围，sum 是奇数阶乘的倒数的累加，要定义成 double 类型的，$i\%2$ 的功能是判断 i 是否是奇数。

5．试列出所有的个位数是 6 且能被 3 整除的两位数。

```
main( )
{   int i;
    for(i=10;i<=99;i++)             /*i 在 10～99 之间，步长为 1*/
        if(i%10==6&&i%3==0)         /*如果 i 的个位数是 6 且 i 能被 3 整除*/
    printf("%3d",i);
}
```

程序运行结果如下：

```
36 66 96
```

两位的十进制数是 10～99，从这些数中找出个位数是 6 且能被 3 整除的数，就是对 10～99 之间的每个数都要进行判断，一个也不能少，这属于穷举类型的题目。

6．打印 100～200 间所有素数，并统计个数。

```
main( )
{   int m,i,n=0;
    for(m=100;m<=200;m++)
    {for(i=2;i<=m-1;i++)
        if(m%i==0)
            break;              /*如果 2 到(m-1)之间有整除 m 的数，则退出循环 */
    if(i>=m)
        printf("%d,",m),n++;  }
        printf("\n\n%d\n",n);
}
```

这个程序是双重循环，外循环控制 m 从 100 到 200，内循环判定 m 是否是素数。

7. 求出 Fibonacci 数列的前 20 项。该数列源自于一个有趣的问题：一对兔子，一个月后长成中兔，第 3 个月长成大兔，长成大兔以后每个月生一对小兔，第 20 个月有多少对兔子？

Fibonacci 数列可以用数学上的递推公式来表示：

$F_1=1$
$F_2=1$
$F_n=F_{n-1}+F_{n-2}$ $(n\geqslant 3)$

```
main( )
{   int j,f1,f2;
    f1=1;f2=1;
    printf("\n%10d%10d",f1,f2);        /*输出序列的前两个值*/
    for(j=2;j<=10;j++)                  /*从 3 到 20 循环*/
    {   f1=f1+f2;                       /*求最新的数列值覆盖 f1 */
        f2=f2+f1;                       /*求第 2 行的数列值覆盖 f2 */
        printf("%10d%10d",f1,f2);       /*输出 f1 和 f2*/
        if(j%2==0)
        printf("\n");                   /*每输出 4 个数字换行*/
    }
}
```

程序运行结果如下：

```
   1          1          2          3
   5          8         13         21
  34         55         89        144
 233        377        610        987
1597       2584       4181       6765
```

这个程序是一个递推算法，由 $f1=1$，$f2=1$，$f1=f1+f2$ 求出第 3 项，赋值给 $f1$ 得到新的 $f1$，又由新的 $f1$ 和旧的 $f2$，$f2=f2+f1$ 求出第 4 项，赋值给 $f2$ 得到新的 $f2$，这时，$f1$、$f2$ 都是新的，再照此求出第 5 项和第 6 项，赋值给新的 $f1$ 和 $f2$，依次递归。if(j%2==0) 是用来进行换行控制的。

8. 输入 20 个学生的计算机课程成绩，输出最高成绩、最低成绩、不及格人数、优良率。

```
main( )
{   int max,min;
    int s,i,n60=0,n80=0;
    float yl;
    scanf("%d",&s);
    max=min=s;
    if(s<60)n60++;
    if(s>=80)n80++;
    for(i=1;i<20;i++)
    {   scanf("%d",&s);
        if(s<60)n60++;
        if(s>=80)n80++;
        if(s>max)max=s;
        if(s<min)min=s;
    }
    yl=n80/20.0*100.0;
    printf("max=%d,min=%d,不及格人数：%d, 优良率：%f%%\n",max,min,n60,yl);
}
```

运行结果：

```
67 87 45 78 98 67 78 67 99 78
67 75 65 66 75 58 36 87 90 67
max=99, min36, 不及格人数：3, 优良率：25.000000%
```

max 是最高成绩，*min* 是最低成绩，*n60* 是不及格人数，*n80* 是优秀人数，*yl* 是优秀率。20 个学生的成绩，如果成绩小于 60，不及格的人数 *n60* 加 1，如果成绩大于等于 80，则优秀的人数加 1，用 *max* 来记录最高成绩，用 *min* 来记录最低成绩，如果该学生的成绩大于 *max*，则将其附值给 *max*，如果该学生的成绩小于 *min*，则将其附值给 *min*，由此，*max* 和 *min* 就是 20 个学生成绩中的最大值和最小值。

6.4　习题

一、选择题

1. 若有定义：int x=5,y=4; 则下列语句中错误的是（　　）。

　　A. while(x=y) 5;　　　　　　　　　　B. do x++ while(x==10);

　　C. while(0);　　　　　　　　　　　　D. do 2; while(x==y);

2. 程序的输出结果为（　　）。

```
main( )
{   int i,j;
    for(i=1;i<=3;i++)
    for(j=10;j>1;j-=4);
```

```
    printf("%d",i*j);
}
```

    A. 30   B. 10   C. –8   D. –4;

3. 设 int i; 则语句：for(i=0;i<=20;i++)if(i%3)break; 的循环次数为（   ）。

    A. 1   B. 2   C. 3   D. 4

4. 语句：for(i=1;i<=10;i++)

```
{   if(i%3||i%2==0)continue;
    printf("%d",i);
    }
```

则输出结果是（   ）。

    A. 123   B. 3456789   C. 39   D. 36

5. 设 $i=10$,则执行循环 while(i-->5); 后 i 的值为（   ）。

    A. 1   B. 2   C. 3   D. 4

6. 执行语句 for(n=1; ++n<5;)printf("%d", n); 后，程序输出结果为（   ）。

    A. 123   B. 234   C. 345   D. 456

7. 程序的输出结果为（   ）。

```
main()
{   int i;float sum;
    for(sum=1.0,i=1;i<5;i++)
    sum+=1/i;
    printf("%f",sum);
}
```

    A. 1   B. 2   C. 2.0   D. 3.083333

8. 程序的输出结果为（   ）。

```
main()
{   int i,j,k,t=0;
    for(i=1;i<5;i++)
    for(j=1;j<=3;j+=2)
    for(k=10;k>-2;k-=4)
    t++;
    printf("%d",t);
}
```

    A. 12   B. 24   C. 36   D. 48

二、程序分析题

1. 以下程序的输出结果是（   ）。

```
main( )
{   int i,sum;
    for(i=10,sum=3;i>=-3;i--) sum+=i;
```

```
        printf("%d\n",sum);
}
```

2．以下程序的输出结果是（　　　）。

```
main( )
{   int a,b;
    for(a=1,b=1;a<100;a++)
    {   if(b>20) break;
        if(b%3= =1)
        {b+=3;
         continue; }
        b-=5; }
    printf("%d\n",b);
}
```

3．以下程序的输出结果是（　　　）。

```
main( )
{   int n=3748,a;
    a=n%10;
    printf("%d",a);
    n/=10;
    while(n)
    {   a=n%10;
        printf("%d",a);
        n/=10;
    }
}
```

4．以下程序的输出结果是（　　　）。

```
main( )
{   int n=50,i,sum=10;
    i=1;
    while(sum<n)
    {   sum+=i;i++; }
    printf("%d",sum);
}
```

5．以下程序的输出结果是（　　　）。

```
main( )
{   int n=10,i,sum=10;
    i=1;
    do
    {   sum+=i;
        i++;
```

```
    }while(sum<n);
    printf("%d",i);
}
```

6. 以下程序的输出结果是（　　　）。

```
main( )
{   int i,sum=0;
    for(i=20;i>=-3;i-=5)
    sum+=i;
    printf("sum=%d,i=%d",sum,i);
}
```

7. 以下程序的输出结果是（　　　）。

```
main ()
{   int i,sum=0;
    for(i=1;i<10;i++)
    if(i%2)sum+=i;
    printf("sum=%d,i=%d",sum,i);
}
```

8. 以下程序的输出结果是（　　　）。

```
main( )
{   int i,t=1;
    for(i=1;i<=6;i++)
    if(i%3)t*=i;
    printf("t=%d,i=%d",t,i);
}
```

9. 以下程序的输出结果是（　　　）。

```
main( )
{   int i,t=1;
    for(i=1;i<=6;i++)
    if(i%2= =0)t*=i;
    printf("t=%d,i=%d",t,i);
}
```

10. 以下程序的输出结果是（　　　）。

```
main( )
{   int i,t=1;
    for(i=10;i>=6;i-=2)
    if(i%3!=2)t*=i;
    printf("t=%d,i=%d",t,i);
}
```

三、程序填空题（在下列程序的_____处填上正确的内容，使程序完整）

1. 本程序实现判断 *m* 是否为素数，如果是素数输出 1，否则输出 0。

```
main( )
{   int m,i,y=1;
    scanf("%d",&m);
    for(i=2;i<=m/2;i++)
    if( _____ )
    {   y=0;
        break;
    }
    printf("%d\n",y);
}
```

2. 下列程序的功能是输出 1～100 之间能被 7 整除的所有整数。

```
main()
{   int i;
    for(i=1;i<=100;i++)
    {   if(i%7)
        _____;
        printf("%5d",i);
    }
}
```

3. 输入若干字符数据，分别统计其中 A、B、C 的个数。

```
main( )
{   char c;
    int k1=0,k2=0,k3=0;   计数
    while((c=getchar())!='\n')
    {
        _____
        {   case 'A': k1++;break;
            case 'B': k2++;break;
            case 'C': k3++;break;
        }
    }
    printf("A=%d,B=%d,C=%d\n",k1,k2,k3);
}
```

4. 下面程序的功能是：从键盘输入若干个学生的成绩，统计并输出最高成绩和最低成绩，当输入负数时结束输入。

```
main( )
{   float x,max,min;
    scanf("%f",&x);
    max=x;
```

```
        min=x;
        while( _____ )
        {   if( x>max)
            max=x;
            if ( x<min)
                min=x;
            scanf("%f",&x);
        }
        printf("max=%f  min=%f\n",max,min);
}
```

四、程序改错题（下列每小题有一个错误，找出并改正）

1. 求 100 以内的正整数中是 13 的倍数的最大值。

```
main( )
{   int i;
    for(i=100;i>=0;i--)
        if(i%13) continue;
    printf("%d",i);
}
```

2. 求 1+2+3+…+100。

```
main()
{   int i=1,sum=0;
    do
    {   sum+=i; i++;}while(i=100);
    printf("%d",sum);
}
```

3. 计算 1+1/2+1/3+…+1/10。

```
 main( )
{   double t=1.0;
    int i;
    for(i=2;i<=10;i++)
     t+=1/i;
    printf("t=%f\n",t);
 }
```

4. 把从键盘输入的小写字母变成大写字母并输出。

```
#include "stdio.h"
main( )
{   char c,*ch=&c;
    while((c=getchar())!='\n')
    {   if(*ch>='a'&*ch<='z')
            putchar(*ch-'a'+'A');
```

```
        else
            putchar(*ch);
    }
}
```

五、程序设计题

1. 输入两个正整数，输出它们的最大公约数和最小公倍数。

2. 求 $S_n=a+aa+aaa+\cdots+aa\cdots a$（最后一项为 n 个 a）的值，其中 a 是一个数字。如：2+22+222+2222+22222（此时 $n=5$），n 的值从键盘输入。

3. 打印出所有的"水仙花数"。所谓"水仙花数"是指一个 3 位数，其各位数的立方和等于该数本身。如：$153=1^3+5^3+3^3$，则 153 是一个水仙花数。

4. 计算 $\sum_{k=1}^{100}\dfrac{1}{k}+\sum_{k=1}^{50}\dfrac{1}{k^2}$。

5. 编写程序，按下列公式计算 e 的值$\left(\text{精度要求}\ \dfrac{1}{n!}\ \text{为}<10^{-6}\right)$。

$$e=1+\frac{1}{1!}+\frac{1}{2!}+\frac{1}{3!}+\cdots+\frac{1}{n!}$$

6. 有一篮子苹果，两个一取余一，3 个一取余二，4 个一取余三，5 个一取刚好不剩，问篮子至少有多少个苹果？

7. 笔记本每本 5 元，水性笔每支 3 元，橡皮擦 1 元 3 个，现有 100 元，要买 100 个上述产品，刚好将钱花完，将所有可能的情况打印出来。

第二篇　学习篇

数据组织

整型、浮点型和字符型是 C 语言提供的基本数据类型。在程序设计中，很重要的一点就是定义一些存储单元来存放计算的结果。在前几章中，存储数据的单元主要是一些数据类型为基本数据类型的常量或变量，这些程序只能处理少量的数据，而实际上，计算机语言的优势在于能够处理大量的数据，通过定义复杂的数据类型实现对大量数据的处理。除了指针以外，复杂数据类型又称为构造类型，是由基本数据类型组合而成的。

7.1 数组

数组是一组具有相同数据类型的数据单元。

7.1.1 一维数组

【例 7.1】 利用冒泡法，将数组中的 6 个元素按从小到大的顺序输出。

```
main( )
{   int a[6]={ 6,10,7,11,9,0};              /*定义数组 a 同时赋初值*/
    int i,j,t;
    for(i=0;i<5;i++)                        /*排序*/
    for(j=0;j<5-i;j++)
    if (a[j]>a[j+1])
    {   t=a[j];a[j]=a[j+1];a[j+1]=t;   }
    for(i=0;i<=5;i++)                       /*输出排好序的数组元素*/
        printf("%d,",a[i]);
    printf("\n");
}
```

程序运行结果如下：

```
0,6,7,9,10,11,
```

程序中使用了一维数组存放要排序的数据，排序的结果仍存放在该数组中。定义一个整型数组 a 后，在内存中开辟 6 个连续的内存单元，用于存放数组 a 的 6 个元素的值，数组元素由数组名和下标唯一确定，数组 a 的 6 个元素的内存中的值如图 7.1 所示。

在程序中使用数组，可以让一批类型相同的变量使用同一个数组变量名，用下标来相互区分，优点是表达简洁，便于使用循环结构。

下面介绍冒泡法排序的思想。冒泡法排序的思想是将相邻两个数进行比较，小数放在前头，大数放在后头，排序算法的步骤如下：

$a[0]$	$a[1]$	$a[2]$	$a[3]$	$a[4]$	$a[5]$
6	10	7	11	9	0

图 7.1　数组元素的存储

（1）将第 1 个数和第 2 个数进行比较，如果第 1 个数大于第 2 数，则将两数交换，否则不变。用相同的方法处理第 2 个数和第 3 个数，第 3 个数和第 4 个数……第 $n-1$ 个数和第 n 个数，这样可将最大数放在最后。

（2）除最后一个数外，前面 $n-1$ 个数按步骤（1）方法，将次大数放在倒数第二的位置。

（3）按照步骤（2）每次减少一个元素，重复步骤（1）$n-1$ 遍后，最后完成递增序列的排序。

排序过程如图 7.2 所示。在图 7.2 中共有 6 个数，第 1 次将第 1 个数 6 与第 2 个数 10 进行比较，6 比 10 小，不需交换；第 2 次将 10 与 7 进行比较，10 比 7 大，两数交换位置；

	原始数据	第1次	第2次	第3次	第4次	第5次
$a[0]$	6	6	6	6	6	6
$a[1]$	10	10	7	7	7	7
$a[2]$	7	7	10	10	10	10
$a[3]$	11	11	11	11	9	9
$a[4]$	9	9	9	9	11	0
$a[5]$	0	0	0	0	0	11

第一轮比较

	原始数据	第1次	第2次	第3次	第4次
$a[0]$	6	6	6	6	6
$a[1]$	7	7	7	7	7
$a[2]$	10	10	10	9	9
$a[3]$	9	9	9	10	0
$a[4]$	0	0	0	0	10

第二轮比较

	原始数据	第1次	第2次	第3次
$a[0]$	6	6	6	6
$a[1]$	7	7	7	7
$a[2]$	9	9	9	0
$a[3]$	0	0	0	9

第三轮比较

	原始数据	第1次	第2次
$a[0]$	6	6	6
$a[1]$	7	7	0
$a[2]$	0	0	7

第四轮比较

	原始数据	第1次
$a[0]$	6	0
$a[1]$	0	6

第五轮比较

图 7.2　冒泡法数组元素排序过程

第 3 次 10 与 11 进行比较……如此进行 5 次比较，将最大数 11 "沉底"，小数上升 "浮起"。然后对余下的前 5 个数继续进行第 2 轮比较，得到次最大数。以此类推，共经过 5 轮比较，使 6 个数按由小到大的顺序排列。在比较过程中第 1 轮经过了 5 次比较，第 2 轮经过了 4 次比较……第 5 轮经过了 1 次比较。如果需要对 n 个数进行排序，则要进行 n–1 轮的比较，每轮分别要经过 n-1、n-2、n-3、…、1 次比较。

【例 7.2】 用数组来处理 Fibonacci 数列。

```
main( )
{   int i;
    int f[20]={1,1};
    for(i=2;i<20;i++)
        f[i]=f[i-2]+f[i-1];
    for(i=0;i<20;i++)
    {   if(i%5==0)
            printf("\n");
        printf("%10d",f[i]);
    }
}
```

程序运行结果如下：

```
  1          1          2          3          5
  8         13         21         34         55
 89        144        233        377        610
987       1597       2584       4181       6765
```

在程序中使用数组时需要注意以下两点：

（1）不允许对数组的大小作动态定义。如下面对数组的定义是错误的。

```
int n=10;       int a[n];
```

（2）数组元素的下标从 0 开始。如数组 f 中的数组元素是从 $f[0]$ 到 $f[19]$。

7.1.2 二维数组

【例 7.3】 将一个 3×4 矩阵存入一个 3×4 的二维数组中，找出最小值以及其所在的行下标和列下标，并输出该矩阵。

```
main( )
{   int a[3][4];
    int i,j,row,col,min;
    for(i=0;i<3;i++)                        /*输入 12 个数存在二维数组 a 中*/
        for(j=0;j<4;j++)
            scanf("%d",&a[i][j]);
    for(i=0;i<3;i++)                        /*以矩阵的形式输出数组 a*/
    {   for(j=0;j<4;j++)
```

```
            printf("%d",a[i][j]);
         printf("\n");
      }
   min=a[0][0];
   row=0; col=0;
   for(i=0;i<3;i++)                      /*遍历数组 a 找最小值及下标*/
      for(j=0;j<4;j++)
         if(min>a[i][j])
            {min=a[i][j];row=i;col=j;}
   printf("min=%d,row=%d,col=%d",min,row,col);
}
```

程序运行输入：

```
1 2 3 4 5 6 7 8 9 10 11 12↙      /*输入时两数据间以空格分隔*/
```

程序运行输出：

```
1   2   3   4
5   6   7   8
9   10   11   12
min=1,row=0,col=0
```

C 语言支持多维数组，最常见的是二维数组，主要用于表示二维表和矩阵。

1. 二维数组的定义

二维数组定义的一般形式为：

类型标识符　　数组名[常量表达式 1][常量表达式 2]

其中，常量表达式 1 的值是行数，常量表达式 2 的值是列数。如：

```
int a[3][4];
```

定义了一个整型的二维数组，数组名为 *a*，行数为 3，列数为 4，共有 12 个元素，分别为：*a*[0][0]、*a*[0][1]、*a*[0][2]、*a*[0][3]、*a*[1][0]、*a*[1][1]、*a*[1][2]、*a*[1][3]、*a*[2][0]、*a*[2][1]、*a*[2][2]、*a*[2][3]。

C 语言中，对二维数组的存储是按行存放，即按行的顺序依次存放在连续的内存单元中。如二维数组 *a* 的存储顺序如图 7.3 所示。

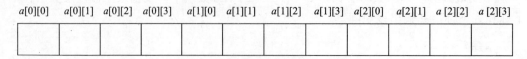

a[0][0]	*a*[0][1]	*a*[0][2]	*a*[0][3]	*a*[1][0]	*a*[1][1]	*a*[1][2]	*a*[1][3]	*a*[2][0]	*a*[2][1]	*a* [2][2]	*a* [2][3]

图 7.3　二维数组 *a* 的存储顺序

C 语言对二维数组的处理方法是将其分解成多个一维数组。如对二维数组 *a* 的处理方法是：把 *a* 看成是一个一维数组，数组 *a* 包含 3 个元素：*a*[0]、*a*[1]、*a*[2]，而每个元素又是一个一维数组，各包含 4 个元素，如 *a*[0]所代表的一维数组又包含 4 个元素：*a*[0][0]、*a*[0][1]、*a*[0][2]、*a*[0][3]。

由于系统并不为数组名分配内存，所以由 a[0]、a[1]、a[2]组成的一维数组在内存中并不存在，它们只是表示相应行的首地址。

2．二维数组的初始化

1）全部元素初始化

全部元素初始化时，第 1 维的长度，即行数可以省略，第 2 维的长度，即列数不能省略。可以用花括号分行赋初值，也可以整体赋初值。

例如，下列初始化是等价的：

```
int a[3][4]={{1,2,3,4},{5,6,7,8},{9,10,11,12}};
int a[ ][4]={{1,2,3,4},{5,6,7,8},{9,10,11,12}};
int a[ ][4]={1,2,3,4,5,6,7,8,9,10,11,12};
```

2）部分元素初始化

部分元素初始化时，若省略第 1 维的长度，必须用花括号分行赋初值。没初始化的元素，数值型数组时值为 0，字符型数组时值为'\0'。

例如，下列初始化是等价的：

```
int a[2][4]={1,2,3,4,0,5};
int a[2][4]={{1,2,3,4},{0,5}};
int a[ ][4]={{1,2,3,4},{0,5}};
```

3．二维数组元素的引用

二维数组元素的下标表示形式为：

数组名[表达式 1]　[表达式 2]

其中，表达式 1 和表达式 2 的类型任意，一般为算术表达式。表达式 1 的值是行标，表达式 2 的值是列标。

【例 7.4】　矩阵转置即行列互换，原矩阵第 i 行数据转置后变成第 i 列，即数组元素 $a[i][j]$ 与 $a[j][i]$ 互换。

```
#define N 4
main( )
{   int i,j, a[N][N],t;
    for(i=0;i<N;i++)                      /*输入数据给数组 a*/
      for(j=0;j<N;j++)
       scanf("%d",&a[i][j]);
    for(i=0;i<N;i++)                      /*转置运算*/
      for(j=0;j<i;j++)
     {   t=a[i][j];a[i][j]=a[j][i];a[j][i]=t;}
    for(i=0;i<N;i++)                      /*以矩阵的形式输出数组 a*/
    {   for(j=0;j<N;j++)
           printf("%4d",a[i][j]);
        printf("\n");
    }
}
```

【例 7.5】 输出杨辉三角形的前 10 行。

分析：可以用二维数组 a 来存放数据，对数组中的每一个元素 $a[i][j]$，若 $j>i$，则 $a[i][j]$ 的值不用；若 $j==0$ 或 $j==i$，则 $a[i][j]=1$，否则 $a[i][j]=a[i-1][j]+a[i-1][j-1]$。

```
#define N 10
main( )
{   int i,j,a[N][N];
    for(i=0;i<N;i++)
    for(j=0;j<=i;j++)
        if(j==0||j==i)  a[i][j]=1;
        else            a[i][j]=a[i-1][j]+a[i-1][j-1];
    for(i=0;i<10;i++)
    {   for(j=0;j<=i;j++)
            printf("%4d",a[i][j]);
        printf("\n");
    }
}
```

运行结果为：

```
1
1   1
1   2   1
1   3   3   1
1   4   6   4   1
1   5   10  10  5   1
1   6   15  20  15  6   1
1   7   21  35  35  21  7   1
1   8   28  56  70  56  28  8   1
1   9   36  84  126 126 84  36  9  1
```

7.1.3　字符数组

字符数组就是类型为 char 的数组，同其他类型的数组一样，字符数组既可以是一维的，也可以是多维的。在 C 语言中没有字符串变量，要想将字符串保存在变量中，必须使用字符数组。字符数组就是用来存放字符数据的数组。在字符数组中，每一个元素只能存放一个字符。

【例 7.6】 输入一行字符，将其中的小写字母转换为大写字母，其余字符不变。

```
#include "stdio.h"
main( )
{   char c[81];
    int i;
    for(i=0;(c[i]=getchar())!='\n';i++);        /*输入字符串，遇回车键结束*/
    c[i]='\0';                                  /*输入字符串结束标志*/
    for(i=0;c[i]!= '\0';i++)
```

```
    {    if(c[i]>= 'a'&&c[i]<= 'z')        /*若是小写字母，则转换为大写字母 */
            c[i]-=32;
        printf("%c",c[i]);
    }
}
```

程序运行输入：

aBcD123✓   /*输入时两数据间没有空格分隔*/

程序运行输出：

ABCD123

程序中可以使用字符数组处理字符型的数据和字符串。

1．字符数组的定义

一维字符型数组定义的一般形式为：

char   数组名[常量表达式]

如：

```
char  str[6];
```

字符数组 str 有 6 个元素，分别为：str[0]、str[1] 、str[2]、str[3]、str[4]、str[5]。
字符数组中的一个元素存放一个字符。如字符数组 str 只能存放 6 个字符。

二维字符型数组定义的一般形式为：

char   数组名[常量表达式 1][常量表达式 2]

如：

```
char  b[3][4];
```

由于字符型、整型是互相通用的，因此也可以改写为：

```
int b[3][4];
```

2．字符数组的初始化

有两种方法对字符数组进行初始化：

（1）给数组元素赋值，与数值数组相同。

如：char a[5]={'0', '1', '2', '3', '4'}；将 5 个字符分别赋给 $a[0]$ 到 $a[4]$ 这 5 个元素。

如：char b[5]={'0', '1', '2'}；" 将 3 个字符分别赋给 $b[0]$ 到 $b[2]$，其余元素自动赋值为空字符'\0'。

同样，可以定义和初始化二维字符数组。如：

```
char a[2][3]={{'0', '1', '2'},{'3', '4', '5'}};
```

或者

```
char b[ ][3]= {{'0', '1', '2'},{'3', '4', '5'}};
```

（2）用字符串为字符数组赋初值。例如：

```
char b[4]={ "boy"};
char c[ ]= {"boy"};
```

也可以省略花括号，直接写成 char c[ ]= "boy";。

在 C 语言中，为了表示一个字符串结束，系统会自动在一个字符串的后面加上一个字符'\0'，作为一个字符串的结束标记。例如，"I am a boy"共有 10 个字符，但在内存中占有 11 个字节，最后一个字节存放的是'\0'，是由系统自动加上的，即字符串常量在内存中占有"串长+1"个字节，例如 "char c[ ]= "boy";"，则 c 数组共有 4 个元素，而不是 3 个元素。如果是 "char c[ ]={'b', 'o', 'y'};"，则 c 数组只有 3 个元素，它们在内存的情况如图 7.4 所示。

注意：用字符串初始化字符数组比用字符逐个初始化字符数组要多占用一个字节。

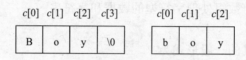

图 7.4 字符数组的存储情况

有了字符串的结束标志'\0'后，字符数组的长度就显得不那么重要了，在程序中往往依靠检测'\0'的位置来判断字符串是否结束，而不是根据数据的长度来决定字符串的长度。当然在定义字符数组时应估计实际字符串的长度，保证字符数组的长度始终大于字符串实际长度。如果在一个字符数组中先后存放多个不同长度的字符串，则应使字符数组的长度大于最长字符串的长度。

3. 字符数组的输入和输出

1）字符串输出函数 puts( )

一般调用格式：

puts(str)

其中，参数 str 可以是地址表达式（一般为数组名或指针变量），也可以是字符串常量。

功能：将一个以'\0'为结束符的字符串输出到终端（一般指显示器），并将'\0'转换为回车换行。

返回值：输出成功，返回换行符（ASCII 码为 10），否则，返回 EOF（–1）。

若有定义：

```
char str[ ]="China";
```

则：

```
puts(str);
```

的输出结果为

```
China
```

```
puts(str+2);
```

的输出结果为：

```
Ina
```

说明：

（1）使用 puts( )函数的函数前面要有文件包含：

```
#include "stdio.h" 或 #include < stdio.h >
```

（2）输出的字符串中可以包含转义字符，并输出到第一个'\0'为止，且将'\0'转换为'\n'，即输出完字符串后回车换行。如：

```
char str[ ]="china\nliaoning\0dalian";
```

输出结果为：

```
china
liaoning
```

（3）puts()函数一次只能输出一个字符串。

2）字符串输入函数 gets( )

一般调用格式为：

gets(str)

其中，参数 *str* 是地址表达式，一般是数组名或指针变量。

功能：从终端（一般指键盘）输入一个字符串，存放到以 *str* 为起始地址的内存单元。

返回值：返回字符串在内存中存放的起始地址，即 *str* 的值。如：

```
char  str[20];
gets(str);
```

把从键盘上输入的字符串存放到字符数组 *str* 中。

说明：

（1）使用 gets( )函数的函数前面要有文件包含：

```
#include "stdio.h" 或 #include < stdio.h >
```

（2）gets( )函数一次只能输入一个字符串。

（3）系统自动在字符串后面加一个字符串结束标志'\0'。

3）字符数组的输出

可以用以下两种方法输出字符数组。

（1）单个字符输出。用格式输出函数 printf( )的%c 的格式，或用字符输出函数 putchar( )。

（2）将整个字符串一次输出。用格式输出函数 printf( )的%s 格式，或用字符串输出函数 puts()。

注意：

（1）输出字符不包括字符串结束标志'\0'。

（2）printf( )的%s 格式的输出项参数和 puts()的参数是地址表达式，而不是数组元素名。如：

```
char str[10]="China";
```

```
printf("%s",str);       /* 输出: China */
puts(str+2);            /* 输出: ina */
```

（3）如果数组长度大于字符串的实际长度，也只输出到'\0'结束。

（4）如果一个字符数组中包含一个以上的'\0'，则遇到第一个'\0'输出结束。如：

```
char str[10]="china\0usa";
printf("%s",str);
```

输出结果为：

```
china
```

4）字符数组的输入

字符数组输入也有两种方法，列举如下。

（1）单个字符输入。可以用格式输入函数 scanf( )的%c 格式，或用字符输入函数 getchar( )。

（2）将整个字符串一次输入。可以用格式输入函数 scanf( )的%s 格式，或用字符串输入函数 gets()。

注意：

（1）用 scanf( )的%s 格式不能输入含有空格的字符串，遇到空格系统认为输入结束，所以用 scanf( )函数一次能输入多个不含空格的字符串。用 gets()函数能够输入含有空格的字符串，但一次只能输入一个字符串。

（2）系统自动在最后一个字符的后面加上一个字符串结束符'\0'。

（3）scanf( )的%s 格式的输入项是数组名时，数组名前不能加取地址符 "&"，因为数组名本身代表数组的首地址。

【例 7.7】 将一个字符串逆置后接到原串的后面。

```
#include "stdio.h"
main( )
{   char str[80];
    int i,j;
    gets(str);
    i=0;
    while(str[i]!= '\0')    i++;
    j=i;
    i--;
    while(i>=0)
    {  str[j]=str[i];  i--;  j++;    }
    str[j]= '\0';
    puts(str);
}
```

程序运行结果如下：

abc↙

abccba

4. 常用字符串处理函数

1）字符串拷贝函数 strcpy( )

一般调用格式：

strcpy(str1,str2)

其中，*str*1 是地址表达式（一般为数组名或指针变量），*str*2 可以是地址表达式（一般为数组名或指针变量），也可以是字符串常量。

功能：将 *str*2 指向的字符串拷贝到以 str1 为起始地址的内存单元。

2）字符串连接函数 strcat( )

一般调用格式：

strcat(str1,str2)

其中，*str*1 是地址表达式（一般为数组名或指针变量），*str*2 可以是地址表达式（一般为数组名或指针变量），也可以是字符串常量。

功能：把 *str*2 指向的字符串连接到 *str*1 指向的字符串的后面。

返回值：*str*1 的值。

3）字符串比较函数 strcmp( )

一般调用格式：

strcmp(str1,str2)

其中，*str*1 和 *str*2 可以是地址表达式（一般为数组名或指针变量），也可以是字符串常量。

功能：比较两个字符串。

4）测试字符串长度函数 strlen( )

一般调用格式：

strlen(str)

其中，*str* 可以是地址表达式（一般为数组名或指针变量），也可以是字符串常量。

功能：统计字符串 *str* 中字符的个数（不包括结束符'\0'）。

返回值：字符串中实际字符的个数。如：

```
char str[10]="china";
printf("%d",strlen(str));
```

输出结果是 5，不是 10，也不是 6。

5）字符串小写变大写函数 strupr( )

一般调用格式：

strupr(str)

其中，*str* 可以是地址表达式（一般为数组名或指针变量），也可以是字符串常量。

功能：将字符串中的小写字母转换成大写字母。

6）字符串大写变小写函数 strlwr( )

一般调用格式：

```
strlwr(str)
```

其中，*str* 可以是地址表达式（一般为数组名或指针变量），也可以是字符串常量。

功能：将字符串中的大写字母转换成小写字母。

7.2　结构体

结构体是允许把一些不同类型的数据聚合在一起的构造数据类型，它与数组的区别是数组只允许把同一类型的数据组织在一起。除此之外，两者很相似，所以在学习时和数组进行类比，易于掌握。

7.2.1　结构体变量

【例 7.8】 在学生信息管理中，学生信息中包括学生的姓名、学号和 3 门课程的成绩以及平均成绩，输入一个正整数 *n*，再输入 *n* 个学生的姓名、学号和 3 门课程的成绩，计算学生的平均成绩并输出。

```c
struct student
{   char number[20],name[20];
    int score[3];
    float avg;
};
main( )
{   int i,j,n;
    struct student stu;
    printf("请输入学生人数：");
    scanf("%d",&n);
    for(i=1;i<=n;i++)
    {   sum=0;
        scanf("%s, %s ", number, stu.name);
        for(j=0;j<3;j++)
            scanf("%d",& stu.score[j]);
        stu.avg= (stu.score[0]+ stu.score[1] +stu.score[2])/3.0;
        printf("%s\t\t%s\t%d\t%d\t%d\t%.2f\n",
        stu.number,stu.name,stu.score[0],stu.score[1],stu.score[2],
        stu.avg);
    }
}
```

　　程序中首先定义了一个结构体类型 struct student，该类型包含 4 个成员。在 main()函数中使用 struct student 定义了一个该结构的变量 *stu*。结构体变量的定义有 3 种形式在第 3 章已经介绍过。

　　每个结构体变量都是一个数据组合体，由它的成员组成，结构体变量所占的字节数为各成员所占字节数之和。结构体变量成员引用的一般形式为：结构体变量名.成员变量名。如例 7.8 中的 stu.number,stu.name 等，这些成员与同类型的普通变量使用类似，可以进行相关的运算。如 stu.avg= (stu.score[0]+ stu.score[1] +stu.score[2])/3.0。

7.2.2 结构体数组

【例 7.9】 有 3 个学生的姓名、学号和 3 门课程的成绩，计算学生的平均成绩并输出。

```c
#include "stdio.h"
#include <math.h>
#define N 3
struct student
{   char number[20],name[20];
    int score[3];
    float avg;
};
main( )
{   int i,j,sum;
    struct student stu[N]={{"0718020101","张三",82,90,85,0},
                           {"0718020102","李四",91,81,92,0},
                           {"0718020103","王五",88,75,96,0}};
    printf("学号\t 姓名\t 数学成绩\t 英语成绩\t 计算机成绩\t 平均成绩\n");
    for(i=0;i<N;i++)
    {   sum=0;
        for(j=0;j<3;j++)
            sum+=stu[i].score[j];
        stu[i].avg=sum/3.0;
        printf("%s\t\t%s\t%d\t%d\t%d\t%.2f\n",
        stu[i].number,stu[i].name,stu[i].score[0],stu[i].score[1],
        stu[i].score[2],stu[i].avg);
    }
}
```

运行结果如下：

学号	姓名	数学成绩	英语成绩	计算机成绩	平均成绩
0718020101	张三	82	90	85	85.67
0718020102	李四	91	81	92	88.00
0718020103	王五	88	75	96	86.33

　　程序中首先定义了一个结构体类型 struct student，该类型包含 4 个成员。在 main()函数中使用 struct student 定义了一个该结构的数组。

　　一个结构体变量只能表示一个实体的信息，若有许多同类型的数据，就需要使用结构体数组。如例 7.9 中的有 3 个学生的信息需要存放。

　　结构体数组是结构体和数组的结合，与普通数组的区别是每个数组元素都是结构体类型的数据，包括多个成员项。

　　结构体数组的定义和结构体变量的定义相似，也有 3 种情况。如：

```
struct student
{   char number[20],name[20];
    int score[3];
    float avg;
} stu[10];
```

定义了一维结构体数组 *stu*，包含 10 个元素 *stu*[0]～*stu*[9]，每个数组元素都是 struct student 结构体类型，能同时存放 10 个学生的数据。

　　定义结构体数组的同时也可以进行初始化，其格式与二维数组的初始化类似：

```
struct student stu[3]={{"0718020101","张三",82,90,85,0},
                       {"0718020102","李四",91,81,92,0},
                       {"0718020103","王五",88,75,96,0}};
```

　　结构体数组元素占用一段连续的内存单元，元素的使用方法和同类型的结构体变量类似，既可以使用元素，也可以使用数组元素的成员。一般引用格式如下：

结构体数组名[下标].结构体成员名

```
stu[0].number,stu[0].name,stu[0].score[0],stu[0].score[1],stu[0].score
[2],stu[0].avg
```

它们的使用和同类型的变量类似，如：

```
sum=stu[0].score[0]+ stu[0].score[1] +stu[0].score[2];
```

即为求 *stu*[0]学生的总成绩。

　　和普通数组一样，既可以定义一维结构体数组，也可以根据需要定义多维结构体数组。

7.3　共用体和枚举类型

　　有时需要将不同类型的数据存放到同一段内存单元中，需要什么类型的数据这里就存放什么类型的数据。这些数据的起始地址都是相同的，数据之间相互覆盖，只有最后一次存入的数据才是有效的。这种几个不同的变量占用同一段内存的结构称为共用体类型。

7.3.1　共用体类型定义

　　共用体类型定义的一般形式为：

```
union 共用体类型名
{    类型 1   成员 1;
     类型 2   成员 2;
      …      …
     类型 n   成员 n;
};
```

例如：

```
union data
{   int i;
    char ch;
    float f;
};
```

从定义形式上看，它同结构体极为相似。所不同的是它说明的几个成员不像结构体那样顺序存储，而是叠放在同一个地址开始的空间上，共用体类型的长度为最大成员所占空间的长度。上面的 union data 类型的长度为 4 个字节，也就是 float 类型所占的空间长度。

7.3.2　共用体变量的定义和引用

定义共用体类型变量有如下 3 种形式（以上面的共用体类型 union data 为例）。

（1）定义共用体类型之后再定义共用体类型变量，如：

```
union data a,b,c;
```

定义了 3 个共用体类型变量 *a*、*b* 和 *c*。

（2）定义共用体类型的同时定义共用体类型变量，如：

```
union data
{   int i;
    char ch;
    float f;
}a,b,c;
```

也定义了 3 个共用体类型变量 *a*、*b* 和 *c*。

（3）定义无名共用体类型的同时定义共用体类型变量，如：

```
union
{   int i;
    char ch;
    float f;
}a,b,c;
```

也定义了 3 个共用体类型变量 *a*、*b* 和 *c*，但这种方法只能在此定义变量，因为没有类型名称，所以这种形式的类型无法重复使用。

共用体成员的引用方式与结构体成员的引用方式没有差别，一般地，也要引用到最底层的成员。成员引用的一般形式为：

共用体类型变量名.成员变量名[.成员变量名.…]

【例 7.10】 共用体类型举例。

```
union data
{   int i;
    char ch;
    float f;
};
main( )
{ union data ua;
    ua.i=10;
    ua.ch='A';
    ua.f=3.14;
    printf("i=%d\tch=%c\tf=%f\tua=%f\n",ua.i,ua.ch,ua.f,ua);
}
```

运行结果为：

```
i=-2621    ch=┝       f=3.140000    ua=49.920021
```

可以看出，只有最后一次赋值的成员 f 是有效的。这一点一定要切记！另外，共用体变量不能整体赋值，也不可以对共用体变量进行初始化处理。

7.3.3　枚举类型定义

如果一个变量只有几种可能的值，可以定义为枚举类型。所谓"枚举"是指将变量的值一一列举出来，变量的值只限于列举出来的值的范围内。

枚举类型定义的一般格式为：

enum 枚举类型名
{　　枚举常量 1=序号 1,
　　　枚举常量 2=序号 2,
　　　…　　　　…
　　　枚举常量 n=序号 n
};

其中，枚举常量是一种符号常量，也称为枚举元素，要符合标识符的命名规则。序号是枚举常量对应的整数值，可以省略，若省略序号则按系统规定处理。注意类型定义中各个枚举常量之间要用逗号间隔，而不是分号，最后一个枚举元素的后面无逗号。

例如，有如下类型定义：

```
enum weekday{ sun,mon,tue,wed,thu,fri,sat};
```

在这里，列出了枚举类型 enum weekday 所有可能的 7 个值。因为省略了序号，故系统默认从 0 开始连续排列，即 sun 对应 0、mon 对应 1、……、sat 对应 6。如果遇到有改变的序号，则序号从被改变位置开始连续递增。例如，若把上面的枚举类型改为下面的形式：

```
enum weekday{ sun,mon=6,tue,wed,thu=20,fri,sat};
```

则 7 个枚举元素的序号依次为：0、6、7、8、20、21、22。

7.3.4 枚举变量与枚举元素

定义枚举类型变量有如下 3 种形式（以上面的枚举类型 enum weekday 为例）。

（1）定义枚举类型之后再定义枚举类型变量，如：

```
enum weekday yesterday,today,tomorrow;
```

定义了 3 个枚举类型变量 yesterday、today 和 tomorrow。

（2）定义枚举类型的同时定义枚举类型变量，如：

```
enum weekday{ sun,mon,tue,wed,thu,fri,sat} yesterday,today,tomorrow;
```

也定义了 3 个枚举类型变量 yesterday、today 和 tomorrow。

（3）定义无名枚举类型的同时定义变量，如：

```
enum { sun,mon,tue,wed,thu,fri,sat} yesterday,today,tomorrow;
```

也定义了 3 个枚举类型变量 yesterday、today 和 tomorrow，但这种方法只能在此定义变量，因为没有类型名称，所以这种类型无法重复使用。

枚举变量实质上就是整型变量，只是它的值是由代表整数的符号表示的。如，yesterday=sun;today=fri;tomorrow=tue;等，但是直接把一个整数赋值给一个枚举型变量通常是不允许的。如，不能直接写成：today=5，而应该进行强制类型转换，写成：today=(enum weekday)5。

【例 7.11】 从键盘上输入一个整数，显示与该整数对应的枚举常量的英文名称。

```
main( )
{   enum week{sun,mon,tue,wed,thu,fri,sat};
    enum week weekday;
    int i;
    scanf("%d",&i);
    weekday=(enum week)i;
    switch(weekday)
    {   case sun:printf("Sunday"); break;
        case mon:printf("Monday"); break;
        case tue:printf("Tuesday"); break;
        case wed:printf("Wednesday"); break;
        case thu:printf("Thursday"); break;
```

```
        case fri:printf("Friday"); break;
        case sat:printf("Saturday"); break;
        default:printf("Input error! ");
    }
}
```

在使用枚举变量时，通常关心的不是其数值的大小，而是它所代表的状态。在程序中，可以使用不同的枚举变量来表示不同的处理方式。正确的使用枚举变量，有利于提高程序的可读性。

7.4　typedef 自定义类型

当用结构体类型定义变量时，往往觉得类型名还要加上如 struct 等形式看上去比较烦琐。C 语言提供了一个自定义类型的语句——typedef，可以用它将一些较为复杂的类型简单化。typedef 的一般格式为：

typedef 原类型名 新类型名；

如：

```
    typedef int INTEGER;
    typedef float REAL;
    typedef struct { int year,month,day;} DATE;
                            /* 将一个无名结构体类型定义为日期型 DATE */
typedef struct
{  char number[20];
   char name[20];
   int score[3];
   float avg;
}STUDENT;                        /*将一个无名结构体类型定义为 STUDENT*/
```

实际上，自定义一个新类型名并不是真正定义了一个新类型，而只是将原有的类型名用一个更加简单的、比较好理解的、容易记住和使用的新类型名来代替。这个新类型名与原有的类型名除了名称之外是完全等价的。为了避免错误，通常定义新类型名可按以下步骤进行。

（1）先按定义变量的方法写出定义体，如：

```
struct {int year,month,day;} today;
```

（2）将变量名换成新类型名，如：

```
struct {int year,month,day;} DATE;
```

（3）在最前面加上 typedef，如：

```
typedef struct {int year,month,day;} DATE;
```

（4）现在可用新的类型名定义变量了，如：

```
DATE yesterday,today,tomorrow;
```

例如，自定义一个数组类型名 ARRAY 的步骤如下：

（1）int a[100];

（2）int ARRAY[100];

（3）typedef int ARRAY[100];

（4）ARRAY a,b,c;

7.5　上机实践

一、上机实践的目和要求

1．掌握一维数组的定义及使用。

2．掌握二维数组的定义。

3．掌握数组的输入和输出方法。

4．掌握字符数组和字符串的使用。

5．掌握结构体变量的定义。

6．了解共用体、枚举的定义。

二、上机实践内容

输入并运行程序。

1．将一个整数 15 依序插入已排好序的数组，设数组已按递增的次序排序。

解析：假定数组 $a[n]$ 有 n-1 个有序数组元素，要将一个数插入到该数组中，使插入后的数组仍然有序，实现插入的方法是：首先查找插入的位置 k，然后从 n-2 到 k 逐一往后移动一个位置，将第 k 个元素的位置腾出，最后将数据插入。

```
main( )
{   int a[10];
    int i,k;
    for(i=0;i<9;i++)                    /*产生一个有序的数组*/
            a[i]=(i-1)*5+1;
    printf("before inserted\n");
    for(i=0;i<9;i++)
        printf("%d, ",a[i]);
    printf("\n");
    for(k=0;k<9;k++)                    /*查找欲插入数 15 在数组中的位置*/
    {   if (a[k]>15) break;             /*找到插入的位置下标为 k*/
    }
    for(i=8;i>=k;i--)
        a[i+1]=a[i];
    a[k]=15;                            /*插入元素*/
```

```
        printf("after inserted \n");
        for(i=0;i<10;i++)
            printf("%d, ",a[i]);
        printf("\n");
}
```

2. 将两个字符串连接成一个字符串。

```
#include "stdio.h"
#include "string.h"
main( )
{   char str1[30]= "I am ";          /*定义字符串变量 1*/
    char str2[10]= "happy";          /*定义字符串变量 2*/
    strcat(str1,str2);               /*调用系统提供的字符串连接函数*/
    puts(str1);                      /*输出连接以后的结果*/
}
```

程序运行结果如下：

```
I am happy
```

3. 统计候选人得票数。假设有 3 个候选人，由 10 个选民参加投票选出一个代表。

```
#include "string.h"
struct person
{   char name[20];
    int count;
}leader[3]={ "li",0, "zhang",0, "xue",0};
main( )
{   int i,j;
    char select[20];
    for (i=0;i<10;i++)
    {   printf("%d\tPlease input your result: ",i+1);
        scanf("%s",select);
        for(j=0;j<3;j++)
        if(strcmp(leader[j].name,select)==0)
            leader[j].count++;
    }
    printf("    The result    \n");
    for(j=0;j<3;j++)
        printf("%s\t%d\n",leader[j].name,leader[j].count);
}
```

程序运行结果如下：

```
1 Please input your result:li↙
2 Please input your result:li↙
3 Please input your result:zhang↙
```

```
4 Please input your result:li↙
5 Please input your result:xue↙
6 Please input your result:li↙
7 Please input your result:xue↙
8 Please input your result:xue↙
9 Please input your result:zhang↙
10 Please input your result:li↙
The result
li      5
zhang   2
xue     3
```

4. 将数组元素逆序存放到另一数组中。

```
main( )
{   int n=10;
    int a[10];
    int b[]={1,2,3,4,5,6,7,8,9,10};
    int i;
    for(i=0;i<=10;i++)
        a[i]=b[n-i-1];
    for(i=0;i<10;i++)
        printf("%2d",a[i]);
    printf("\n");
}
```

5. 判断下面程序的运行结果，并画出计算数组过程的图示。

```
main( )
{   int i,a[]={0,0,0,0,0};
    for(i=1;i<=4;i++)
    {   a[i]=a[i-1]*3+1;
        printf("%d, ",a[i]);
    }
}
```

程序运行结果如下：

1，4，13，40

以表格的形式给出计算数组的情况，如表 7.1 所示。

表 7.1　数组的计算情况

i 的值	$a[0]$	$a[1]$	$a[2]$	$a[3]$	$a[4]$
i=1	0	1	0	0	0
i=2	0	1	4	0	0
i=3	0	1	4	13	0
i=4	0	1	4	13	40

6. 输入一个含有 10 个实数的一维数组，分别计算出数组中所有正数的和以及所有负数的和。

解析：显然应该建立一个循环，从头到尾地将整个数组搜索一遍，同时将其中所有的正数和负数累加起来求得结果。

```
main( )
{   float data[10];
    float pos=0,neg=0;
    int i;
    for(i=0;i<10;i++)
        scanf("%f",&data[i]);
    for(i=0;i<10;i++)
      if(data[i]>0)
        pos+=data[i];
      else
        neg+=data[i];
    printf("pos=%.2f,neg=%.2f\n",pos,neg);
}
```

运行结果如下：

```
1  2  3  4  5  6  -7  -8  -9  10✓
pos=31.00,neg=-24.00
```

7. 请输入一个 4×4 的整数矩阵，分别求两对角线上元素之和。提示用户逐行输入矩阵的元素。

解析：用数组存放矩阵元素是非常合适的。对于方形矩阵有两条对角线，分别是主对角线和副对角线。主对角线上的元素的特点是行标和列标相等。副对角线上的元素的特点是行标与列标的和是个常量（$N-1$）。

```
#define N 4
main( )
{   int m[N][N];
    int i,j,r1=0,r2=0;
    for(i=0;i<N;i++)
    {   printf("one line: ");
        for(j=0;j<N;j++)
        {   scanf("%d",&m[i][j]);
            if(i==j)    r1+=m[i][j];
            if(i+j==N-1)    r2+=m[i][j];
        }
    }
    printf("the result:%d,%d\n",r1,r2);
}
```

程序运行结果如下：

```
one line:1  1  1  1√
one line:2  2  2  2√
one line:3  3  3  3√
one line:4  4  4  4√
the result :10,10
```

8. 从输入的字符串中删除指定字符。

解析：输入一个字符串及要删除的字符，从字符串中的第 1 个字符开始逐一比较是否是要删除的字符，若是，则将下一个字符开始的所有字符均往前移一位，直到检查到字符串结束标志为止。

```
#include "string.h"
#include "stdio.h"
main( )
{   char s[81],ch;
    int i;
    printf("input string: ");
    gets(s);
    printf("delete character: ");
    ch=getchar( );
    for(i=0;s[i]!= '\0';)
    {   if(s[i]==ch)  strcpy(s+i,s+i+1);
        else          i++;
    }
    puts(s);
}
```

运行情况：

```
input string: abcdef√
delete character: c√
abdef
```

9. 输入某学生的姓名、年龄和 5 门功课成绩，计算平均成绩并输出。

```
#include "stdio.h"
main( )
{   struct student
    {   char name[10];
        int age;
        float score[5],ave;
    }stu;
    int i;
    stu.ave=0;
    scanf("%s%d",stu. name,&stu.age);
    for(i=0;i<5;i++)
```

```
    {   scanf("%f",&stu.score[i]);
        stu.ave+=stu.score[i]/5.0;
    }
    printf("%s%4d\n",stu.name,stu.age);
    for(i=0;i<5;i++)
        printf("%6.1f",stu.score[i]);
    printf("average=%6.1f\n", stu.ave);
}
```

运行情况：

```
wang_li 21✓
82 77 91 68 85✓
wang_li 21
82.0  77.0  91.0  68.0  85.0  average=  80.6
```

10. 利用共用体类型的特点分别取出 int 型变量中的高字节和低字节中的两个数。

```
#include"stido.h"
union change
{   int a;
    char c[2];
}un;
main( )
{   un.a=16961;
    printf("un.a:%x\n",un.a);
    printf("un.c[0]:%d,%c\n",un.c[0],un.c[0]);
    printf("un.c[1]:%d,%c\n",un.c[1],un.c[1]);
}
```

运行情况：

```
un.a:4241
un.c[0]:65,A
un.c[1]:66,B
```

共用体变量 un 中包含两个成员：字符数组 c 和整型变量 a，它们恰好都是占有两个字节的存储单元。当给成员 un.a 赋值 16 961 后，系统将按 int 型把数字存放到内存中。16 961 的十六进制形式为 4241，对应的二进制形式为 100001001000001。

7.6 习题

一、选择题

1. 能对一维数组正确初始化的语句是（　　）。

　　A. int a[6]={6*1};　　　　　　　　　　B. int a[6]={1···3};

C．int a[6]={ };　　　　　　　　　D．int a[6]=(0,0,0);

2．若有定义语句 int a[10];，则下列对 *a* 中数组元素正确引用的是（　　　）。

A．*a*[10/2-5]　　　B．*a*[10]　　　C．*a*[4.5]　　　D．*a*(10)

3．有定义语句 char array[]="China";，则数组 array 所占用的空间为（　　　）。

A．4 个字节　　B．5 个字节　　　　C．6 个字节　　　　D．7 个字节

4．合法的数组定义语句是（　　　）。

A．int a[]="string";　　　　　　　B．int a[5]={0,1,2,3,4,5};

C．char a="string";　　　　　　　D．char a[]="string";

5．有定义语句 int a[5],i;，输入数组 *a* 的所有元素的语句应为（　　　）。

A．scanf("%d%d%d%d%d",a[5]);

B．scanf("%d",a);

C．for(i=0;i<5;i++)　　scanf("%d",&a[i]);

D．for(i=0;i<5;i++)　　scanf("%d",a[i]);

6．以下能正确定义二维数组的语句为（　　　）。

A．int a[][];　　　　　　　　　　B．int a[][4];

C．int a[3][];　　　　　　　　　　D．int a[3][4];

7．若有数组定义：int a[3][4];，则对 *a* 中数组元素的引用正确的是（　　　）。

A．*a*[3][1]　　　　B．*a*[2,1]　　　C．*a*[3][4]　　　D．*a*[3-1][4-4]

8．下列对字符数组 *s* 的初始化不正确的是（　　　）。

A．char s[5]= "abc";　　　　　　　B．char s[5]={'a', 'b', 'c', 'd', 'e'};

C．char s[5]= "abcde";　　　　　　D．char s[ ]= "abcde";

9．判断字符串 *s1* 与 *s2* 是否相等，应当使用的语句是（　　　）。

A．if(s1==s2)　　　　　　　　　　B．if(s1==s2)

C．if(s1[ ]=s2[ ])　　　　　　　　D．if (strcmp(s1,s2)==0)

10．下列程序段的运行结果为（　　　）。

```
char s[ ]= "ab\0cd";  printf("%s",s);
```

A．ab0　　　　B．ab　　　　C．abcd　　　　D．ab cd

11．union data

```
{ int i;
  char c;
float f;
};
```

定义了（　　　）。

A．共用体类型 data　　　　　　　B．共用体变量 data

C．结构体类型 data　　　　　　　D．结构体变量 data

12．下面对枚举类型的叙述，不正确的是（　　　）。

A．定义枚举类型用 enum 开头

  B．枚举常量的值是一个常数

  C．一个整数可以直接赋给一个枚举变量

  D．枚举值可以用来作判断比较

13.
```
union ctype
{ int i;
   char ch[5];
}a;
```

则变量 *a* 占用的字节个数为（　　　）。

  A．6   B．5   C．7   D．2

14. 设有如下定义：

```
typedef union{long i; int k[5]; char c;}DATA;
struct data{int cat;DATA cow;double dog;}zoo;
DATA max;
```

则下列语句：printf("%d",sizeof(zoo)+sizeof(max));的执行结果是（　　　）。

  A．26   B．30   C．18   D．8

二、程序分析题

1. 以下程序的输出结果是（　　　）。

```
main( )
{   int a[3][3]={{1,2},{3,4},{5,6}};
    int i,j,s=0;
    for(i=0;i<3;i++)
      for(j=0;j<=i;j++)
        s+=a[i][j];
    printf("%d\n",s);
}
```

2. 以下程序的输出结果是（　　　）。

```
main( )
{   int i,j,k,n[3];
    for(i=0;i<3;i++) n[i]=0;
    k=2;
    for(i=0;i<k;i++)
    for(j=0;j<k;j++)
        n[j]=n[i]+1;
    printf("%d\n",n[1]);
}
```

3. 以下程序的输出结果是（　　　）。

```
main( )
{ int i,c;
  char num[ ][5]={ "CDEF","ACBD"
```

```
    for(i=0;i<4;i++)
    { c=num[0][i]+num[1][i]-2*'A';
      printf("%3d",c);
    }
}
```

4. 以下程序的输出结果是（　　）。

```
main( )
{   char a[ ]= "*****";
    int i,j,k;
    for(i=0;i<5;i++)
    {   printf("\n");
        for(j=0;j<i;j++) printf("%c",' ');
        for(k=0;k<5;k++) printf("%c",a[k]);
    }
}
```

5. 以下程序的输出结果是（　　）。

```
main( )
{   union {char c;char i[4];}z;
    z.i[0]=0x39;z.i[1]=0x36;
    printf("%c\n",z.c);
}
```

6. 以下程序的输出结果是（　　）。

```
main( )
{   union
    { char s[2];
      int i;
    }g;
    g.i=0x4142;
    printf("g.i=%x\n",g.i);
    printf("g.s[0]=%x\tg.s[1]=%x\n",g.s[0],g.s[1]);
    g.s[0]=1;
    g.s[1]=0;
    printf("g.s=%x\n",g.i);
}
```

三、程序填空题（将下列程序的____处填上正确的内容，使程序完整）

1. 下列程序的功能是输出数组 *s* 中最大元素的下标。

```
main( )
{   int k,i;
    int s[ ]={3,-8,7,2,-1,4};
    for(i=0,k=i;i<6;i++)
```

```
        if(s[i]>s[k])  _____;
        printf("k=%d\n",k);
    }
```

2. 下列程序的功能是将一个字符串 *str* 的内容颠倒过来。

```
#include "string.h"
main( )
{   int i,j,k;
    char str[ ]= "1234567";
    for(i=0,j= _____;  i<j;i++,j-- )
    {k=str[i];str[i]=str[j];str[j]=k;}
    printf("%s\n",str);
}
```

3. 下列程序的功能是把输入的十进制长整型数以十六进制的形式输出。

```
main( )
{   char b[ ]= "0123456789ABCDEF";
    int c[64],d,i=0,base=16;
    long n;
    scanf("%ld",&n);
    do
    { c[i]=_____;  i++;n=n/base;
      }while(n!=0);
    for(--i;i>=0;--i)
    {d=c[i];printf("%c",b[d]);}
}
```

4. 下列程序的功能是将数组 *a* 中的元素按行求和并且存储到数组 *s* 中。

```
main( )
{   int s[3]={0};
    int a[3][4]={{1,2,3,4},{5,6,7,8},{9,10,11,12}};
    int i,j;
    for(i=0;i<3;i++)
    {   for(j=0;j<4;j++)
        _____
        printf("%d\n",s[i]);
    }
}
```

5. 下列程序的功能是输入一个字符串，然后输出。

```
main( )
{   char a[20];
    int i=0;
```

```
    while(a[i])
        printf("%c",a[i++]);
}
```

四、程序设计题

1. 输入 10 个整型数并将其存入一维数组，要求输出值和下标都为奇数的元素个数。

2. 有 5 个学生，每个学生有 4 门课程，将有不及格课程的学生成绩输出。

3. 从键盘上输入一个字符串，统计字符串中的字符个数，不允许使用求字符串长度函数 strlen( )。

4. 从给定数组中删除一个指定元素，设该元素的值为 13。

5. 输入一行字符，统计其中有多少个单词，单词之间用空格分隔开。

6. 输入 3 个复数的实部和虚部放在一个结构体数组中，根据复数的模由小到大的顺序对数组进行排序并输出。（注：复数的模=sqrt(实部*实部+虚部*虚部)）

7. 已知某年的元旦是星期几，打印该年某一月份的日历表。

第8章 编程模块化思想

函数的基本应用在 3.6 节已经介绍过，它是用以实现某个特定功能的一段独立程序。当人们解决复杂问题时，通常会把一个大的问题分解为若干个小问题，小问题再进一步分解成更小的问题，这就是程序的模块化设计思想，而整个问题的编程对于 C 语言来讲，就是每一个模块就可以对应一个函数，用 main()函数调用解决问题的小函数，而这些函数又可以调用解决问题的更小的函数。可以说 C 程序的全部工作都是由各式各样的函数完成的，所以也把 C 语言称为函数式语言。由于采用了函数模块式的结构，C 语言易于实现结构化程序设计，使程序的层次结构清晰，便于程序的编写、阅读和调试。

8.1 问题提出

现在设计开发一个学生成绩管理的程序，输入一批学生 3 门课程的成绩，输出每个学生的平均成绩，并进行学生成绩的查询，按照功能将其分解为 4 个子问题：成绩输入、数据计算、数据查询和成绩输出。模块图如图 8.1 所示。

图 8.1　学生成绩管理程序模块图

学生成绩管理程序除了 main()函数外，还包含了 4 个程序模块，应该对应 4 个子函数，现在对于大家编程求解此问题还相对比较复杂，下面首先回顾函数的知识，再进一步求解该问题。

8.2 函数

8.2.1 函数概述

【例 8.1】 从键盘输入两个数，求它们的最大值。要求定义求最值函数 max 来计算两个数的最大值。

```
int max(int x, int y)                    /*定义一个求最大值的函数*/
{   int z;
    z= x>y?x:y;                          /*求最大值*/
    return (z);                          /*返回结果*/
}
main( )
{   int a,b,c;
    int max (int x, int y);              /*函数声明*/
    scanf("%d,%d",&a,&b);                /*输入两个数 a、b */
    c= max (a, b) ;                      /*调用函数, 返回值赋给 c*/
    printf("max =%d\n",c);               /*输出最大值*/
}
```

程序运行结果如下:

6, 9 ↙
max=9

程序运行时, 先输入两个数, 然后调用 max() 函数求最大值, 最后输出结果。

函数是一个完成特定工作的独立程序模块, 包括库函数和自定义函数两种。例如 scanf()
和 printf()等函数是 C 语言系统提供的, 编程时只要直接调用即可, 而例 8.1 和例 3.15 中的
max()函数需要用户自己定义, 属于自定义函数。

程序中一旦调用了某个函数, 该函数就会完成一些特定的工作, 然后返回到调用它的
地方。这时有下列两种情况。

（1）函数经过运算得到一个明确的运算结果, 并需要回送该结果。如例 8.1 中函数 max()
要求返回最大值。

（2）函数只是完成一系列操作, 并不需要回送任何运算结果。如例 3.14 中的 printstar()
和 printmessage()函数。

在编写自定义函数时, 以上两种情况是不一样的。

1. 返回运算结果函数的定义

函数类型　函数名（ 形参表 ）　　　　/*函数首部*/
{　　函数实现　　　　　　　　　　/*函数体*/
}

2. 不返回结果函数的定义

void 函数名（ 形参表 ）　　　　/*函数首部*/
{　　函数实现　　　　　　　　　　/*函数体*/
}

注意:

（1）函数类型缺省是整型, 即若函数类型为整型（int）时可以省略。

（2）形参表中的参数可以有多个, 但每个参数都必须进行类型定义, 格式是:

类型 1　参数 1, 类型 2　参数 2, …

它们既可以放在"（ ）"内，也可以放在函数名下面。如例 8.1 中的 max()函数还可以定义如下：

```
max(x, y)                              /*函数值的默认类型为 int*/
int x, y;                              /*函数形参的定义放在函数名的下面*/
{   return (x>y?x:y);                  /*变量 z 是可以不用的*/
}
```

（3）函数体是函数的实现过程，若有返回值，一般用 return 语句返回运算的结果，return 语句经常是最后一条语句，return 语句只能返回一个值。

（4）函数类型为 void，表示不返回任何值，函数体中可以出现 return，也可以省略。

8.2.2　函数的调用与参数

函数一旦定义好后，就可以像调用库函数一样调用它们。函数调用的一般格式如下：

函数名（实际参数表）

【例 8.2】　通过函数调用，从键盘输入两个数，求它们的和。

```
main( )
{   int a,b,c;
    int sum(int x, int y);             /*函数声明*/
    scanf("%d,%d",&a,&b);              /*输入两个数 a、b */
    c= sum(a, b) ;                     /*调用函数，返回值赋给 c*/
    printf("sum =%d\n",c);             /*输出结果和*/
}
int sum(int x, int y)                  /*定义一个求和函数*/
{   int z;
    z= x+y;                            /*求和*/
    return z;                          /*返回结果*/
}
```

程序运行结果如下：

6, 9 ↙
sum =15

以例 8.2 为例，分析一下函数的调用过程：

在 main()主函数中，当程序运行到 c= sum(a, b) 语句时，暂停主函数的运行，调用 sum()函数，将实参 a 和 b 的值传递给形参 x 和 y，如图 8.2 所示并执行 sum()函数中的语句，当执行到最后一句：return z 时，结束函数调用，带着函数的返回值 z，返回到 main()主函数中调用它的地方，再从先前暂停的位置继续执行将返回值赋给变量 c，输出和。

如果是调用无参函数，则实际参数表可以没有，但括弧不能省略，如 printstar()。在函数定义时出现的是形式参数表（形参），而调用时出现的是实际参数表（实参），正确理解它们的区别是非常重要的。

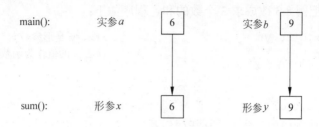

图 8.2　例 8.2 中的参数传递

1．函数的形参与实参

函数的参数分为形参和实参两种。形参出现在函数定义中，在整个自定义函数（被调函数）体内都可以使用，离开该函数则不能使用。实参出现在主调函数中，进入被调函数后，实参也不能使用。形参和实参的功能是实现数据传递。在发生函数调用时，主调函数把实参的值传递给被调函数的形参，从而实现主调函数向被调函数的数据传递。

函数的形参和实参具有以下特点。

（1）实参可以是常量、变量、表达式、函数等。无论实参是何种类型，在进行函数调用时，它们都必须具有确定的值，以便把这些值传递给形参。因此，应预先用赋值、输入等办法，使实参获得确定的值。

（2）形参只有在被调用时，才分配内存单元；调用结束后，立刻释放所分配的内存单元。因此，形参只有在被调函数内有效，调用结束返回到主调用函数后，不能再使用形参变量。

（3）实参对形参的数据传递是单向的，即只能把实参的值传递给形参，而不能把形参的值反向地传递给实参。

（4）实参和形参占用不同的内存单元，即使同名也互不影响。

（5）在调用时函数的实参和对应的形参个数和类型必须一致。

函数调用时把实参的值单向传递给形参——单向值传递，这时形参的改变不影响实参，实参与形参分别占用自己的内存单元；被调函数调用结束后，实参仍保留并维持原值，形参单元被释放。函数参数值的其他传递方式将在 8.2.3 节讲述。

2．函数调用的方式

按函数调用在程序中出现的位置来分，可以有以下 3 种调用方式。

（1）函数语句。把函数调用作为一个语句。如：printf ("%d",a);scanf ("%d",&b);，这时一般不要求函数返回值，只要求函数完成一定的操作。

（2）函数表达式。函数调用出现在一个表达式中，这种表达式称为函数表达式。这时要求函数返回一个确定的值以参加表达式的运算。如：

```
c=sum(a,b)
```

函数 sum()是表达式的一部分，把函数的返回值赋给 *c*。

（3）函数实参。函数调用作为另一个函数调用的实参。这种情况是把该函数的返回值作为实参进行传递，因此要求该函数必须是有返回值的函数。如：sum (sum (*a*, *b*),c)。

【例 8.3】　把例 8.3 改成求 3 个数的和，程序如下：

```
sum (int x, int y)                          /*x、y 是形参*/
{   return x+y;                             /*将 z 的值作为函数 sum 的值*/
}
main( )
{   int a,b,c,d;
    scanf("%d,%d, %d", &a,&b,&c);
    d= sum (sum (a, b),c);                  /*求 a、b、c 的和*/
    printf("sum=%d\n",d);
}
```

主函数中语句 d= sum (sum (a, b),c) ;的执行方式为：先调用一次函数 sum (*a*, *b*)求 *a* 和 *b* 的和，将调用的返回值作为实参，再次调用该函数，最后该函数返回值就是 3 个数的和。本程序中函数 sum()被调用了两次。

3．函数的返回值与函数类型

函数的返回值（函数值）是指函数被调用之后，执行被调用函数体中的程序段所取得的并返回给主调函数的值。函数的返回值是通过函数中的 return 语句获得的。return 语句有两种格式：

格式 1：

return（表达式 ）;　　　或　　**return**　表达式;

功能是先求解表达式的值，再返回其值。一般情况下表达式的类型与函数类型一致，如果不一致，以函数类型为准。

格式 2：

return;

功能是从被调用函数返回到主调函数的调用点，无返回值或者返回一个不确定的值。

这里 return 语句的作用有两个：一是结束函数的执行；二是带着运算结果返回主调函数。

【例 8.4】　通过函数调用，从键盘输入两个整型数据，求它们的平均值。

```
main( )
{   float avg(int x, int y);                /*对函数 avg ()的原型声明*/
    int a=3,b=4;
    printf("avg=%.2f\n", avg(a,b));
}
float avg(int x, int y)
{   return(x+y)/2;
}
```

程序运行结果如下：

```
avg=3.00.
```

为什么程序的结果不是 3.5 呢？函数值的类型以定义为准。

【例 8.5】 定义一个判断奇偶数的函数，偶数时值是 1，奇数时值为 0。

```
int even(int n )
{   if(n%2==0) return 1;
    else    return 0;
}
```

函数中出现了两个 return 语句，执行时根据条件选择其中的一个，它们的作用相同，即结束函数的运行并回送结果。

【例 8.6】 说明 void 关键字的作用。

```
void f1( )
{   printf("hello!\n")
}
main( )
{   int a;
    a=f1();                          /*编译出错，应改为 f1();*/
}
```

函数 *f* 1()定义为空类型，在主函数中使用语句 a=f1();是错误的。因为函数 *f* 1()没有返回值，不能在主调函数中使用被调函数的函数值。为了使程序有良好的可读性并减少出错，凡不要求返回值的函数都应定义为空类型 void。

4．对被调用函数的声明

在一个函数中调用另一函数（即被调用函数）需要具备哪些条件呢？

（1）首先被调用函数必须是已经存在的函数。

（2）如果调用的是库函数，应该在本程序开头用#include 命令将调用有关库函数时所用到的信息包含到本程序中来，如：#include"stdio.h"。

（3）如果调用的是自定义函数，而且该函数与调用它的函数（即主调函数）在同一个文件中，应该在主调函数中对被调用函数进行"原型声明"。函数原型声明有两种形式：

类型标识符 函数名（参数类型 1，参数类型 2，…）；
类型标识符 函数名（参数类型 1 参数 1，参数类型 2 参数 2，…）；

如：

```
int sum(int, int) ;
int sum(int x, int y) ;
```

C 语言规定，以下几种情况可以不用在主调函数中对被调用函数进行声明。

（1）如果被调用函数的函数值是整型或字符型，可以不必进行声明。

（2）如果被调用函数的定义出现在主调函数之前，可以不必进行声明，因为在编译时是从上向下扫描的。

（3）如果已在所有函数定义之前（在程序的开头），在函数的外部进行了函数声明，则在各个函数中不必对所调用的函数再进行声明。

（4）对库函数的调用不需要再声明，但必须把该函数的头文件用#include 命令包含在程序头部。

8.2.3　函数的参数传递

函数调用时实参与形参的传递方式有两种：值传递方式和地址传递方式。

1．值传递方式

前面已经介绍过这种方式——单向值传递。这种方式的特点是：形参是被调函数中的局部变量，实参可以是常量、变量、函数、数组元素或表达式。

在函数调用时，值传递方式只是把实参的值传递给形参，实参与形参占用不同的内存单元；调用结束后，实参仍保留并维持原值；形参单元被释放。在调用过程中，形参的改变并不影响实参。数组元素作实参，采用的也是单向值传递方式。

【例 8.7】 通过函数调用交换两个变量的值。

```
void swap(int x, int y)                    /*将参数声明为值传递方式*/
{   int temp;
    temp=x;x=y;y=temp;
    printf("x=%d,y=%d\n",x,y);
}
main( )
{   int a=3,b=5;
    swap(a,b);                              /*调用函数 swap()*/
    printf("a=%d,b=%d",a,b);
}
```

程序运行结果如下：

```
x=5,y=3
a=3,b=5
```

函数调用时，函数 swap()中的形参 x、y 在接收了实参 a、b 的值后，经过运算发生了交换，由于形参和实参分别占用自己的存储空间，所以实参 a、b 的值在调用前后并没有发生改变。若形参和实参同名，也不会相互影响，因为它们是不同的变量。

数组元素作为函数实参时，参数的传递方式与普通变量是完全相同的，在发生函数调用时，把作为实参的数组元素的值传递给形参，实现单向值传递，例 8.8 说明了这种情况。

【例 8.8】 判断一个整数数组中各元素的值，若大于 0 则输出该值，若小于等于 0 则输出 0。

```
void fun(int n)
{   if(n>0)
        printf("%d ",n);
    else
        printf("%d ",0);
}
main( )
{   int a[5],i;
```

```
    for(i=0;i<5;i++)
    {   scanf("%d",&a[i]);
        fun(a[i]);                          /*数组元素作为函数实参*/
    }
}
```

程序运行结果如下：

1 2 -3 4 -5↙
1 2 0 4 0

程序中首先定义了一个无返回值函数 fun( )，并定义其形参 n 为整型变量。在函数体中根据 n 值输出相应的结果；在 main( )函数中用一个 for 语句输入数组各元素，每输入一个就以该元素作实参调用一次 fun( )函数，即把 $a[i]$ 的值传递给形参 n，供 fun( )函数使用。

用数组元素作实参时，只要数组类型和函数的形参类型一致即可，并不要求函数的形参也是下标变量。换句话说，对数组元素的处理是按普通变量对待的。

2. 地址传递方式

把实参地址传递给形参——地址传递方式，这种方式的特点是：形参是数组或指针（指针将在第 9 章中介绍），实参要求是数组名。

用数组名作函数参数，参数的传递就是地址传递。因为数组名代表了数组的起始地址，所以是把数组的起始地址传递给了形参数组，实际上是形参数组和实参数组为同一数组，共同使用一段内存空间，被调函数中对形参数组的操作其实就是对实参数组的操作，它能影响实参数组的元素值，即形参的改变影响实参。

值传递与地址传递的区别主要是看传递的是参数的值还是参数的地址。

【例 8.9】　用冒泡法对数组中 10 个整数按由小到大的顺序排序。

```
void sort(int b[10])                       /*将参数声明为地址传递方式*/
{   int i,j,t;
    for(j=0;j<9;j++)
    for(i=0;i<9-j;i++)
        if(b[i]>b[i+1])
        { t=b[i]; b[i]=b[i+1]; b[i+1]=t; }
}
main( )
{   int a[10],i;
    for(i=0;i<10;i++)
        scanf("%d ",&a[i]);
    sort(a);                               /*实参 a 必须是数组名*/
    for(i=0;i<10;i++)
        printf("%d ",a[i]);
}
```

程序运行结果如下：

1 2 3 5 4 6 8 7 10 9 ↙

1 2 3 4 5 6 7 8 9 10

由例 8.9 可以得到以下几点。

（1）用数组名作函数参数，应该在主调函数和被调用函数中分别定义数组，例 8.9 中 b 是形参数组名，a 是实参数组名，分别在其所在函数中定义，不能只在一方定义。

（2）实参数组与形参数组类型应一致，如不一致，结果将出错。

（3）实参数组和形参数组大小可以一致也可以不一致，C 编译对形参数组大小不做检查，只是将实参数组的首地址传给形参数组，两个数组就共占同一段内存单元。

（4）形参数组也可以不指定大小（动态数组），在定义数组时在数组名后面跟一个空的方括弧，为了满足在被调用函数中处理数组元素的需要，可以另设一个参数，传递数组元素的个数。

【例 8.10】 动态数组的使用。输入学生几门课的成绩，求平均分。

```
#define M 5
float comput(int st[],int n);            /*计算平均分 comput 函数的声明*/
main( )
{   int i,stu[M];
    float avg;
    for(i=0;i<M;i++)
        scanf("%d",&stu[i]);
    avg=comput(stu,M);
    printf("avg=%.2f",avg) ;
}
float comput(int st[],int n)             /*函数定义，动态数组 st 作为函数形参*/
{   int i,sum=0;
    float avg;
    for(i=0;i<n;i++)
        sum=sum+st[i];
    avg=(float)sum/n;
    return avg;
}
```

在函数 comput()中的形参定义中使用了动态数组，在函数调用时，动态数组的长度由实参数组长度决定（长度相同），只是在形参中增加一个传递数组元素个数的参数，增加参数传递的灵活性。

可以用多维数组名作为实参和形参，在被调用函数中对形参数组定义时可以指定每一维的大小，也可以省略第 1 维的大小说明，如例 8.11。

【例 8.11】 有一个 3×4 的矩阵，求其中的最大元素。

```
/*用多维数组名作实参和形参*/
    max(int array[ ][4])
    {   int i,j,max;
        max=array[0][0];
        for(i=0;i<3;i++)
```

```
        for(j=0;j<4;j++)
            if(array[i][j]>max)  max=array[i][j];
        return(max);
    }
main( )
{   static int a[3][4]={{1,3,5,7},{2,4,6,8},{15,17,34,12}};
    printf("max is %d\n ",max(a));
}
```

程序运行结果如下：

```
max is 34.
```

例 8.11 用二维数组名 array 作为函数的形参，在函数调用时实参也必须是数组名，实参数组 *a* 把数组的起始地址传递给形参，在调用期间形参和实参共用同一段存储空间。

8.2.4　函数的嵌套调用和递归调用

1．函数的嵌套调用

函数的嵌套调用就是一个函数在被调用时，该函数又调用了其他函数。C 语言允许嵌套调用，但不允许嵌套定义。

【**例 8.12**】　函数的嵌套调用。

```
void f2( )                            /*定义 f2 函数*/
{      printf("22222222\n ");
}
void f1( )
{      printf("11111111\n ");
       f2( );                         /*调用 f2 函数*/
}
main( )
{      f1( );                         /*调用 f1 函数*/
       printf("33333333\n ");
}
```

程序运行结果如下：

```
11111111
22222222
33333333
```

图 8.3 是一个两层嵌套调用的示例，即 main()函数调用 *f*1()函数，*f*1()函数调用 *f*2()函数，执行的顺序如图 8.3 中数字所示。嵌套调用的执行原则是：要先执行完被调用函数才能返回到函数调用点的下一条语句继续执行。

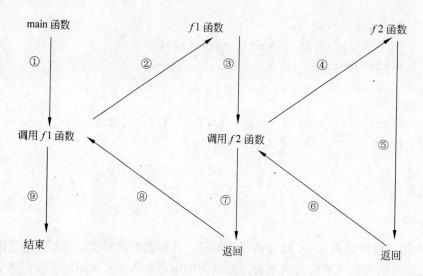

图 8.3　嵌套调用示例

【例 8.13】 设计有 5 个学生 3 门课成绩的程序：首先输入成绩，然后计算学生平均分，最后输出结果。可以运用嵌套调用和菜单方式来设计程序。

本例题共包含 5 个函数，它们的调用关系如图 8.4 所示。

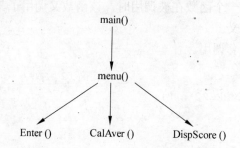

图 8.4　学生成绩计算函数调用结构

```
/*学生成绩计算程序，1：输入学生的姓名和成绩，2：计算平均成绩，3：输出成绩*/
#define M 5
#define N 3
int Enter(char name[M][20],float score[M][N]);        /*函数声明*/
void DispScore(char name[M][20],float score[M][N]);   /*函数声明*/
void CalAver(float score[M][N]);                      /*函数声明*/
int menu(int sel);                                    /*函数声明*/

main( )                                    /*主函数定义，主要输出菜单*/
{   int sel;
    clrscr();
    for(;;)                                /*死循环，通过break语句结束循环*/
    {   printf("*********MENU***********\n\n");
        printf("  1. Enter new record\n");
        printf("  2. Browse all record\n");
```

```
        printf("   3. comput average\n");
        printf("   4. Quit\n");
        printf("***************************\n");
        printf("\n Enter you choice(1~4):");    /*提示输入选项*/
        scanf("%d",&sel);                        /*输入选择项*/
        if(sel<0||sel>4)                         /*选择项不在1~4之间重新输入*/
            break;
         else
           menu(sel);
      }
  }
menu(int sel)                            /*菜单函数定义，主要调用其他子函数*/
{ char name[M][20];
  float score[M][N];
  switch(sel)
    { case 1:Enter(name,score);break;
      case 2:DispScore(name,score);break;
      case 3:CalAver(score);break;
      case 4:exit(0);
    }
 }
int Enter(char name[M][20],float score[M][N])        /*输入数据函数定义*/
{   int i,j;
    clrscr();
    for(i=0;i<M;i++)
    {   printf(" Student %d name: ",i+1);
        scanf("%s",name[i]);
        printf(" Student %d three scores: ",i+1);
        for(j=0;j<N;j++)
        scanf("%f",&score[i][j]);
    }
  }
void DispScore(char name[M][20],float score[M][N])  /*输出数据函数定义*/
{   int i,j;
    for(i=0;i<M;i++)
    {   printf("%s",name[i]);
        for(j=0;j<N;j++)
            printf("%8.2f",score[i][j]);
        printf(" ");
    }
}
void CalAver(float score[M][N])                    /*计算平均分函数定义*/
{   float sum,aver;
    int i,j;
    for(i=0;i<N;i++)
    {   sum=0;
        for(j=0;j<M;j++)
            sum=sum+score[j][i];
        aver=sum/M;
        printf("Average score of course %d is %8.2f ",i+1,aver);
```

```
    }
}
```

2. 函数的递归调用

一个函数除了可以调用其他函数外，C 语言还支持函数直接或间接的调用自己，这就是函数的递归调用，带有递归调用的函数也称递归函数。

【例 8.14】 用递归方法计算 *n*!。

```
long pow(int n)
{   if(n==1||n==0)  return 1;            /*递归结束条件*/
    else return  n*pow(n-1);             /*pow( )递归调用自己*/
}
main( )
{   int n;
    long y;
    scanf("%d",&n);
    y=pow(n);
    printf("%d!=%ld\n",n,y);
}
```

求 *n*!有两种方法：递推法和递归法。

使用循环解决的方法是递推法：

```
for(i=1,pow=1;i<=n;i++) pow=pow*i;
```

例 8.14 中使用的是递归法。

下面分析一下例 8.14 的执行过程，设 *n* 的值是 3：

首先主函数 main()在语句 y=pow(n)中对函数 pow()开始进行第 1 次调用，由于实参 *n*=3，进入函数 pow()后，形参 *n*=3，不等于 1，应该执行 3*pow(2)。

为了计算 pow(2)，将引起对函数 pow()的第 2 次递归调用，重新进入函数，形参 *n*=2，不等于 1，应该执行 2*pow(1)。

为了计算 pow(1)，将引起对函数 pow()的第 3 次递归调用，重新进入函数，形参 *n*=1，满足递归终止条件，执行语句 return 1;，返回调用点（即回到第 2 次调用层）执行 2*pow(1)=2*1=2，完成第 2 次调用，返回结果 pow(2)=2，返回到第 1 次调用层，接着执行 3*pow(2)=3*2=6，最后返回主函数。

以上递归调用的执行和返回过程如图 8.5 所示。

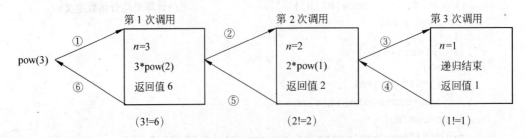

图 8.5　例 8.11 的函数调用过程

从图 8.5 可以看出，递归调用实际上是一种特殊的嵌套调用，特殊在每次嵌套调用的是同一个函数，但每次调用时，给出的参数 n 不同，就好比是同一个函数做不同的事情。比如，第 1 次调用的形参为 $n=3$，第 2 次调用的形参为 $n=2$，第 3 次调用的形参为 $n=1$。虽然每次调用的是同一个函数，但处理的数据不同。递归的返回与嵌套调用的返回类似，也是逐层返回。图 8.5 中的数字序号表明了该递归调用的进入和返回次序。

递归调用的过程可分为如下两个阶段。

（1）第 1 阶段称为"递推"：将原问题不断地分解为新问题，逐渐地从未知的方向向已知的方向推测，最终到达递归结束条件，这时递推阶段结束。

（2）第 2 个阶段称为"回归"：从递归结束条件出发，按照递推的逆过程，逐一求值回归，最后到达递推的开始处，结束回归阶段，完成递归调用。

使用递归编程有两个关键：一是递归出口，即递归结束的条件，到何时不再递归下去。二是递归的表达式，如 $pow(n)=n*pow(n-1)$。

使用递归的方法编写的程序简洁清晰，但程序执行起来在时间和空间上开销较大，这是因为在递归的过程中占用较多的内存单元存放"递推"的中间结果。

8.3　局部变量和全局变量

变量的作用域是指变量能被使用的程序范围。根据变量定义的位置不同，其作用域也不同，据此将 C 语言中的变量分为局部变量和全局变量。

8.3.1　局部变量

在一个函数体内定义的变量是局部变量（包括形参），它的作用域是定义它的函数，也就是说只有在本函数内才能使用它们，其他函数不能使用这些变量，所以局部变量也称"内部变量"。迄今为止，前面程序中用到的变量定义全都是在函数体的内部，全都是局部变量。局部变量可以避免各个函数之间的变量相互干扰，尤其是同名变量。

C 语言还允许在复合语句内定义作用域是复合语句的局部变量，它只限于复合语句内。

【例 8.15】　复合语句内的局部变量的作用域。

```
main( )
{   int x,y,z;                          /*main()函数内的局部变量 x、y、z*/
    x=1;
    y=++x;
    z=++y;
    {   int x=3,y=4;                     /*复合语句内的局部变量 x、y*/
        printf("x=%d,y=%d,z=%d\n ",x,y,z);
        z++;
    }
    printf("x=%d,y=%d,z=%d\n ",x,y,z);
}
```

程序运行结果如下：

```
x=3,y=4,z=3
x=2,y=3,z=4
```

程序中定义了复合语句内的局部变量 x、y，它们的作用域是复合语句内，若和函数内的局部变量同名，则在复合语句内的复合语句的局部变量优先。

关于局部变量的作用域还要说明以下几点。

（1）主函数 main()中定义的局部变量，也只能在主函数中使用，其他函数不能使用。同时，主函数也不能使用在其他函数中定义的局部变量。因为主函数也是一个函数，与其他函数是平行关系。

（2）形参变量也是局部变量，属于被调用函数；实参变量，则是调用函数的局部变量。

（3）允许在不同的函数中使用相同的变量名，它们代表不同的对象，分配不同的单元，互不干扰，也不会发生混淆。

（4）在复合语句中也可定义变量，其作用域只在复合语句范围内。

8.3.2　全局变量

为解决多个函数间的变量共用问题，C 语言允许定义全局变量。定义在函数体外而不属于任何函数的变量称为全局变量，其作用域是：从全局变量的定义位置开始，到本程序文件结束。全局变量可被作用域内的所有函数直接引用，所以全局变量又称外部变量。全局变量不属于任何一个函数。

全局变量与局部变量的定义格式完全相同，只是定义的位置不同。它既可以定义在程序的开头，也可以定义在两函数的中间或程序尾部，只要在函数外部即可。

全局变量可加强函数模块之间的数据联系，但是又使函数要依赖这些变量，因而使得函数的独立性降低。从模块化程序设计的观点来看这是不利的，因此在不必要时尽量不要使用全局变量。

【例 8.16】　全局变量的定义与说明。

```
int vs(int xl,int xw)
{   extern int xh ;                    /*全局变量 xh 的说明*/
    int v ;
    v=xl*xw*xh ;                       /*直接使用全局变量 xh 的值*/
    return v ;
}
main( )
{   extern int xw,xh ;                 /*全局变量的说明*/
    int xl=5 ;                         /*局部变量的定义*/
    printf("xl=%d,xw=%d,xh=%d\nv=%d",xl,xw,xh,vs(xl,xw)) ;
}
int xl=3,xw=4,xh=5 ;                   /*全局变量 xl、xw、xh 的定义*/
```

程序运行结果如下：

```
xl=5,xw=4,xh=5
v=100
```

程序中全局变量在最后定义，因此在前面函数中对要用到的全局变量必须进行说明。全局变量说明的一般形式为：

extern　数据类型　全局变量[,全局变量 2…]；

由于全局变量和局部变量作用域不同，故允许它们同名。当两者同名时，在对应的函数中全局变量不起作用。

【例 8.17】　全局变量与局部变量同名。

```
int y=5;
void f1( )
{   y=10;                          /*全局变量 y 赋值，f1()中没有定义该变量*/
    printf("y=%d\n",y);
}
main()
{   int y=3;                       /*定义局部变量 y*/
    f1( );
    printf("y=%d\n",y);            /*输出的是 main()内的局部变量 y*/
}
```

程序运行结果如下：

```
y=10
y=3
```

在同一个程序文件中，全局变量 *y* 与 main()内的局部变量 *y* 同名，则在 main()内局部变量优先。

8.4　变量的存储类别

变量按照作用域的不同分为局部变量和全局变量；从变量值存在的时间（即生存期）角度来分，可以分为静态存储和动态存储。所谓静态存储是指在程序运行期间由系统分配固定的存储空间的方式，而动态存储则是在程序运行期间根据需要动态分配存储空间的方式。

先看一下内存中供用户使用的存储空间的情况，这个存储空间可分为以下 3 部分。

（1）程序区（放代码）。

（2）静态存储区（放数据）。

（3）动态存储区（放数据）。

数据分别存放在静态存储区和动态存储区中。静态存储区用于存放静态变量，这些变量在程序编译阶段就已被分配内存并一次性的进行初始化了，以后不再进行变量的初始化工作；动态存储区用于存放动态变量，这些变量在函数调用阶段进行内存分配，函数调用结束后将自动释放其所占用的内存空间。

静态存储区存放全局变量和静态局部变量（有 static 说明的变量）。

在动态存储区中存放以下数据。

（1）函数形参变量。在调用函数时给形参变量分配存储空间。

（2）局部变量（未加上 static 说明的局部变量，即自动变量）。

（3）函数调用时的现场保护和返回地址等。

在 C 语言中，对变量的存储类型说明有以下 4 种：

auto　　　（自动变量）

register　（寄存器变量）

extern　　（全局变量）

static　　（静态变量）

自动变量和寄存器变量属于动态存储方式，全局变量和静态局部变量属于静态存储方式。

8.4.1　局部变量的存储

1．动态存储——自动变量

前面所讲的例题中函数定义的局部变量都是自动变量，只是省略了关键字 auto。当函数被调用时，自动变量临时被创建于动态存储区中，函数执行完毕后，自动撤消。自动变量的定义格式如下：

[auto]　数据类型　变量表;

关键字 auto 可以省略，若省略则默认为自动变量。例如：

```
int i,j,k; 等价于 auto int i,j,k;
char c; 等价于 auto char c;
```

自动变量的存储特点如下：

（1）函数被调用时分配存储空间，调用结束就释放。

（2）变量定义时若不初始化，它的值是不确定的。

（3）由于自动变量的作用域和生存期都局限于定义它的函数内（或复合语句内），因此不同的函数中允许使用同名的变量而不会混淆。即使在函数内定义的自动变量，也可与该函数局部的复合语句中定义的自动变量同名。

2．静态存储——静态局部变量

如果希望局部变量的值在离开作用域后仍能保持，则将其定义为静态局部变量。静态局部变量的定义格式如下：

static　数据类型　变量表;

静态局部变量存储特点如下。

（1）静态局部变量属于静态存储方式。在程序执行过程中，即使所在函数调用结束也不释放内存空间。换句话说，在程序执行期间，静态局部变量始终存在。

（2）若定义时不初始化，初始值是 0，且每次调用它们所在的函数时，不再重新赋初值，只是保留上次调用结束时的值。

通过例 8.18 了解静态局部变量的特点。

【例 8.18】　静态局部变量和动态局部变量的比较。

```
int fun(int a)
{   static int c=3;                        /*定义静态局部变量c*/
    auto int b=0;                          /*定义动态局部变量b*/
    b=b+1;
    c=c+1;
    return (a+b+c);
}
main( )
{   int a=2,i;
    for(i=0;i<=2;i++)
    printf("%d  ",fun(a));
}
```

程序运行结果为：

```
7  8  9
```

例 8.18 的执行过程是：在 main()函数第 1 次调用函数 fun()时，$b=0$、$c=3$，函数返回值是 $a+b+c=2+1+4=7$；由于变量 c 是静态局部变量，调用结束后并不释放内存空间，故仍可保留 4，而 b 是自动变量，调用结束后就释放了；第 2 次调用函数 fun（）时，$b=0$、$c=4$（上次调用结束时的值），函数返回值是 $a+b+c=2+1+5=8$；第 3 次调用函数 fun（）时，$b=0$、$c=5$（上次调用结束时的值），函数返回值是 $a+b+c=2+1+6=9$。

3．寄存器存储——寄存器变量

一般情况下，变量的值都是存储在内存中的，为提高执行效率，C 语言允许将局部变量的值存放到寄存器中，这种变量就称为寄存器变量。定义格式如下：

register　数据类型　变量表；

如：

```
register  int  i;
```

【例 8.19】　求 1+2+3+…+1000。

```
main( )
{   register long i,s=0;
    for(i=1;i<=1000;i++)
        s=s+i;
    printf("s=%ld\n",s);
}
```

程序运行结果如下：

```
s=500500
```

本程序循环 1000 次，i 和 s 都将频繁使用，因此可定义为寄存器变量。

寄存器变量存储特点如下。

（1）只有动态局部变量才能定义成寄存器变量，即全局变量和静态局部变量不行。

（2）允许使用的寄存器数目是有限的，不能定义任意多个寄存器变量。

8.4.2   全局变量的存储

全局变量属于静态存储方式。根据全局变量是否可以被其他程序文件中的函数使用，又把全局变量分为：静态全局变量和非静态全局变量，使用 static 和 extern 关键字来定义，当未对全局变量指定存储类别时，隐含为 extern 类别。

1．静态全局变量

静态全局变量就是只允许被本程序文件中的函数访问，不允许被其他程序文件中的函数访问。定义格式为：

static   数据类型   全局变量表；

【例 8.20】   静态全局变量的作用域只是局限在定义它的文件内。

f1.c

```
static int a=2;
main()
{    sub();
     Printf("%d",a);

}
```

f2.c

```
extern int a;
void sub()
{    a=a+a;

 }
```

上例中，文件 f1.c 定义了静态全局变量 a，这就限制了 a 的作用域只能在 f1.c 内，即使在文件 f2.c 中加上对变量 a 的声明（extern int a;），也不能将 a 的作用域扩展到 f2.c 内，函数 sub() 不能访问静态全局变量 a，本程序在编译时就会报错。

2．非静态全局变量

允许被本程序文件中的函数访问，也允许被其他程序文件中的函数访问的全局变量就是非静态全局变量。

定义时只要省略 static 关键字即可，全局变量隐含为 extern 类别。其他源文件中的函数访问非静态全局变量时，需要在访问函数所在的源程序文件中进行声明，格式为：

extern   数据类型   全局变量表；

【例 8.21】   全局变量的作用域的扩展。

```
                f1.c                                    f2.c

int a=2;                              extern int a;
main( )                               void sub( )
{     sub();                          {     a=a+a;
      printf("%d",a);                 }
}
```

本例中，文件 f1.c 定义了全局变量 *a*，*a* 的作用域是在 f1.c 内，但其他的程序文件也可以访问它，如在文件 f2.c 中加上对变量 *a* 的声明（extern int a;），将 *a* 的作用域扩展到 f2.c 内，函数 sub()能访问全局变量 *a*。

注意：在函数内使用 extern 声明变量，表示访问本程序文件中的全局变量而函数外（通常在文件开头）使用 extern 声明变量，表示访问其他文件中的全局变量。

静态局部变量和静态全局变量同属静态存储方式，但两者区别较大，具体列举如下。

（1）定义的位置不同。静态局部变量在函数内定义，静态全局变量在函数外定义。

（2）作用域不同。静态局部变量属于局部变量，其作用域仅限于定义它的函数内；虽然生存期为整个源程序，但其他函数是不能使用它的。

静态全局变量在函数外定义，其作用域为定义它的源文件内；生存期为整个源程序，但其他源文件中的函数也是不能使用它的。

（3）初始化处理不同。静态局部变量，仅在第 1 次调用它所在的函数时被初始化，当再次调用定义它的函数时，不再初始化，而是保留上次调用结束时的值，而静态全局变量是在函数外定义的，不存在静态局部变量的"重复"初始化问题，其当前值由最近一次给它赋值的操作决定。

8.5　内部函数和外部函数

一个 C 语言程序可以由多个程序文件组成，每个程序文件都可以包含若干个函数，根据函数能否被其他程序文件调用将函数分为内部函数和外部函数。

8.5.1　内部函数

内部函数又称静态函数，是只能被本程序文件中的其他函数调用的函数，而其他程序文件中的函数不能调用。定义使用关键字 static，定义格式如下：

Static　函数类型　函数名（形参表）
{ 　函数体　}

8.5.2　外部函数

外部函数就是可以被所有程序文件调用的函数。定义时使用关键字 extern，定义格式如下：

> **[extern]** 函数类型　函数名(形参表)
> {　　函数体　}

函数的隐含类别为 extern 类别；所以本节之前定义的函数全都是外部函数。

外部函数是否可以被其他程序随便调用呢？还不行，因为函数也有一个作用域的问题，在前面章节中的对被调用函数的原型声明，实际上就是扩展函数的作用域，要想被其他函数调用成功，还必须在其他程序文件中用函数原型对其进行声明。函数原型声明的格式如下：

> **[extern]**　类型标识符　函数名(形参表);

8.5.3　多文件编译

大型的软件开发往往由多人进行且源程序代码量非常大，为便于合作和管理，通常把源代码放在多个文件中，编译时分别进行，最后把目标文件连接成可执行文件。

但是一个 C 语言程序中只能有一个 main() 函数，程序的运行从 main() 函数开始，为了能调用写在其他文件模块中的函数，可以使用文件包含来解决。文件包含的格式如下：

> **#include"需要包含的文件名"** 或 **#include<需要包含的文件名>**

8.6　上机实践

一、上机实践的目的要求

1. 掌握函数的定义以及函数调用。
2. 掌握函数调用的两种参数传递形式的使用。
3. 掌握嵌套调用和递归调用。
4. 掌握全局变量和局部变量的使用。
5. 了解外部函数的使用。

二、上机实践内容

输入并运行程序。

1. 编程计算 $s=1!+2!+3!+4!+5!$。

```c
long fun(int n)
{   long m=1;
    int i;
    for(i=1;i<=n;i++)
        m=m*i;
    return m;
}
```

```
main( )
{   int i;
    long s=0;
    for(i=1;i<=5;i++)
        s=s+fun(i);
    printf("\ns=%ld\n",s);
}
```

程序运行结果如下：

s=153

2．编写函数计算某两个自然数之间所有自然数的和，如采用主函数调用求 1～50 及 50～100 的和。

```
int fun(int a,int b)
{   int i;
    int sum=0;
    for(i=a;i<=b;i++)
        sum+=i;
    return sum;
}
main( )
{   printf("%d\n",fun(50,100));
    printf("%d\n",fun(1,50));
}
```

程序运行结果如下：

3825
1275

3．编写判断素数的函数，求 high 以内的所有素数之和。

```
#include"math.h"
int fun(int m)                          /*此函数用于判别素数*/
{   int f=1,i,k;
    k=sqrt(m);
    for(i=2;i<=k;i++)
        if(m%i==0)  break;
    if(i>=k+1)f=1;
    else f=0;
    return  f;
}
main( )
{   int high,i;
    long s=0;
    scanf("%d",& high);
```

```
      for(i=1;i<=high;i++)
          if(fun(i)==1) s=s+i;
      printf("s=%d",s);
  }
```

程序运行结果如下：

<u>50</u> ✓
s=329

4. 编写函数统计字符串中字母的个数。

```
#include"stdio.h"
int fun(char c)
{   if(c>='a'&& c<='z' || c>='A' && c<='Z')
        return(1);
    else  return(0);
}
main( )
{   int i,num=0;
    char str[255];
    gets(str);
    for(i=0;str[i]!='\0';i++)
        if(fun(str[i])) num++;
    puts(str);
    printf("num=%d\n",num);
}
```

程序运行结果如下：

<u>1234abcd456</u> ✓
num=4

5. 编写函数求 x 的 y 次幂。

```
#include"stdio.h"
double fun(double x,int y)
{   if(y==1)  return x;
    else return x*fun(x,y-1);
}
main( )
{   double x;
    int y;
    scanf("%lf,%d",&x,&y);
    printf("x^y=%.2lf",fun(x,y));
}
```

程序运行结果如下：

```
3.5,2 ✓
x^y=12.25
```

6. 编写函数求二维数组（4×4）的转置矩阵，即行列互换。

```
#define N 4
int a[N][N];
void fun(a)
int a[4][4];
{   int i,j,t;
    for (i=0;i<N;i++)
    for (j=i+1;j<N;j++)
    {   t=a[i][j]; a[i][j]=a[j][i]; a[j][i]=t;
    }
}
main( )
{   int i,j;
    for(i=0;i<N;i++)
    for(j=0;j<N;j++)
        scanf("%d",&a[i][j]);
    fun(a);
    for(i=0;i<N;i++)
    {   for(j=0;j<N;j++)
            printf("%5d",a[i][j]);
        printf("\n");
    }
}
```

程序运行结果如下：

```
1 2 3 4 5 6 7 8 9 10 11 12 13 14 15 16 ✓
1    5    9    13
2    6    10   14
3    7    11   15
4    8    12   16
```

8.7 习题

一、选择题

1. 以下说法中正确的是（　　）。
   A. C 语言程序总是从第 1 个定义的函数开始执行
   B. 在 C 语言程序中，要调用的函数必须在 main()函数中定义
   C. C 语言程序总是从 main()函数开始执行
   D. C 语言程序中的 main()函数必须放在程序的开始部分

2．以下函数调用语句有几个参数（　　　）。

```
fun1(1, x, fun2(a,b,c) ,(a+b,a-b));
```

  A．4   B．5   C．6   D．7

3．C 语言中，可用于说明函数的是（　　　）。

  A．auto 或 static   B．extern 或 auto

  C．static 或 extern   D．auto 或 register

4．调用函数时，基本类型变量作函数实参，它和对应的形参（　　　）。

  A．各自占用独立的存储单元   B．共占用一个存储单元

  C．同名时才能共用存储单元   D．不占用存储单元

5．以下对 C 语言函数的有关描述中，正确的是（　　　）。

  A．C 语言调用函数时，只能把实参的值传递给形参，形参的值不能传递给实参

  B．C 函数既可以嵌套调用又可以递归调用

  C．函数必须有返回值，否则不能使用函数

  D．C 程序中有调用关系的所有函数必须放在同一个源程序文件中

6．下面程序段中调用 fun()函数传递实参 *a* 和 *b*：

```
main( )
{   char a[10],b[10];
    fun(a,b);
    ...
}
```

则在 fun 函数首部中，对形参错误的定义是（　　　）。

  A．fun(char a[10],b[10]){...}   B．fun(char al[],char a2[]){...}

  C．fun(char p[10],char q[10]){...}   D．fun(char * s1,char *s2){...}

7．有以下程序：

```
void   fun(int  p)
{   int d=2;
    p=d++;
    printf("%d",p);
}
main( )
{   int a=1;
    fun(a);
    printf("%d\n",a);
}
```

程序运行后的输出结果是　（　　　）。

  A．32   B．12   C．21   D．22

8．有以下程序：

```
int  a=5;
```

```
void  fun(int    b)
{   int  a=10;
    a+=b;    printf("%d",a);
}
main( )
{    int c=20;
    fun(c);    a+=c;
    printf("%d\n",a);
}
```

程序运行后的输出结果是（   ）。

  A. 3025   B. 3024   C. 30   D. 22

二、程序分析题

1. 以下程序的输出结果是（   ）。

```
#include"stdio.h"
void fun(int x)
{   if(x>0) putchar('0'+(x% 10));
    fun(x/10);
}
main( )
{   printf("\n");
    fun(1234);
}
```

2. 以下程序的输出结果是（   ）。

```
fun(char p[][10])
{   int n=0,i;
    for(i=0;i<7;i++)
        if(p[i][0]== 'T')n++;
    return n;
}
main( )
{   char str[][10]={"Mon","Tue","Wed","Thu","Fri","Sat","Sun"};
    printf("%d\n",fun(str));
}
```

3. 以下程序的输出结果是（   ）。

```
long fib(int n)
{   if(n>2)  return(fib(n-1)+fib(n-2));
    else  return(2);
}
main( )
{   printf("%d\n",fib(3));
}
```

4. 以下程序的输出结果是（　　　）。

```c
#include"stdio.h"
int a=100;
fun( )
{   int a=10;
    printf("%d,",a);
}
main( )
{   printf("%d,",a++);
    {   int a=30;
        printf("%d,",a);
    }
    fun();
    printf("%d",a);
}
```

5. 以下程序的输出结果是（　　　）。

```c
fun(int p)
{   int k=1;
    static t=2;
    k=k+1;
    t=t+1;
    return(p*k*t);
}
main( )
{   int x=4;
    fun(x);
    printf("%d\n",fun(x));
}
```

三、程序填空题（在下列程序的_____处填上正确的内容，使程序完整）。

1. 计算 10 个学生 1 门功课的平均成绩。

```c
float average(float array[10])
{   int i;
    float aver,sum=array[0];
    for(i=1;i<=9;i++)
        sum=____(1)____ ;
    aver=sum/10 ;
    return( aver ) ;
}
main( )
 {  float score[10],aver;
    int i;
```

```
    for(i=0;i<10;i++)
        scanf("%f",&score[i]);
    aver=_____(2)_____;
    printf("%f", aver);
}
```

2. 函数 fun( )用于求一个 3×4 矩阵中的最小元素。

```
fun(int  a[ ][4])
{   int i,j,k,min;
    min=a[0][0];
    for(i=0;i<3;i++)
    for(j=0;j<4;j++)
        if( _____ )
            min=a[i][j];
    return(min);
}
```

3. 下面程序中，函数 fun 的功能是：把给定的两个字符串连接起来。

```
#include"stdio.h"
void fun(s1,s2)
char s1[ ],s2[ ];
{   int i,j;
    i=0;
    while(s1[i]!= '\0')
        i++;
    j=0;
    while(s2[j]!= '\0')
    {   _____(1)_____
        j++;
    }
    s1[i+j]=_____(2)_____ ;
}
main( )
{   char s11[30],s22[10];
    scanf("%s%s",s11,s22);
    fun(s11,s22);
    printf("%s",s11);
}
```

4. 下列程序的功能是给出圆的半径，求圆的周长并输出（显示两位小数）。

```
#define  PI  3.14
main( )
{   _____(1)_____         /* 对函数 area()的原型声明 */
    float r=10,s;
    s=_____(2)_____      /* 用变量 r 的值作实参，调用函数 area()计算圆的周长，返回值赋给
```

```
                        变量 s */
        printf("s=%.2f\n",s);
}
float area(float x)
{   float s1;
    s1=    (3)              /* 计算以参数 x 为半径的圆的周长保存在变量 s1 中*/
         (4)               /* 变量 s1 的值作为函数 area() 的返回值 */
}
```

5. 有 *n* 个数已经按由小到大次序排序后存放到数组 *a* 中，以下程序要输入一个数，要求按原来次序将它插入到数组中，请填空。

```
main( )
{   int a[10]={2,4,6,7,45,60,67};
    int x, i ,n=6;
    scanf("%d",&x);
    for(i=n;i>=0;i--)
    if(a[i]>x)
        i+1]=a[i];
    else
        break;
        ____;
    n++;
    for(i=0;i<=n;i++)
        printf("%d",a[i]);
}
```

四、程序设计题

1. 写一个判断素数的函数，在主函数输入一个整数，输出其是否是素数的信息。

2. 编写函数计算 $1-\dfrac{1}{3}+\dfrac{1}{5}-\dfrac{1}{7}+...+(-1)^n*\dfrac{1}{2n+1}$，用主函数调用它。

3. 将一个字符串中在另一个字符串中出现的字符删除。

4. 用牛顿迭代法求根。方程为 $ax^3+bx^2+cx+d=0$，系数 *a*、*b*、*c*、*d* 由主函数输入。求 *x* 在 1 附近的一个实根。求出根后，由主函数输出。

5. 某班有 5 个学生，3 门课。分别编写 3 个函数实现以下要求。

（1）求各门课的平均分。

（2）找出有两门以上不及格的学生，并输出其学号和不及格课程的成绩。

（3）找出 3 门课平均成绩在 85～90 分的学生，并输出其学号和姓名。

主程序输入 5 个学生的成绩，然后调用上述函数输出结果。

第9章

指针

在第 3 章已经讨论过指针的基本概念和用法，下面将讨论指针和数组、函数、结构体之间的关系与应用。

9.1 指针变量作为函数参数

前面讲过，函数实际参数向形式参数的数据传递为单向值传递，即实参的值可以传递给形参，但形参的值不会影响实参的值。如果形参为指针变量，相对应的实参必须是变量的指针（地址）。变量的地址由调用程序的实参传递给被调用程序的形参，那么形参、实参的地址值是相等的，即形参、实参指向同一个变量。

【例 9.1】 输入两个实数，通过调用子函数的方法，将这两个实数由小到大排序。

```
void swap(float *p1,float*p2)
{ float t;
  t=*p1;*p1=*p2;*p2=t;
}
main( )
{ float a,b;
  scanf("%f%f",&a,&b);
  if(a>b)
        swap(&a,&b);
  printf("%f,%f\n",a,b);
}
```

主函数第二行，从键盘上输入两个变量 a、b，如果 a 小于等于 b，if 语句条件不成立，则直接运行主程序最后一行输出 a、b，显然其值为由小到大。如果 a 大于 b，则 if 语句条件成立，执行语句 swap(&a,&b);调用子函数 swap()。调用后实参&a、&b，传递给形参 $p1$、$p2$。注意，形参的定义必须分别进行，语句中"*"为定义形参指针变量 $p1$、$p2$ 的标志，而不是运算符。传递的结果如图 9.1 所示。

实参&a 传递给形参 $p1$，实参&b 传递给形参 $p2$，即 $p1$ 的值为&a，$p2$ 的值为&b，由图可知 $p1$ 指向 a，$p2$ 指向 b，则*$p1$ 与变量 a 等价，*$p2$ 与变量 b 等价。子函数的第 2 行 3 条语句的功能为*$p1$ 与*$p2$ 值互换，等价于变量 a 与变量 b 互换。子函数遇到"}"返回主函数后，由于 a 与 b 的值已互换，显然 a 的值小于 b，输出的值为由小到大。

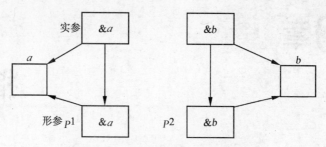

图 9.1　swap() 函数实参、形参传递图

指针变量作为子函数的形参，相对应的实参为主函数某个变量的指针（地址）。主函数调用子函数时，实参的指针值传送给形参，则实参、形参指向主函数中的同一变量，通过形参可以间接访问主函数的变量。在子函数中通过间接访问改变该变量的值，返回主函数后该变量值的变化得以保留。要实现变量在主函数和子函数中的双向传递，可以将变量的地址作为主函数调用语句的实参，指针变量作为子函数的形参。函数调用时，实参的值传递给形参，形参指向了主函数中的变量，在子函数中就可通过形参间接访问主函数中的变量，从而实现该变量的双向传递。例 9.2 是求 3 个数的最大值和最小值。

【例 9.2】　输入 3 个数，输出其最大值和最小值。

```c
void max_min(int *p1,int *p2,int *p3)
{   int max,min;
max=min=*p1;
    if(max<*p2) max=*p2;
    if(max<*p3) max=*p3;
    if(min>*p2) min=*p2;
    if(min>*p3) min=*p3;
    *p1=max; *p3=min;
}
main ( )
{   int a ,b, c;
    scanf("%d%d%d",&a,&b,&c);
    max_min(&a,&b,&c) ;
    printf("max=%d, min=%d\n",a,c );
}
```

参照例 9.1，对该例题进行分析。注意子函数中的 *p1、*p2、*p3 与主函数中的 a、b、c 分别是同一个变量。

9.2　数组与指针

9.2.1　指向数组元素的指针

数组由多个同类型数据元素组成。例如，语句 int a[10]; 定义整型数组 a 由 10 个整型数组元素组成，分别为 $a[0]$、$a[1]$、$\cdots$、$a[9]$。在 C 语言中,数组占用连续的存储单元，其各数组元素的地址分别为&$a[0]$、&$a[1]$、&$a[2]$、$\cdots$、&$a[9]$。

如图 9.2 所示，根据 C 语言编译系统的规定，数组名为数组的首地址，故 a 为数组 a 的首地址。由于数组一经定义其存储位置就确定了，所以数组名 a 为常量，而数组元素 $a[0]$则是变量。

数组元素 $a[0]$的指针（地址）为 a，数组 $a[1]$的地址就是 $a+1$，数组 $a[2]$的地址为 $a+2$，数组 $a[9]$的地址为 $a+9$。这里 $a+1$ 并不是指地址 a 加上 1 个存储单元，而是指加上一个数组元素所占的存储单元。C 语言中，指针加 1，是由系统根据该指针的基类型自动加上一个基类型变量所需的存储单元个数，这里的 1 不要认为是一个字节的存储单元，而是一个基类型变量占用的存储空间。注意，由于数组名 a 为常量，所以 $a{+}{+}$；是不允许的。

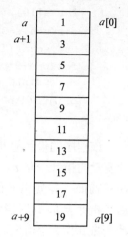

图 9.2　一维数组

9.2.2　通过指针引用数组元素

通过数组元素的指针（地址）可以间接访问数组元素，其一般形式为：

*指针

例如数组元素 $a[2]$的指针为 $a+2$，通过指针访问数组元素的表达式为*$(a+2)$。实际上数组中的 "[]" 为变址运算符，"[]" 前的符号为变址运算的首地址，"[]" 中的表达式的值为变址运算的相对地址，例如数组元素 $a[2]$的地址为 "[]" 前的变址运算首地址 a 加上 "[]" 中的相对地址 2，即 $a+2$，然后再进行指针运算（间接访问运算）*$(a+2)$。

一般地，$a[n]$与*$(a+n)$完全等价，其中 n 为数组元素的下标。注意，下标 n 不能超界。

【例 9.3】 通过数组名，输入数组，然后按逆序输出数组。

```
main( )
{   int a[10],i;
    for(i=0;i<10;i++)
        scanf("%d",a+i);
    for(i=9;i>=0;i--)
        printf("%d ",*(a+i));
    printf("\n");
}
```

这个程序非常简单，定义完数组 a 和变量 i 后，通过循环语句输入各数组元素的值。输入函数 scanf()的输入项为各数组元素的地址，所以写作 $a+i$，其与&$a[i]$完全等价。输出时，通过控制下标由 9 到 0 依次递减 1，从而实现逆序输出。由于 $a+i$ 为各数组元素的地址，则*$(a+i)$就是该地址所对应的变量，该表达式与 $a[i]$完全等价。

【例 9.4】 用指针变量，输入数组，然后按逆序输出。

```
main( )
{   int a[10],i,*p;
    for(p=a,i=0;i<10;i++)
        scanf("%d",p++);
    for(p=a+9;p>=a;p--)
        printf("%d ",*p);
    printf("\n");
}
```

该程序的设计思想和程序功能与例 9.3 基本相同。程序中的第 1 行定义了一个指向整型变量的指针变量 p。循环输入时，设 p 的初值为 a，则 p 指向 $a[0]$。输入项为 $p++$，p 写在 $++$ 前面，先使用 p 的值，p 指向 $a[0]$，故第一次循环输入的是 $a[0]$ 的值。输入 $a[0]$ 的值后，指针 p 加 1，这样 p 就指向了 $a[1]$，下次循环输入的就是 $a[1]$ 的值。输出时，使用指针变量 p 作为循环变量，其初值为 $a+9$，终值为 a，每次循环 p 值减 1，指针 p 从最后一个元素 $a[9]$ 开始，依次指向 $a[9]$、$a[8]$、$a[7]$、…、$a[0]$，输出项为 $*p$，实现了数组元素的逆序输出。注意，本程序中的指针变量 p 不能用数组名 a 替换，因为数组名 a 为常量。

由以上两个例题，可以看到指针可以进行加减运算。指向数组元素首地址的指针加 1，该指针就指向数组的下一个元素，指针减 2，则指针又指向首个数组元素。

设 p，q 为两个指向整型变量的指针变量，p 和 q 可以进行减操作，其逻辑意义是两指针指向的变量之间相差几个整型存储单元。p 和 q 还可以进行比较，如果 p 大于 q，则说明 p 所指向的变量的存储地址要大于 q 所指向的变量的存储地址。

9.2.3　用数组名作函数参数

数组名作为函数的形式参数时代表一个数组的首地址。调用函数时，形式参数只有接受由实参传递过来的值，才有确定的值。当实参为数组名时，该数组名通过实参传递给形参，形参也指向实参数组的首个元素。这样，实参、形参均指向同一个数组。

【例 9.5】　编写一个求数组元素平均值的通用函数，调用该函数求两个长度不同数组的平均值。

```
float average( int a[],int n)
{   int i;
    float sum=0.0;
    for(i=0;i<n;i++)
        sum=sum+a[i];
    sum=sum/n;
    return sum;
}
main( )
{   int a[5]={1,2,3,4,5};
    int b[8]={6,5,4,2,9,7,4,10};
    float x1,x2;
    x1=average(a,5);
```

```
        x2=average(b,8);
        printf("%f\n",x1);
        printf("%f\n",x2);
    }
```

　　子函数首行中的 float 表示函数返回值为实型，average 为函数名，函数名可由用户指定。

　　Average()函数中有两个形式参数 *a* 和 *n*，其中 *a* 为数组名，*n* 为整型变量。有的读者认为 *a*[]为形参名，这是错误的。在定义形式参数时，"[]"只是一个标志，表示"[]"前的形参 *a* 为数组名。此处也可以定义为 int *a，*a* 为指向整型变量的指针，同理"*"为定义指针 *a* 时的标志。子函数语句块中，用循环语句将形参数组的第 0 个至第 *n*–1 个元素累加起来放到实型变量 *sum* 中，*sum* 除以 *n* 得到数组元素的平均值再赋给 *sum*，最后将 *sum* 的值作为函数值并返回到主函数。主函数中定义两个数组，其长度不一样。第 1 次调用 average() 函数时，数组名 *a* 作为函数的一个实参，数组长度 5 作为函数第 2 个实参。调用子函数 average()，实参的值单向传递给形参，所以形参 *a* 的值等于主函数中的实参 *a*，即形参 *a* 指向实参数组 *a* 的首地址，而形参 *n* 的值等于实参 5。形参 *a* 为主函数数组 *a* 的首地址，长度 *n* 为 5，则算出的平均值 *sum* 是该数组的平均值。调用结束后，将函数返回值赋给变量 *x*1。第 2 次调用时，实参为数组名 *b* 和整型常量 8。调用时，实参的值单向传送给形参 *a* 和 *n*，则形参 *a* 就是主函数数组 *b* 的首地址，长度等于 8。函数调用结束后，子函数就将数组 *b* 的元素平均值计算出来，然后赋给变量 *x*2。本例的子函数可以计算任意长度整型数组的元素平均值，具有一般性。试设计一个函数，将任意长度的整型数组由小到大排序，进一步深入掌握这种方法。

　　形参定义 int *a*[]与 int *a 是等价的，前者在子程序中采用常用的下标法引用数组元素。后者可采用指针法，也可采用下标法。例 9.5 可改写成：

```
float average ( int *a,int n )
{   int i;
    float sum=0.0;
    for(i=0;i<n;i++)
        sum+=*(a+i);
    sum=sum/n;
    return sum;
}
main( )
{   int a[5]={1,2,3,4,5};
    int b[8]={6,5,4,2,9,7,4,10};
    float x1,x2;
    x1=average(a,5);
    x2=average(b,8);
    printf("%f\n",x1);
    printf("%f\n",x2);
}
```

9.2.4　二维数组与指针

1．二维数组元素的地址（指针）

二维数组的地址比一维数组的地址要复杂一些，下面以二维数组 int a[3][4]为例进行说明。二维数组 a 由 3 行元素组成，第 0 行 a[0][0]、a[0][1]、a[0][2]、a[0][3]，第 1 行 a[1][0]、a[1][1]、a[1][2]、a[1][3]，第 2 行 a[2][0]、a[2][1]、a[2][2]、a[2][3]。二维数组 a 的一行有 4 个元素，每一行的地址称为行地址，每个元素也有地址称为元素地址，如图 9.3 所示。

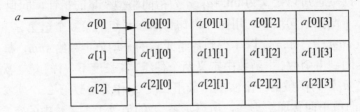

图 9.3　二维数组

例如，一个楼内有 3 层，每层均有 4 个房间，每个楼层有地址，每个房间也有地址，但是地址的层次是不同的。楼层地址加 1，其地址为上一层楼的地址；房间地址加 1，指的是旁边房间的地址。C 语言将二维数组地址分为行地址和元素地址。行地址加 1，就指向下一行的地址，可见行地址（指针）加 1 移动的是一行数组元素的地址空间。行指针（地址）指向一行元素，二维数组的一行为一维数组，行指针可以理解为指向一个一维数组的指针，该数组的长度为二维数组的列宽。C 语言规定二维数组名为数组首行行指针。上面的二维数组 a[3][4]的第 0、1、2 行的行指针分别为 a、$a+1$、$a+2$。行指针进行指针运算或变址运算后，就是该行首个元素的指针。例如 a[0][0]的指针为 a[0]或*a，a[1][0]的指针为 a[1]或*($a+1$)，a[2][0]的指针为 a[2]或*($a+2$)。首列元素的指针加 1，就是下一列元素的指针。a[0][1]的指针为 a[0]+1 或*$a+1$，a[1][1]的指针为 a[1]+1 或*($a+1$)+1，a[2][1]的指针为 a[2]+1 或*($a+2$)+1。一般地，a[i][j]元素的指针为*($a+i$)+j。$a+i$ 为行地址，行地址进行指针运算*($a+i$)为该行首列元素 a[i][0]的指针，再加上 j 就是 a[i][j]的指针。通过指针可访问该元素，故*(*($a+i$)+j)与 a[i][j]等价。

【例 9.6】　指针法输入/输出二维数组。

```
main( )
{   int i,j,a[3][4];
    for(i=0;i<3;i++)
    for(j=0;j<4;j++)
        scanf("%d",a[i]+j);         /*或者 scanf("%d",*(a+i)+j);*/
    for(i=0;i<3;i++)
{   for(j=0;j<4;j++)
        printf("%d ",*(a[i]+j));    /*或者 printf("%d  ",*(*(a+i)+
        j));*/
        printf("\(");
```

```
      }
   }
```

注意，输入函数 scanf()要求输入表列为地址表列，所以这里给出的 $a[i]+j$ 为 $a[i][j]$ 元素的指针。输出函数 printf()要求输出表列为数组元素，所以元素地址前应加上"间接访问"运算符*。

2．指向一维数组的指针变量

指向一维数组的指针变量，可以看作是指向二维数组的行指针，因为二维数组的一行是一个一维数组，其一般形式为：

基类型 （*指针变量）[列宽]；

注意，这里的一对括号不能省去，否则会与后面讲到的指针数组混淆。

【例 9.7】 用指针变量输出二维数组的元素。

```
main( )
{   int a[3][4]={1,2,3,4,5,6,7,8,9,10,11,12};
    int (*p)[4],i,j;
    p=a;
    for(i=0;i<3;i++)
    {   for(j=0;j<4;j++)
            printf("%d  ",*(*(p+i)+j));
        printf("\n");
    }
}
```

指针变量 p 指向一维数组，数组的长度为 4。二维数组 a 的列宽也为 4，所以 p 可以作为数组 a 的行指针。数组名 a 为数组 a 的第 0 行地址，语句 p=a; 使指针 p 指向二维数组的首行。数组元素 $a[i][j]$ 可以通过 p 间接访问，其形式为：$*(*(p+i)+j)$。

3．用指向一维数组的指针作函数参数

用指向一维数组的指针作子函数形式参数，二维数组名作为主函数实际参数。主函数调用子函数时，实参值传递给形参，形参就指向主函数二维数组的首行，在子函数中就可以通过形参间接访问主函数二维数组中的元素。

【例 9.8】 求一个 3×4 矩阵的最大值和最小值。

```
int max,min;
void max_min( int (*p)[4],int n)
{   int i,j;
    max=min=**p;
    for(i=0;i<n;i++)
    for(j=0;j<4;j++)
    {   if(*(*(p+i)+j)>max)max=*(*(p+i)+j);
        if(*(*(p+i)+j)<min)min=*(*(p+i)+j);
    }
}
```

```
main( )
{   int x[3][4]={6,9,7,4,11,23,5,4,9,7,6,5}
    max_min(x,3);
    printf("max=%d,min=%d\n",max,min);
}
```

输出

max=23,min=4

该程序求矩阵最大值和最小值是调用子函数 max_min()完成的。形参 p 是指向一维整型数组的指针，该数组长度为 4，形参 n 用于接收二维数组的行数。最大值、最小值由全局变量 *max*、*min* 传回主函数。主函数调用 max_min()函数时，二维数组行首地址 x 传递给形参 p，则子函数中的**p 就是数组元素 $x[0][0]$，$*(*(p+i)+j)$ 就是数组元素 $x[i][j]$。

9.3　字符串与指针

9.3.1　字符串的表示形式

字符串是 C 语言中比较重要的数据存储形式，"China"在内存中的存储形式如图 9.4 所示。

图 9.4　字符串

每个字符串都有一个结束标记符'\0'。C 语言规定标识一个字符串只需确定该字符串的首地址就可以了，因为自字符串首地址至字符串结束标记'\0'之间的所有字符就是该字符串的全部内容。实际上，字符串在 C 语言编译系统中是用该字符串的首地址（指针）表示的，知道了字符串的首地址，就可以确定整个字符串。字符串总是从首地址开始，到结束标记'\0'结束。

【例 9.9】　字符串初始化与输入/输出。

```
main( )
{   char a[ ]="China";
    char *p="Beijing";
    char b[20];
    scanf("%s",b);
    printf("%s %s %s\n",a,p,b);
}
```

输入

WangFuJing✓

输出

China Beijing WangFuJing

程序第 2 行语句为定义一个字符数组并初始化。字符数组 a 的长度为字符串长度 5 字节加上字符结束标志 1 字节，共 6 字节。程序第 3 行定义一个字符指针变量 p，该指针指

向字符串常量 "Beijing", 即 p 存放着该字符串的首地址。第 4 行定义一个字符数组 b, 用 scanf 语句从键盘中输入, 字符串的输入格式符为 "%s", 其输入项为数组名 (字符数组首地址)。printf 语句的输出格式符为 "%s", 输出项为字符串的首地址, 可以是字符数组名、字符指针等。printf 语句从字符串的首地址开始输出所有字符, 当遇到字符串结束标志'\0'时停止。

注意, 以下语句是错误的:

```
char *p1;
scanf("%s",p1);
```

因为定义指针变量 p1 时, p1 没有赋初值, p1 内没有存放任何存储空间的地址。用 scanf 语句向没有确切地址的指针 p1 输入字符串是非法的。

```
char b[30];
b="DaLian";
```

第 2 行语句是非法的。b 为字符数组的首地址。数组 b 在第 1 行定义时存储地址就已经确定, b 为常量, 所以常量 b 不能再被赋值为 "DaLian" 的地址。正确的语句应改为:

```
char *p1,a[30];
char b[30];
p1=a;
scanf("%s",p1);
strcpy(b, "DaLian");
```

【例 9.10】 将字符数组 a 复制为字符数组 b。

```
main( )
{  char a[20]= "Beijing China",b[20],*p1,*p2;
   p1=a;p2=b;
   for(;*p1!= '\0';p1++,p2++)
        *p2=*p1;
   *p2='\0';
   printf("%s\n",b);
}
```

p1、p2 是指向字符型数据的指针变量。先使 p1 和 p2 的初值为字符串 a 和字符串 b 的首个字符的地址。*p1 最初的值为'B', 赋值语句*p2=*p1 的作用是将字符'B'(a 串中的首个字符)赋给 p2 所指向的元素, 即 b[0]。然后 p1 和 p2 分别加 1, 指向其下面的一个元素, 直到*p1 的值为'\0'时为止。循环结束, 指针变量 p2 指向字符数组 b 中 "Beijing China" 的下一个字符, 此处应为字符串的结束标记。

9.3.2 字符指针作函数参数

字符指针作函数参数, 传递的是字符串的地址。通过字符地址可访问字符, 地址加 1, 可访问下一字符, 直到访问的字符为字符串结束标记'\0'时为止。

【例 9.11】 用函数调用的方法将一字符串复制到另一字符串的后面。

```
strcat1(char *a,char *b)
{   while(*a++);
    a--;
    while(*b)
    *a++=*b++;
    *a='\0';
}
main( )
{   char a[20]= "China";
    char b[10]= "Beijing";
    strcat1(a,b);
printf("%s\n",a);
}
```

输出结果：

ChinaBeijing

子函数 strcat1 的形参为字符指针 *a* 和字符指针 *b*，当主程序调用子程序后，指针 *a* 和指针 *b* 就分别指向主函数字符数组 *a* 和字符数组 *b* 的首个元素，如图 9.5 所示。

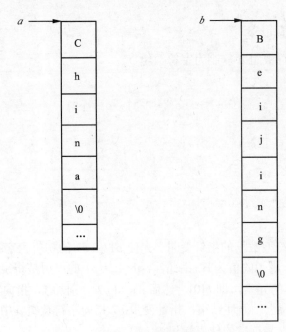

图 9.5　字符串连接

子函数 strcat1 的第 1 行用一个 while 循环将指针 *a* 移到字符串标记 '\0' 的下一个字符。表达式 *a++ 中运算符 * 和 ++ 优先级相同，其结合性为由右向左，故先处理 *a++ 再处理 *a。由于 ++ 位于 *a* 的后面，其语法是先使用 *a* 后加 1，所以表达式 *a++ 的处理过程是先取 *a* 的值进行指针操作 *a，然后再对 *a* 指针加 1。*a* 指针开始指向字符 'C'，故 *a 为 'C'，*a* 加 1 后，*a* 指向字符 'h'。由于 *a 非零，while 循环执行循环体 "；"，即执行一条空语句。下一次循环

*a 为'h'，a 指向字符'l'。当*a 为'\0'时，循环条件为 0，循环停止，此时 a 指向'\0'字符的下一个字符。子程序第 2 行语句 "a--;" 使得 a 减 1，a 指向字符'\0'。子程序第 3 行用一个循环完成将字符数组 b 中的所有元素复制到数组 a 的后面。循环条件为*b，即 b 指向的字符。只要*b 非零就执行循环体*a++=*b++。循环体语句的作用是，首先将指针 b 指向的字符复制到指针 a 指向的字符处，然后同步将指针 a 和指针 b 加 1，分别指向两个字符串的下一个字符。当*b 为字符'\0'时，循环停止。指针 a 指向字符 g 的下一个字符，此处应为连接后字符的结束位置，使用*a='\0'设置结束标志位。

9.4　函数与指针

9.4.1　用函数指针变量调用函数

一个函数在编译时被分配给一个入口地址，这个入口地址就称为函数的指针。可以用一个指针变量存放函数的指针，则该指针变量就指向函数，通过指针变量可以调用此函数。

定义指向函数指针变量的一般形式为：

数据类型　（*指针变量名）（函数参数表列）；

这里的数据类型是指函数返回值类型。*指针变量名两侧的括号不能省略，否则会与后面讲的返回指针值的函数混淆。第 2 对括号相当于函数名后的括号，函数参数表列指的是指针所指向的函数的形参。C 语言规定函数名代表函数的入口地址。可以用赋值语句：

指针变量＝函数名；

完成指针变量的赋值，这样指针变量就指向函数，通过指针变量就可以调用函数，其调用的一般形式为：

变量＝（*指针变量）（函数实参表列）；

【**例 9.12**】　求 a、b 中的较大者以及较小者。

```
main( )
{    float min(float,float);
     float max(float,float);
     float (*p)(float,float);
     float a,b,c,d;
     scanf("%f%f",&a,&b);
     p=max;
     c=(*p)(a,b);
     d=max(a,b);
     printf("max:%f,%f\n",c,d);
     p=min;
     c=(*p)(a,b);
     d=min(a,b);
```

```
      printf("min:%f,%f\n",c,d);
}
float max(float x,float y)
{   float z;
    z=x>y?x:y;
    return z;
}
float min(float x,float y)
{   float z;
    z=x<y?x:y;
    return z;
}
```

输入：

5.0 3.0

输出：

max:5.0,5.0
max:3.0,3.0

程序中主函数调用最大值函数和最小值函数分别求出 a、b 中的较大者和较小者。主函数第 3 行定义了一个函数指针 p，p 指向的函数的返回值为实型，函数有两个形参，其类型均为实型。语句 p=max; 的作用是将函数 max() 的入口地址赋给指针变量 p，p 指向 max() 函数。接下来，分别用指针调用函数 max() 和直接调用函数 max()，并将函数值分别赋给变量 c、d，从输出结果可看出变量 c、d 的值完全相同，均为 a、b 中的大者，即 $(*p)(a,b)$ 与 max(a,b) 等价。同理，语句 p=min; 的作用是使 p 指向函数 min()，用指针调用函数 $(*p)(a,b)$ 与直接调用 min(a,b) 的函数值 c、d 相等，均为 a、b 中的小者，这时 $(*p)(a,b)$ 与 min(a,b) 等价。

9.4.2 用指向函数的指针作函数参数值

子函数用指向函数的指针作形式参数，主函数调用该函数时，相应的实参为某个函数的指针（入口地址），常为函数名，因为函数名代表该函数的入口地址。

【例 9.13】 设计一个通用函数，求一次方程的根。

```
float fx1(float x)
{   float y;
    y=2*x+4;
    return y;
}
float fx2(float x)
{   float y;
    y=x-9;
    return y;
}
main( )
{   float root(float (*p)(float));
    float y1,y2;
```

```
        y1=root(fx1);
        y2=root(fx2);
    printf("y1:%f,y2:%f\n",y1,y2);
    }
    float root(float (*p)(float))
    {    float a,b,x;
        b=(*p)(0.0);
        a=(*p)(1.0)-b;
        x=-b/a;
        return x;
    }
```

程序设计了一个通用的一元一次方程求根函数 root()，该函数只有一个指向函数的指针 *p* 作形参。程序主函数第 1 次调用 root()时，其相应的实参为 *fx*1。子函数 root()中的 (*p)(0.0)、(*p)(1.0)与 *fx*1(0.0)、*fx*1(1.0) 等价。第 2 次调用 root 时，实参为 *fx*2，子函数 root 中的(*p)(0.0)、(*p)(1.0)与 *fx*2(0.0)、*fx*2(1.0)等价。

root 函数的求根原理如下，一元一次方程的通式为：

f(x)=a*x+b;

则

$f(0.0)=a*0.0+b, b=f(0.0); f(1.0)=a*1.0+b, a=f(1.0)-b;$

由此得到 *a*、*b* 的值。a*x+b=0，求出 x=-b/a 就是一元一次方程的根。

9.4.3　返回指针值的函数

函数值可以是整型、实型、字符型，当然也可以是某个变量的地址，即指针，相应地函数定义时，函数的返回值为指针，return 后面是一个指针量。这种函数定义的一般形式为：

类型名　*函数名（形参表列）；

类型名为返回指针的基类型。例如，函数返回一个整型变量的地址，定义形式为"int *函数名（形参列表);"。

【例 9.14】　求 3×4 矩阵的最小值以及其所在的行和列。

```
int *min(int (*p)[4])
{    int *q;
    int i,j;
    q=*p;
    for(i=0;i<3;i++)
    for(j=0;j<4;j++)
       if(*(*(p+i)+j)<*q)  q=*(p+i)+j;
    return q;
    }
main( )
```

```
{    int a[3][4]={1,2,3,4,-4,9,-9,7,2,4,6,5};
     int *pmin;
     int row,col,length;
     pmin=min(a);
     length=pmin-*a;
     row=length/4;
     col=length-4*row;
     printf("min=%d,row=%d,col=%d\n",*pmin,row,col);
}
```

主函数调用一个子函数 min() 求出 3×4 矩阵中的最小值，但返回值不是最小值而是最小值数值元素的地址(指针)。主函数得到最小值数组元素地址后，不仅得到最小值，而且得到最小值所在的行下标和列下标。具体算法原理为：数组首元素 $a[0][0]$ 的地址为*a；由于二维数组的元素按行顺序占有连续的存储空间,则最小值数组元素的地址 $pmin$ 与首元素地址*a 的差值就是最小值元素与首元素之间的数组元素个数 $length$。$length$ 除以每行数组元素个数 4，就是最小值元素行下标，$length$ 减去行下标与 4 的乘积就是最小值元素的列下标。读者可以上机验证。

子函数 min() 形参 p 为指向具有 4 个元素一维数组的指针。主函数调用子函数 min() 时,相应的实参为二维数组名 a，a 为二维数组首行的行指针（指向二维数组的第 0 行，每行 4 个元素）。调用时，实参 a 传递给形参 p，则 p 就指向主程序二维数组 a 的首行，*p 就是 a 数组 0 行 0 列元素 $a[0][0]$ 的指针。设 q 为指向矩阵（二维数组 a）最小值元素的指针，先假设 $a[0][0]$ 为最小值元素，令 q=*p。用双重循环将矩阵的每个元素*(*(p+i)+j) 与最小值*q 比较，如果小于最小值，则最小值指针 q 指向该元素，即 q=*(p+i)+j。循环结束后，q 就指向了矩阵最小值。最后将 q 作为函数值返回主函数，并将函数值赋给指针 $pmin$。

9.5   指针数组与二级指针

9.5.1   指针数组的概念

指针数组的含义为：每个数组元素均为一个存放指针的指针变量，其一般形式为：

类型名 *数组名[数组长度]；

例如：

```
int *p[4];
```

由于[]比*优先级高，因此 p 先与[4]结合，形成 $p[4]$ 形式，p 为一个一维数组，长度为 4。p 前面的*为一个标志，说明后面的 p 是一个指针数组，基类型为整型。

指针数组比较适合于用来指向若干字符串，使字符串处理更加方便。从前面的内容可知，每个字符串在计算机内部均是用它的地址来标识的，将每个字符串的地址依次存入指针数组的数组元素中，其数组元素则依次指向各字符串，如图 9.6 所示。

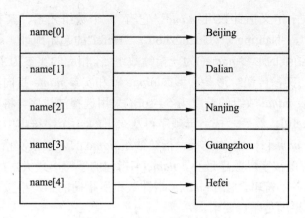

图 9.6　指针数组与字符串

【例 9.15】　将若干字符串按字母顺序（由小到大）输出。

```c
#include <string.h>
main( )
{   void sort(char *name[],int n);
    void print(char *name[],int n);
    char *name[]={"Beijing","Dalian","Najing","Guangzhou", "Hefei"};
    sort(name,5);
    print(name,5);
}
void sort(char *name[],int n)
{   char *t;
    int i,j,k;
    for(i=0;i<n-1;i++)
    {  k=i;
    for(j=i+1;j<n;j++)
      if(strcmp(name[k],name[j])>0)  k=j;
      if(k!=i) { t=name[i]; name[i]=name[k]; name[k]=t;}
    }
}
void print(char *name[],int n)
{   int i;
    for(i=0; i<n;i++)
      printf("%s\n",name[i]);
}
```

运行结果为：

```
Beijing
Dalian
Guangzhou
Hefei
Nanjing
```

在 main()函数中定义指针数组 *name*，它有 5 个数组元素，其初值分别指向字符串 "Beijing"、"Dalian"、"Nanjing"、"Guangzhou"、"Hefei"的起始地址。sort()函数的作用是对字符串排序。sort()函数的形参 *name*()为一指针数组名，相应的实参为主函数的指针数组名。调用函数 sort()后，实参传递给形参，形参 *name* 就和实参 *name* 指向同一个指针数组，形参 *n* 的值为 5，代表 *name* 数组的长度为 5。sort()采用选择法排序，将字母顺序最小的字符串的指针赋给 *name*[0]，然后，按字母顺序再从余下的 4 个字符串中找到最小字符串，并将该串的指针赋给 *name*[1]，依次类推，指针数组 *name* 的元素依次指向 5 个字符串，其中 *name*[0]指向的字符串按字母顺序最小，*name*[4]指向的字符串最大。如图 9.7 所示，*print*()函数的作用是输出各字符串。由于 *name* 指针数组所指向的字符串按字母顺序由小到大排序，所以输出的结果满足题目要求。

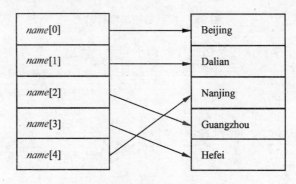

图 9.7　指针数组排序

9.5.2　二级指针

二级指针的一般形式为：

　　　　类型名　**指针名；

二级指针一般用于存放指针数组的数组名。由于指针数组每个元素均为指针，每个元素的地址就是指针的地址，即指向指针的指针。指针数组名是指针数组的首地址，故必须用二级指针存储。

【例 9.16】　使用二级指针输出字符串。

```
main( )
{   char *name[]={"Beijing", "Dalian", "Nanjing", "Guangzhou", "Hefei"};
    char **p;  int i;
    p=name;
    for(i=0;i<5;i++)
    {  p=name+i;
        printf("%s\n",*p);
    }
}
```

运行结果如下：

```
Beijing
Dalian
Nanjing
Guangzhou
Hefei
```

p 是二级指针变量，即指向指针的指针变量。第 1 执行循环体时循环变量 *i* 的值为 0，执行循环体 p=name+i;，*p* 指向 *name*[0]，**p* 则是 *name*[0]的值，用 printf()输出第 1 字符串。循环体执行 5 次，依次输出 5 个字符串。

9.5.3　主函数与命令行参数

每个 C 语言程序总是有且仅有一个主函数 main()，它担负着程序起点的作用。
主函数的格式为：

main(int argc,char *argv[])

{...}

假设该 C 语言程序的源文件名为 EXMA1.C，经编译、连接后得到可执行文件 EXMA1.EXE。执行程序时，输入文件名"EXAM1"，该程序就可以运行了，文件名又可称为命令名。另外，执行程序时，输入命令名的后面还可以加上零至多个字符串参数，例如：

```
EXAM1  aaa   bbb  china
```

文件名以及后面的由空格隔开的字符串就称为命令行。C 程序主函数 main()括号里的信息为命令行参数。其中，*argc* 用于保存用户命令行中输入的参数的个数，命令名本身也作为一个参数，如例子中的参数有 3 个，加上命令名，*argc* 的值为 4。argv[]是一个字符指针数组，它用于指向命令行各字符串参数（包括命令名本身）。对于命令名，系统将会自动加上盘符、路径、文件名，而且将其变成大写字母串存储到 argv[0]中，其他命令行参数名将会自动依次存入到 argv[1]、argv[2]、…、argv[*argc*-1]中，本例中，argv[0]指向命令名参数"C:\TC\EXAM1.EXE"，argv[1] 指向参数"aaa"，argv[2]指向参数"bbb"，argv[3]指向参数"china"。

【例 9.17】 命令行参数简单示例。

```
main(int argc,char *argv[])
{    while(--argc>=0)
     puts(argv[argc]);
}
```

假定此程序经过编译、连接，最后生成了一个名为 EXAM1.EXE 的可执行文件。如果在命令状态下，我们输入命令行为：EXAM1 horse house monkey donkey friends，则该程序的输出将会是：

```
friends
donkey
monkey
house
horse
C:\TC\EXAM1.EXE
```

9.6　结构体与指针

9.6.1　指向结构体变量的指针

结构体变量的指针就是结构体变量的起始地址。可以定义一个指针变量，用来指向一个结构体变量。

【例 9.18】　指向结构体变量指针的应用。

```
#include"string.h"
  struct  student
{   int num;
    char name[20];
    char sex;
    float score;
};
main( )
    {   struct  student stu;
    struct  student *p;
    p=&stu;
    (*p).num=12;
    strcpy((*p).name, "Li Ming");
    (*p).sex='M';
    (*p).score=89.0;
    printf("%d,%s,%c,%f\n",(*p).num,(*p).name,(*p).sex,(*p).score);
    }
```

程序中声明了 struct student 类型，在主程序中定义了结构体变量 stu，定义了一个指向 struct student 结构体变量的指针 p。语句 p=&stu；使得 p 指向结构体变量 stu，然后通过 p 进行指针运算从而可以访问结构体变量 stu，其一般形式为：

(*结构体指针).成员变量

C 语言规定，通过结构体指针访问结构体成员可以采用另外一种形式：

结构体指针->成员变量

其中"->"称为指向运算符,这种访问形式更常用。

例 9.18 中主函数可以改写为:

```
main( )
{ struct  student stu;
  struct  student *p;
  p=&stu;
  p->num=12;
strcpy(p->name,"Li Ming");
       p->sex='M';
       p->score=89.0;
printf("%d,%s,%c,%f\n",p->num,p->name,p->sex,p->score);
}
```

9.6.2 指向结构体数组的指针

结构体数组名为结构体数组首地址,结构体指针加 1,指针向前移动一个结构体变量的存储空间而不是一个字节,即指向结构体数组的下一个元素。

【例 9.19】 指向结构体数组指针的应用。

```
struct student
    {   int num;
        char name[20];
        char sex;
        int age;
    };
    struct student stu[3]={{10, "LiuLi",'F',21},{12, "Wang Ming",'M',22},
    {15, "Li Ming",'M',21}};
main( )
{   struct student *p;
    for(p=stu;p<stu+3;p++)
    printf("%d,%s,%c,%d\n",p->num,p->name,p->sex,p->age);
}
```

p 是指向结构体类型数据的指针变量。在 for 语句中令 *p* 的初值为数组名 *stu*,则 *p* 指向 *stu*[0],故第 1 次循环打印的是 *stu*[0]的数据成员;下一次循环前,循环变量 *p* 加 1,则 *p* 指向 *stu*[1],故第 2 次循环打印的是 *stu*[1]的数据成员;最后一次循环,*p* 指向 *stu*[2],打印的是 *stu*[2]的数据成员。

9.6.3 用指向结构体的指针作函数参数

将一个结构体变量的值传递给另一个函数有以下两种方法。

1. 用结构体变量作实参

用结构体变量作实参时，采取的也是"值传递"方式，将结构体变量所占的内存单元的内容全部顺序传递给形参，形参也必须是同类型的结构体变量。在函数调用期间形参也要占用内存单元。这种传递方法要占用较多的存储空间，耗费时间也较多，如果结构体规模很大，则应避免采用这种传递方法。另外，由于"值传递"是单向传递，在调用函数期间改变了形参的值，该值不会返回主调函数。

2. 用指向结构体变量（或数组）的指针作实参

用指向结构体变量（或数组）的指针作实参，将结构体变量（或数组）的地址传递给形参。这种方法不需要另外占用大量存储空间，只传递地址给形参，所需时间较少。对结构体变量值可以进行双向修改，即在被调用函数中通过结构体指针修改结构体变量。

【例 9.20】 有一个结构体变量 stu，要求通过子函数输出该变量的值。

```
struct student
{   int num;
    char name[20];
    struct { int year,month,day;}birthday;
    float score;
}stu={12, "Li Ming",{1986,12,9},87.0};
main( )
{   void print(struct student*);
    print(&stu);
}
void print(struct student *p)
{   printf("%d,%s,%d,%d,%d,%f\n", p->num,p->name,p->birthday.year,
            p->birthday.month,p->birthday.day,p->score);
}
```

Print()函数中的形参被定义为指向 struct student 类型数据的指针变量。函数调用时，相应的实参为主函数结构体变量的地址&stu，这样在函数调用期间形参 p 就指向主函数中的结构体变量 stu，通过 p 可以访问 stu 的成员变量，但是 stu 的成员变量 birthday 也是一个结构体变量，访问 birthday 是通过指针 p 完成的，但访问 birthday 的成员 year、month、day 时，还是要通过 birthday 这个结构体变量来访问，其运算符为"."。

9.7　链表

链表是一种常见的重要的存储数据的结构。它可以根据需要动态地进行存储空间的分配和回收。每一个数据元素以一个结点的形式存在，结点由数据域和指针域两大部分组成。数据域根据定义形式可以由一个或多个数据组成；指针域存储与该结点链接的下一个结点的起始地址，如图 9.8 所示。由于链表的元素可以动态分配存储空间，所以没有结点个数的限制。链表插入、删除元素也不需要移动其他元素。

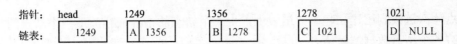

图 9.8 链表的结点

链表中有一个称为"头指针"的变量，图中以 head 表示，整个链表就是通过指针顺序链接的，常用带箭头的短线（——→）来明确表示这种链接关系，如图 9.9 所示。

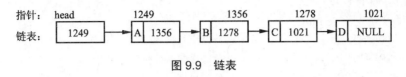

图 9.9 链表

9.7.1 动态分配和释放空间的函数

1. 存储空间分配函数 malloc( )

其函数原型为：

void *malloc(unsigned int size);

其作用是在内存中动态获取一个大小为 *size* 个字节的连续的存储空间。该函数将返回一个 void 类型的指针，若分配成功，该指针指向已分配空间的起始地址，否则，该指针为空（NULL）。

2. 连续空间分配函数 calloc( )

其函数原型为：

void *calloc(unsigned n,unsigned size);

其作用是在内存中动态获取 *n* 个大小为 *size* 个字节的连续的存储空间。该函数将返回一个 void 类型的指针，若分配成功，该指针指向已分配空间的起始地址，否则，该指针为空（NULL）。用该函数可以动态地获取一个一维数组空间，其中 *n* 为数组元素个数，每个数组元素的大小为 size 个字节。

3. 空间释放函数 free( )

其函数原型为：

void free(void *addr)

其作用是释放由 addr 指针所指向的空间，即系统回收，使这段空间又可以被其他变量所用。值得注意的是，不用的空间一定要及时地回收，以免浪费宝贵的内存空间。

上面 3 个函数的返回值类型都为空指针（void *）类型，在具体应用时一定要作强制类型转换，只有转换成实际的指针类型才能正确使用。

9.7.2 建立和输出链表

所谓动态建立链表是指在程序执行过程中从无到有地建立起一个链表，将一个个新生成的结点顺次链接到已建立起来的链表上，上一个结点的指针域存放下一个结点的起始地址，并给各个结点数据域赋值。

所谓输出链表是将链表上各个结点的数据域中的值依次输出，直到链表结尾。

【例 9.21】 建立和输出一个学生成绩链表（假设学生成绩表中只含姓名和成绩两项）。

```c
#include "stdio.h"
#include "malloc.h"
typedef struct student
{ char name[20];                     /*结点数据域*/
  int score;                         /*结点数据域*/
  struct student *next;              /*结点指针域*/
} STUDENT,*PSTUDENT;  /*自定义链表结点数据类型名 STUDENT 和指针类型名 PSTUDENT*/
STUDENT crelink(int n)  /*建立一个由 n 个结点构成的单链表函数，返回结点指针类型*/
{  int i;
   PSTUDENT p,q,head;
   if(n<=0) return NULL;       /*参数不合理，返回空指针*/
   head=(PSTUDENT)malloc(sizeof(STUDENT));    /*生成第一个结点 */
   printf("Input datas:\n");
   scanf("%s %d",head->name,&head->score);   /*两个数据之间用一个空格间隔*/
   p=head;                         /*p 作为连接下一个结点 q 的指针*/
   for(i=1;i<n;i++)
   { q=(PSTUDENT)malloc(sizeof(STUDENT));
     scanf("%s %d",q->name,&q->score);
     p->next=q;                    /*连接 q 结点*/
     p=q;                          /*p 跳到 q 上，再准备连接下一个结点 q */
   }
   p->next=NULL;                   /*置尾结点指针域为空指针*/
   return head;                    /*将已建立起来的单链表头指针返回*/
}
main( )
{   PSTUDENT h;int n;
    printf("Please input number of node:");
    scanf("%d",&n);
    h=crelink(n);                  /*调用建立单链表的函数*/
    list(h);                       /*调用输出链表的函数*/
}
list(PSTUDENT head)                /*链表的输出*/
{ PSTUDENT  p=head;                /*从头指针出发,依次输出各结点的值,直到遇到 NULL*/
  while(p!=NULL)
  { printf("%s\t%d\n",p->name,p->score);
    p=p->next;                     /*p 指针顺序后移一个结点*/
  }
}
```

链表的结点类型定义为结构体类型，其成员除了用户指定的外，必须加上一个指针成员，该指针为指向该结构体类型的指针变量，其一般形式为：

struct <结点结构体类型名> *指针变量名；

本例结点类型为 struct student，结点的指针成员定义为：struct student *next;。结点的指针成员也称为结点的指针域，其余成员称为数据域，本例的数据成员为：name（学生姓名）和 score（考试分数）。STUDENT 为 struct student 类型的别名，PSTUDENT 为 struct student 指针类型的别名。

子函数 crelink() 的功能是建立一个由 n 个结点构成的单链表函数，n 为该函数的形参，函数的返回值为链表头结点指针 *head*。首先，子函数 crelink() 使用系统函数 malloc() 申请 sizeof（STUDENT）个字节存储空间作为链表第 1 个结点的存储空间，将该空间的指针强制转换成 PSTUDENT 类型后赋给指针变量 *head*，接着使用 scanf 语句为该结点的数据域赋值。使用 for 循环，每次循环使用系统函数 malloc() 申请下一个结点的存储空间，指针 q 指向该空间。使用 scanf 语句为该结点的数据域赋值。将 p 结点的指针域 next 指向结点 q，实现本结点与下一个结点的连接。将下一个结点的指针 q 赋给本结点指针 p，即将下一结点作为本结点进行下次循环，再创建一个新结点，依次创建 n 个链表结点。循环结束后，链表最后一个结点的指针域 next 置为空指针 NULL，作为链表的结束标志。

子函数 list() 的功能是输出链表的所有结点，其形参为链表头结点的指针 *head*。while 循环的循环变量 p 的初值为 *head*，第 1 次循环，p 指向链表头结点，使用 printf 语句输出该结点的数据域，然后将 p 结点指针域 next 赋给 p，p 指向链表的下一个结点，进行下一次循环。第 2 次循环将输出链表第 2 个结点的数据，依次类推，直到输出所有结点的数据。循环结束的条件为 p 指向链表结束标记"NULL"。

9.7.3　链表的基本操作

【例 9.22】　编写一个函数，在链表的第 i 个结点之后插入一个新结点。

```
PSTUDENT insnode2(PSTUDENT head,int i)
{   PSTUDENT s,p,q;
    int j=0;
    if(i<0) return NULL;            /*参数 i 值不合理*/
    s=(PSTUDENT)malloc(sizeof(STUDENT));
    printf("Input new node datas:");
    scanf("%s %d",s->name,&s->score);
    if(i==0)                        /*i==0 表明是在第 1 个结点之前插入新结点*/
    {   s->next=head;    head=s;    return head;     }
    q=head;                         /*查找新结点的位置，在 p 和 q 之间*/
    while(j<i&&q!=NULL)
    {    j++;    p=q;    q=q->next;  }
    if(j<i) return NULL;            /*i 值超过表长了*/
    p->next=s;                      /*在 p 和 q 之间，即第 i 个结点之后插入新结点*/
    s->next=q;
```

```
return head;
}
```

子函数 insnode2()向以 head()为头指针的链表的第 *i* 个结点之后插入一个新的结点。首先，从内存中申请一个结点的存储空间，指针变量 *s* 指向该存储空间。然后，向 *s* 指向的结点输入结点数据域 name、score 的值。假设插入的结点在链表头结点前 *i* 为 0，则 *s* 的下一个结点的指针为原链表的头指针 *head*，*s* 为插入后新链表的头指针 *head*，为此，令 s->next=head;head=s;。对于 *i* 大于 0，令指针 *q* 指向链表的头结点，通过 while 循环使指针 *q* 每次向后移动一个结点的位置，并用指针 *p* 指向 *q* 移动前所指向的结点，*p*、*q* 所指向的结点前后相邻。每次循环用变量 *j* 进行循环次数计数，当 *j* 小于插入点 *i* 时，说明还没有将 *q* 移动到插入位置，继续循环。当 *j* 等于 *i*，循环结束，*p* 指向链表的第 *i* 个结点，*q* 指向链表的第 *i*+1 个结点。将 *s* 指向的结点插入到 *p*、*q* 所指向的结点之间，即令 *p* 的指针域指向结点 *s*，*s* 的指针域指向结点 *q*，则完成在链表的第 *i* 个结点之后插入一个新结点。停止循环的另一个条件是 *q* 指向了链表的最后一个结点，其指针域为 "NULL"。此时，如果 *i* 等于 *j*，插入结点的方法同上；如果 *j* 小于 *i*，则说明插入点 *i* 大于链表的总长，不进行插入操作，返回 "NULL"。

【例 9.23】 编写一个函数，删除链表中的第 i 个结点。

```
PSTUDENT delnode2(PSTUDENT head,int i)
{   PSTUDENT p,s;
    int j;
    if(i<1) return NULL;                  /*i<1 不合理*/
    if(i==1)                              /*要删除的结点是链表中的第一个结点*/
    {   if(head!=NULL) { s=head; head=s->next; free(s); }
    return head;
    }
    s=head->next;                         /*查找第 i 个结点的位置，以 s 标记*/
    p=head;
    j=2;
    while(j<i&&s!=NULL){ j++;p=s;s=s->next;}
    if(j<i) return NULL;                  /*j<i，说明参数 i 的值超过了表长*/
    p->next=s->next;                      /*删除 s 结点*/
    free(s);                              /*回收已删除的结点*/
    return head;
}
```

子函数 delnode2()删除以 *head* 为头指针的链表中的第 *i* 个结点。如果要删除的 *i* 结点为链表头结点，*i* 为 1，用指针 *s* 指向原链表的头指针 *head*，*head* 指向链表的第 2 个结点，为此，令 head = s->next;，并用 free()释放 *s* 指向的结点空间，函数的返回值为链表新的头指针 *head*。对于 *i* 大于 1，令指针 *s* 指向链表的第 2 结点，通过 while 循环使指针 *s* 每次向后移动一个结点的位置，并用指针 *p* 指向 *s* 移动前所指向的结点，*p*、*s* 所指向的结点前后相邻。每次循环用变量 *j* 计算结点数，由于从第 2 个结点开始循环，所以 *j* 的初值为 2。当 *j* 小于删除点 *i* 时，说明还没有将 *s* 移动到删除位置，继续循环。当 *j* 等于 *i* 时，循环结束，

p 指向链表的第 i–1 个结点，s 指向链表的第 i 个结点。将 s 指向的结点删除，p 的指针域指向结点 s 的后一个结点，使用语句 p->next=s->next;，则完成删除链表中的第 i 个结点。然后，用 free()释放 s 指向的结点空间，返回链表的头指针。停止循环的另一个条件是 s 指向了链表的最后一个结点，其指针域为"NULL"。此时，如果 i 等于 j，删除结点的方法同上；如果 j 小于 i，则说明删除点 i 大于链表的总长，不进行删除操作，返回"NULL"。

在第一个结点之前附加一个结点，这个附加的结点被称为"头结点"。加上头结点的链表又称为"带头结点的链表"。头结点的存在将给插入和删除操作带来方便。

【例 9.24】　带头结点单链表的基本操作程序。

```c
#include "stdio.h"
#include "malloc.h"
typedef struct student
{   char name[20];
    int score;
    struct student *next;
} STUDENT,*PSTUDENT;              /*自定义链表结点数据类型名 STUDENT 结点指针域*
                                  /*和指针类型名 PSTUDENT */
PSTUDENT crelinkhead(int n)   /*建立一个有 n 个结点的单链表函数,返回结点指针类型*/
{   int i;
    PSTUDENT p,q,head;
  if(n<=0) return NULL;            /*参数不合理，返回空指针*/
  head=(PSTUDENT)malloc(sizeof(STUDENT));    /*生成头结点*/
  p=head;                           /*p 作为连接下一个结点 q 的指针*/
  printf("Input %d node datas:\n",n);
  for(i=1;i<=n;i++)
  { q=(PSTUDENT)malloc(sizeof(STUDENT));
    scanf("%s %d",q->name,&q->score);
    p->next=q;                  /*连接 q 结点*/
    p=q;                        /* p 跳到 q 上，再准备连接下一个结点 q */
  }
  p->next=NULL;                 /*置尾结点指针域为空指针*/
  return head;                  /*将已建立起来的单链表头指针返回 */
}
PSTUDENT insnodehead(PSTUDENT head,int i)   /*在第 i 个结点之后插入新结点函数*/
{ PSTUDENT s,p,q;
  int j=0;                      /*查找第 i 个结点计数用*/
  if(i<0) return NULL;          /*参数 i 值不合理*/
  s=(PSTUDENT)malloc(sizeof(STUDENT));
  printf("Input new node datas:");
  scanf("%s %d",s->name,&s->score);
  p=head; q=head->next;         /*查找新结点的位置，在 p 和 q 之间*/
  while(j<i&&q!=NULL)
  { j++;
    p=q;
```

```
        q=q->next;
    }
    if(j<i) return NULL;                    /* i 值超过表长了 */
    printf("After inserted a node in the later of %d. ",i);
    p->next=s;                  /*在 p 和 q 之间，即第 i 个结点之后插入新结点*/
    s->next=q;
    return head;
}
PSTUDENT delnodehead(PSTUDENT head,int i)    /*删除链表中的第 i 个结点函数*/
{  PSTUDENT  p, s;
   int j;
   if(i<1) return NULL;                 /*i<1 不合理*/
   s=head->next;                        /*查找第 i 个结点的位置，以 s 标记*/
   p=head;
   j=1;
   while(j<i&&s!=NULL)
   { j++;p=s;s=s->next;}
   if(s==NULL) return NULL;             /*j<i，说明参数 i 的值超过了表长*/
   printf("After deleted the %d node.",i);
   p->next=s->next;                     /*删除 s 结点*/
   free(s);                             /*回收已删除的结点*/
   return head;
}
main()
{ PSTUDENT h;int n;
  printf("Please input number of node:"); scanf("%d",&n);
  h=crelinkhead(n);                     /*调用建立带头结点单链表的函数*/
  listhead(h);                          /*调用输出带头结点链表的函数*/
  h=insnodehead(h,2); /*在带头结点链表中第 2 个结点之后插入一个新结点*/
  listhead(h);
  h=delnodehead(h,2);                   /*在带头结点链表中删除第 3 个结点*/
  listhead(h);
}
listhead(PSTUDENT head)                 /*带头结点链表的输出*/
{ PSTUDENT p=head->next;                /*从第 1 个数据结点出发，依次输出*/
  printf("The linklist is:\n");
  while(p!=NULL)                        /*输出各结点的值，直到遇到 NULL*/
  { printf("%s\t%d\n",p->name,p->score);
    p=p->next;                          /*p 指针顺序后移一个结点*/
  }
}
```

链表与数组比较如下。

（1）在存储结构上，数组是一种顺序存储结构，即逻辑上相邻的数据元素在存储地址上也是相邻的，而链表是一种链式存储结构，即逻辑上相邻的数据元素在存储地址上不一定是相邻的。

（2）在存取数据上，数组是一种随机存取方式，而链表是一种顺序存取方式。因为链表只能沿着头指针方向顺序往下找，数组则只须通过下标就可以方便地提取相应的数据。

（3）在数据处理上，数组非常适合于查找、更新和排序，而链表则适用于插入和删除操作。因为在链表上进行插入和删除操作时不需要移动大量的数据元素，数组则不然，插入和删除操作平均要移动一半的数据元素。

（4）在空间上，数组是事先已限定了固定的空间，不易扩充，而链表则根据需要随时可以获取所需空间。

从上面的分析可以看出，数组和链表都是用于存放数据元素的结构，它们各有各的优缺点，就看从哪个角度来说了。所以，在具体运用时一定要根据需要选取合适的数据结构。

9.8 上机实践

一、上机实践的目的要求

1．掌握数组与指针的关系，能够使用指针引用数组元素。

2．掌握字符串与指针的关系，能够使用指针引用字符串。

3．掌握结构体与指针的关系，能够使用指针引用结构体。

4．掌握指针作为函数参数，用以传递数组、字符数组、结构体的方法，从而实现模块化处理。

5．了解函数指针、返回指针函数的使用方法。

6．了解指针数组、二级指针的使用方法。

二、上机实践内容

输入并运行程序。

1．输入实型数 a、b、c，要求按由大到小的顺序输出。

```
void swap(float *x,float *y)
{   float z;
    z=*x; *x=*y; *y=z;
}
main( )
{   float a,b,c;
    scanf("%f%f%f",&a,&b,&c);
    if(a<b)
    swap(&a,&b);
    if(a<c)
        swap(&a,&c);
    if(b<c)
        swap(&b,&c);
    printf("After swap: a=%f,b=%f,c=%f\n",a,b,c);
}
```

输入：

```
5.6  7.9  -8.5
```

输出：

After swap: a=7.900000,b=5.600000,c=-8.500000

2．编写一个通用的子函数，将一个一维数组进行逆序存储，即第 1 个元素与最后一个元素值互换，第 2 个元素与最后面第 2 个元素值互换，以此类推，直到每个数组元素均互换一次为止。

```c
void afterward(float *x,int n)
{   float z;
    int i;
    for(i=0;i<n/2;i++)
    {   z=*(x+i);*(x+i)=*(x+n-1-i);*(x+n-1-i)=z;    }
}
void printarray(float *x,int n)
{   int i;
    for(i=0;i<n;i++)
        printf("%f  ",x[i]);
    printf("\n");
}
main()
{   float a[10]={1.0,2.0,3.0,4.0,5.0,6.0,7.0,8.0,9.0,10.0};
    afterward(a,10);
    printarray(a,10);
}
```

输出：

10.000000 9.000000 8.000000 7.000000 5.000000 4.000000 3.000000
2.000000 1.000000

3．从键盘上输入一行字符串,将其中的小写字母转换成大写字母并输出。

```c
void upper(char *x)
{   while(*x)
    {   if(*x>='a'&&*x<='z')*x=*x-'a'+'A';
        x++;    }
}
main()
{   char a[81];
    gets(a);
    upper(a);
    puts(a);
}
```

输入：

ajdksj1234aBcd >>>

输出：

AJDKSJ1234ABCD >>>

4．编写一个通用的求 $n \times n$ 阶矩阵的对角线元素值之和。

```c
int corner(int *x,int n)
```

```
{   int i,sum=0;
    for(i=0;i<n;i++)
    {   sum=sum+*(x+i);
        if(x+i!=x+n-1-i)sum+=*(x+n-1-i);
        x=x+n;
    }
    return sum;
}
main()
{   int a[4][4]={{1,3,4,5}, {4,6,7,8}, {1,2,3,4},{6,7,8,9}};
    int sum;
    sum=corner(a,4);
    printf("%d\n",sum);
}
```

输出：

39

5. 有 5 个学生学了 4 门课程，编写程序算出 4 门课程的总成绩，并按总成绩进行排序，然后打印出成绩表。

```
struct student
{   int num;
    char name[20];
    char sex;
    float s[4];
    float sum;
};
main( )
{   void sum(struct student *,int);
    void sort(struct student *,int);
    void print(struct student *,int);
    struct student a[5]={11,"wang Li",'f',66.0,76.0,83.0,61.0,0.0,
                    13,"wang Lin",'m',69.0,74.0,63.0,91.0,0.0,
                    16,"Liu Hua",'m',86.0,76.0,93.0,61.0,0.0,
                    14,"Zhang Jun",'m',66.0,66.0,83.0,61.0,0.0,
                    22,"Xu Xia",'f',65.0,76.0,93.0,68.0,0.0};
    sum(a,5);
    sort(a,5);
    print(a,5);
}
void sum(struct student *p,int n)
{   int i,j;
    float d;
    for(i=0;i<n;i++)
    {   d=0.0;
        for(j=0;j<4;j++)
        d+=p->s[j];
        p->sum=d;
        p++;}
```

```
    }
void sort(struct student *p,int n)
{   struct student t;
    int i,j,k;
    for(i=0;i<n-1;i++)
    {   k=i;
        for(j=i+1;j<n;j++)
        if((p+k)->sum<(p+j)->sum)k=j;
        if(k!=i)
        {   t=*(p+i);*(p+i)=*(p+k);*(p+k)=t;}
    }
}
void print(struct student *p,int n)
{   int i,j;
    for(i=0;i<n;i++)
    {printf("%-10d%-10s%5c%10.1f%5.1f%5.1f%5.1f%10.1f\n",p->num,p->name,
p->sex,p->s[0],p->s[1],p->s[2],p->s[3],p->sum);
    p++;
    }
}
```

输出结果：

```
16      Liu Hua       m     86.0 76.0 93.0 61.0    316.0
22      Xu Xia        f     65.0 76.0 93.0 68.0    302.0
13      wang Lin      m     69.0 74.0 63.0 91.0    297.0
11      wang Li       f     66.0 76.0 83.0 61.0    286.0
14      Zhang Jun     m     66.0 66.0 83.0 61.0    276.0
```

6. 找出下面程序的错误，请改正并上机调试出正确结果。

（1）

```
    main()
{   int int x,*p;
    *p=&x;
    canf("%d",&p);
    p=*p+20;
    rintf("%d",*p);
}
```

试分析本题错误的原因。

（2）输入实型数 a、b，要求按由大到小的顺序输出。

```
void swap(float *x,float *y)
{   float z;
    z=*x; *x=*y; *y=z;
}
main( )
{   float a,b,c;
```

```
canf("%f%f%f",&a,&b);
f(a<b)
wap(a,b);
printf("After swap: a=%f,b=%f\n",a,b);
}
```

试分析本题错误的原因。

9.9 习题

一、选择题

1. 已知：int a=10,b=13,*p=&a;，则下列语句中错误的是（　　）。
　　A.p=&a;　　　　　　B.*p=&a;　　　　　　C.p=&b;　　　　　　D.*p=a+b;

2. 已知：int a,b,*p=&a;，则下列语句中错误的是（　　）。
　　A. scanf("%d",&a);　　　　　　　　B. scanf("%d",p);
　　C. scanf("%d",&b);　　　　　　　　D. scanf("%d",b);

3. 设有定义：int a=3,b=4,*c=&a;，则下面表达式中值为 0 的是（　　）。
　　A. a-*c　　　　B. a-*b　　　　C. b-a　　　　D. *b-*a

4. 设有定义：int a[10],*p=a;，对数组元素的正确引用是（　　）。
　　A. a[p]　　　　B. p[a]　　　　C. *(p+2)　　　　D. p+2

5. 若有如下定义，则不能表示数组 a 元素的表达式是（　　）。
　　int a[10]={1,2,3,4,5,6,7,8,9,10},*p=a;
　　A. *p　　　　B. a[10]　　　　C. *a　　　　D. a[p-a]

6. 若有如下定义，则值为 3 的表达式是（　　）。
　　int a[10]={1,2,3,4,5,6,7,8,9,10},*p=a;
　　A. p+=2,*(p++)　　B. p+=2,*++p　　C. p+=3,*p++　　D. p+=2,++*p

7. 设有定义：char a[10]="ABCD",*p=a;，则*(p+4)的值是（　　）。
　　A. "ABCD"　　　B. 'D'　　　C. '\0'　　　D. 不确定

8. 将 p 定义为指向含 4 个元素的一维数组的指针变量，正确语句为（　　）。
　　A. int　(*p)[4];　　　　　　　　B. int　*p[4];
　　C. int p[4];　　　　　　　　　　D. int **p[4];

9. 若有定义 int a[3][4];,则输入其 3 行 2 列元素的正确语句为（　　）。
　　A. scanf("%d",a[3,2]);　　　　　B. scanf("%d",*(*(a+2)+1));
　　C. scanf("%d",*(a+2)+1);　　　　D. scanf("%d",*(a[2]+1));

10. 设有定义：int a[10],*p=a+6,*q=a;，则下列运算错误的是（　　）。
　　A. p-q　　　　B. p+3　　　　C. p+q　　　　D. p>q

11. 若有以下定义和说明：

```
fun(int、*c) {…}
main()
```

```
{   int  (*a)()=fun,*b(),w[10],c;
        ⋮
}
```

在必要的赋值之后，对 fun()函数的正确调用语句是(　　　)。

A. a=a(w);　　　B. (*a)(&c)　　　C. b=*b(w)　　　D. fun(b)

12. 有以下函数：

```
char *fun(char *p)
{ return p;}
```

该函数的返回值是(　　　)。

A. 无确定的值　　　　　　　　B. 形参 p 中存放的地址值

C. 一个临时存储单元的地址　　D. 形参 p 自身的地址值

13. 要求函数的功能是交换 x 和 y 的值，且通过正确函数调用返回交换结果，能正确执行此功能的函数是(　　　)。

```
A. funa(int *x,int *y)
   {      int *p;
          *p=*x;*x=*y;*y=*p;
   }
B. funb(int x,int y)
   {   int t;
   t=x;x=y;y=t;
       }
C. func(int *x,int *y)
   {    *x=*y;*y=*x;}
D. fund(int *x,int *y)
   {    *x=*x+*y;*y=*x-*y;*x=*x-*y;}
```

二、程序分析题

1. 以下程序的输出结果是 (　　　)。

```
main( )
{   int a[]={1,3,5,8,10};
    int y=1,x,*p;
    p=&a[1];
    for(x=0;x<3;x++)
        y+=*(p+x);
    printf("%d\n",y);
}
```

2. 下述程序的功能是 (　　　)。

```
main( )
{   int i,a[10],*p=&a[9];
    for(i=0;i<10;i++) scanf("%d",
```

```
        for(;p>=a;p--) printf("%3d",*p);
}
```

3. 以下程序的输出结果是（　　　）。

```
 main( )
    {   int a=2,*p,**pp;
    pp=&p;
    p=&a;
    a++;
    printf("%d,%d,%d\n",a,*p,**pp);
}
```

4. 下面程序的功能是（　　）。

```
ch(int *p1,int *p2)
{   int p;
    if(*p1>*p2) {p=*p1;*p1=*p2;*p2=p;}
}
```

5. 以下程序的输出结果是（　　　）。

```
#include "string.h"
main( )
{   char a[10]="ABCDEFG";
    fun(a);puts(a);
}
fun(char *s)
{   char t,*p,*q;
    p=s;q=s;
    while(*q) q++;
    q--;
    while(p<q)
    { t=*p;*p=*q;*q=t;p++;q--;}
}
```

6. 以下程序的输出结果是（　　）。

```
char *fun(char *s,char c)
{   while(*s&&*s!=c) s++;
    return s;
}
main( )
{   char s[ ]="abcdefg",c='c';
    printf("%s",fun(s,c));
}
```

7. 以下程序的输出结果是（　　　）。

```
int ast(int x,int y,int *cp,int *dp)
{   *cp=x+y;
```

```
    *dp=x-y;
}
main( )
{   int a,b,c,d;
    a=4;b=3;
    ast(a,b,&c,&d);
    printf("%d %d\n",c,d);
}
```

8. 以下程序的输出结果是（　　　）。

```
main( )
{   struct student
    {   char name[10];
        float k1;
        float k2;
    }a[2]={{"zhang",100,70},{"wang",70,80}},*p=a;
    int i;
    printf("\nname: %s total=%f",p->name,p->k1+p->k2);
    printf("\nname: %s total=%f\n",a[1].name,a[1].k1+a[1].k2);
}
```

9. 以下程序的输出结果是（　　　）。

```
main ( )
{   struct num {int x;int y;}sa[]={{2,32},{8,16},{4,48}};
    struct num *p=sa+1;
    int x;
    x=p->y/sa[0].x*++p->x;
    printf("x=%d p->x=%d",x,p->x);
}
```

10. 以下程序的输出结果是（　　　）。

```
int aaa(char *s)
{   char *p;
    p=s;
    while(*p++);
    return(p-s);
}
main ( )
{   int a;
    a=aaa("china");
    printf("%d\n", a);
}
```

三、程序填空题（在下列程序的_____处填上正确的内容，使程序完整）

1. 下列程序的功能是从键盘输入若干个字符（以回车键作为结束）组成一个字符串

存入一个字符数组，然后输出该数组中的字符串。

```
main( )
{   char str[81],*ptr;
    int i;
    for(i=0;i<80;i++)
    {   str[i]=getchar();
        if(str[i]== '\n') break;
    }
    str[i]= _____(1)_____;
    ptr=str;
    while(*ptr) putchar( _____(2)_____ );
}
```

2. 下列程序的功能是输入一个字符串，然后再输出。

```
main()
{   char a[20];
    int i=0;
    scanf("%s",_____);
    while(a[i]) printf("%c",a[i++]);
}
```

3. 把从键盘输入的小写字母变成大写字母并输出。

```
#include "stdio.h"
main( )
{   char c,*ch=&c;
    while((c=getchar())!='\n')
    { if(_____)
        putchar(*ch-'a'+'A');
    else
        putchar(*ch);
    }
}
```

4. 下列程序的功能是复制字符串 a 到 b 中。

```
main( )
{
    char  a[20]="abcde",*str1=a,*str2,b[20];
    str2=b;
    while(_____);
}
```

5. 本程序使用指向函数的指针变量调用函数 max()求最大值。

```
main( )
{   int max();
```

```
        int  (*p)();
        int a,b,c;
        p=_____(1)_____;
        scanf("%d  %d",&a,&b);
        c=_____(2)_____;
        printf("a=%d  b=%d  max=%d",a,b,c);
}
max(int x,int y)
{   int z;
    if(x>y)  z=x;
    else z=y;
    return(z);
}
```

6. 以下函数把 *b* 字符串连接到 *a* 字符串的后面，并返回 *a* 中新串的长度。

```
strcen(char a[],char b[])
{   int num=0,n=0;
    while(*(a+num)!=_____(1)_____) num++;
    while(b[n])
    {   *(a+num)=b[n];
        num++;
        _____(2)_____;
    }
 *(a+num)= '0';
 return(num);
}
```

7. 下面 fun()函数的功能是将形参 *x* 的值转换成八进制数，并将所得八进制数的每一位数放在一维数组中返回，八进制数的最低位放在下标为 0 的元素中，其他依次类推。

```
fun(int x,int *b)
{   int k=0,r;
    do
    {   r=x%_____(1)_____;
        b[k++]=r;
        x/=_____(2)_____;
    }while(x);
}
```

8. 下列程序的功能是统计字符串中空格数。

```
#include "stdio.h"
main()
{   int num=0;
    char  a[81],*str=a,ch;
    gets(a);
```

```
while((ch=*str++)!='\0')
    if(_____) num++;
printf("num=%d\n",num);
}
```

四、程序设计题

1. 通过调用函数，将任意 4 个实数按由小到大的顺序输出。

2. 编写函数，计算一维数组中最小元素及其下标，数组以指针方式传递。

3. 编写函数，由实参传来字符串，统计字符串中字母、数字、空格和其他字符的个数。在主函数中输入字符串及输出上述结果。

4. 编写函数，把给定的二维数组转置，即行列互换。

5. 编写函数，对输入的 10 个数据进行升序排序。

6. 编写程序，实现两个字符串的比较，不允许使用字符串比较函数 strcmp()。

7. 统计一个英文句子中含有英文单词的个数，单词之间用空格隔开。

8. 输入一个字符串，输出每个小写英文字母出现的次数。

9. 从键盘上输入一个字符串，统计字符串中的字符个数，不允许使用求字符串长度函数 strlen()。

10. 编写程序，输入 5 个职工的编号、姓名、基本工资、职务工资，求出"基本工资+职务工资"最少的职工（要求用子函数完成），并输出该职工记录。

第10章

文件

在前面章节的阐述中，已多次涉及到计算机的输入/输出操作，这些输入/输出操作仅对输入/输出设备进行如从键盘输入数据，或将数据从显示器或打印机输出。通过这些常规输入/输出设备，有效地实现了计算机与用户的交互。

然而，在实际应用系统中，仅仅使用这些常规外部设备是很不够的。使用计算机解决实际问题时往往需要处理大量的数据并且希望这些数据不仅能被本程序使用，而且也能被其他程序使用。通常在计算机系统中，一个程序运行结束后，它所占用的内存空间将全部被释放，该程序涉及的各种数据所占用的内存空间也将被其他程序或数据占用而不能被保留。为保存这些数据，必须将它们以文件形式存储在外存储器（如 U 盘）中，当其他程序要使用这些数据，或该程序还要这些数据时，再以文件形式将数据从外存读入内存。尤其在用户处理的数据量较大、数据存储要求较高、处理功能需求较多的场合，应用程序总要使用文件操作功能。

10.1 文件的概念

文件是指一组相关数据的有序集合，这个数据集的名称就叫文件名。实际上在前面的各章中已经多次使用了文件，例如源程序文件、目标文件、可执行文件、库文件（头文件）等。文件通常是驻留在外部介质（如磁盘等）上的，在使用时才调入内存中来。从不同的角度可对文件作不同的分类。

（1）从用户的角度，文件可分为普通文件和设备文件。

普通文件是指驻留在磁盘或其他外部介质上的一个有序数据集，可以是源文件、目标文件、可执行文件，也可以是一组待输入处理的原始数据，或者是一组输出的结果。对于源文件、目标文件、可执行文件可以称作程序文件，对于输入/输出数据可称作数据文件。

设备文件是指与主机相连的各种外部设备，如显示器、打印机、键盘等。在操作系统中，把外部设备也看作是一个文件来进行管理，把它们的输入、输出等同于对磁盘文件的读和写。通常把显示器定义为标准输出文件，一般情况下在屏幕上显示有关信息就是向标准输出文件输出，如前面经常使用的 printf()、putchar()函数就是这类输出。键盘通常被指定为标准的输入文件，从键盘上输入就意味着从标准输入文件上输入数据，如 scanf()、getchar()函数就属于这类输入。

（2）从文件中数据编码的方式，文件可分为 ASCII 文件和二进制文件。

ASCII 文件也称为文本文件，该文件在磁盘中存放数据或程序时，每个字符占用一个字节，用于存放对应的 ASCII 码。ASCII 文件可在屏幕上按字符显示，例如源程序文件就是 ASCII 文件，用 DOS 命令 TYPE 可显示文件的内容。由于是按字符显示，因此能读懂文件内容。

二进制文件是按二进制的编码方式来存放文件的。二进制文件虽然也可在屏幕上显示，但其内容无法读懂。

C 系统在处理这些文件时，并不区分类型，而是将其都看成是字符流，按字节进行处理。输入/输出字符流的开始和结束只受程序控制而不受物理符号（如回车符）的控制，因此也把这种文件称作流式文件。

在 C 语言中，没有输入/输出语句，对文件的读写都是用库函数来实现的。ANSI 规定了标准输入/输出函数，用它们对文件进行读写。

C 语言中可利用 ANSI 标准定义的一组完整的 I/O 操作函数来存取文件，这称为缓冲文件系统，但旧的 UNIX 系统下使用的 C 还定义了另一组叫非缓冲文件系统的处理方法。

缓冲文件系统是指系统自动地在内存区为每个正在使用的文件开辟一个缓冲区。从内存向磁盘输出数据时，必须首先输出到缓冲区中，待缓冲区装满后，再一起输出到磁盘文件中。从磁盘文件向内存读入数据时，则正好相反：首先将一批数据读入到缓冲区中，再从缓冲区中将数据逐个送到程序数据区。

非缓冲文件系统是指系统缓冲区的大小和位置由程序员根据需要自行设定，现在该系统已经基本上不用了。

C 语言中存取文件的过程与其他语言中的处理过程类似，通常按如下顺序进行：

```
…
打开文件
…
读写文件（若干次）
…
关闭文件
```

这个处理顺序表明：一个文件被存取之前首先要打开它，只有文件被打开后才能进行读写操作，文件读写完毕后必须关闭。

系统给每个打开的文件都在内存中开辟一个区域，用于存放文件的有关信息（如文件名、文件位置等）。这些信息保存在一个结构体类型变量中，该结构体类型由系统定义，取名为 FILE。

Turbo C 中的 FILE 结构体类型定义如下：

```
Typedef struct
{   short level;            /* 缓冲区"满"或"空"的程度 */
    Unsigned flags;         /* 文件状态标志 */
    Char fd;                /* 文件描述符 */
    unsigned char hold;     /* 如无缓冲区不读取字符 */
    short bsize;            /* 缓冲区的大小 */
    unsigned char *buffer;  /* 数据缓冲区的位置 */
```

```
        unsigned  char *curp;           /* 指针，当前的指向 */
        unsigned istemp;                /* 临时文件，指示器 */
        short token;                    /* 用于有效性检查 */
    }FILE;                              /* 自定义文件类型名 FILE */
```

注意： 结构体类型名 FILE 必须大写。用 FILE 可以定义 FILE 类型的变量，使之与文件建立联系。

例如：

```
FILE *fp1,*fp2;      /*定义了两个文件类型的指针变量，可以打开两个文件*/
```

只有使用 FILE 类型结构体的指针变量才可以访问 FILE 类型的数据，才可以管理和使用内存缓冲区中的文件的信息，从而与磁盘文件建立联系。该类型的定义放在头文件 stdio.h 中，在进行文件操作时一定要包含该头文件。

10.2　文件的使用方法

10.2.1　文件的打开和关闭

对文件进行操作之前，必须先打开该文件，文件使用结束后，应立即关闭，以免数据丢失。C 语言提供标准输入/输出函数库实现文件的打开和关闭，用 fopen()函数打开一个文件，用 fclose()函数关闭一个文件。对文件操作的库函数的原型均在头文件 stdio.h 中。后续函数不再赘述。

1. 文件的打开

使用 fopen()函数打开文件，一般调用格式是：

FILE *fp;
fp=fopen（"文件名", "操作方式"）；

功能：返回一个指向指定文件的指针，与指定的文件建立联系。

如：fp=fopen("data1.dat", "r");

上述语句表明以只读文本的方式打开当前目录下的文件 data1.dat。又如：

```
FILE *fph;
fph=("c:\\f1.c","rb");
```

其意义是打开 C 驱动器磁盘的根目录下的文件 f1.c，这是一个二进制文件，只允许按二进制方式进行读操作。

实际上在打开文件时规定了 3 个操作：打开哪个文件、以何种方式打开、与哪个文件指针建立联系。其中，文件名是指要打开（或创建）的文件名，文件名可以用字符串常量、字符数组名（或字符指针变量）表示，还可以包含盘符和路径。文件的打开方式有多种形式，如表 10.1 所示。

表 10.1 文件的打开方式

文件打开方式	含义	文件的打开方式	含义
r（只读文本）	为输入打开文本文件	r+（读写文本）	为读写打开文本文件
w（只写文本）	为输出打开文本文件	w+（读写文本）	为读写建立一个新的文本文件
a（追加文本）	向文本文件尾部追加数据	a+（读写文本）	为读写打开文本文件
rb（只读二进制）	为输入打开二进制文件	rb+（读写二进制）	为读写打开二进制文件
wb（只写二进制）	为输出打开二进制文件	wb+（读写二进制）	为读写建立一个新的二进制文件
ab（追加二进制）	向二进制文件尾部追加数据	ab+（读写二进制）	为读写打开二进制文件

说明：

（1）w、wb、w+、wb+：若该文件已存在，则将原有内容全部清除，准备接收新内容；若该文件不存在，建立该文件，准备接收新内容。

（2）a、ab、a+、ab+：若该文件已存在，则在末尾追加数据；若该文件不存在，建立该文件，准备接收新内容。

（3）r、rb：该文件必须已经存在，且只能读文件。

（4）r+、rb+：该文件必须已经存在，不写先读→读出原内容；先写后读→覆盖原内容。

如果不能实现打开指定文件的操作，则 fopen()函数返回一个空指针 NULL（其值在头文件 stdio.h 中被定义为 0）。为增强程序的可靠性，常用下面的方法打开一个文件：

```
if((fp=fopen("文件名","操作方式"))==NULL)
{    printf("can not open this file\n");
     exit(0);
}
```

exit()函数的功能是终止程序执行，关闭文件并返回 DOS 系统，它定义在 stdio.h 中。

使用文本文件向计算机系统输入数据时，系统自动将回车换行符转换成一个换行符；在输出时，将换行符转换成回车和换行两个字符。使用二进制文件时，内存中的数据形式与数据文件中的形式完全一样，就不再进行转换。

有些 C 编译系统，可能并不完全提供上述对文件的操作方式，或采用的表示符号不同，请注意所使用的系统的规定。在程序开始运行时，系统自动打开 3 个标准文件，并分别定义了以下文件指针。

（1）标准输入文件——stdin：指向终端输入（一般为键盘）。如果程序中指定要从 stdin 所指的文件中输入数据，就是从终端键盘上输入数据。

（2）标准输出文件——stdout：指向终端输出（一般为显示器）。

（3）标准错误文件——stderr：指向终端标准错误输出（一般为显示器）。

2．文件的关闭

关闭文件就是使文件指针变量与文件"脱钩"，同时将内存文件写入磁盘，此后不能再通过该指针对原来与其相连的文件进行读写操作，除非再次打开，使该指针变量重新指向该文件。用 fclose()函数关闭文件，函数调用的一般格式是：

fclose (文件指针)；

例如：

```
fclose(fp);
```

fclose()函数也带回一个值，当顺利地执行了关闭操作，则返回值为 0；如果返回值为非零值，则表示关闭时有错误。

应该养成在程序终止之前关闭所有使用的文件的习惯，如果不关闭文件将会丢失数据。用 fclose()函数关闭文件，它先把缓冲区中的数据输出到磁盘文件然后才释放文件指针变量。

10.2.2　文件的读写

文件打开之后，就可以对其进行读写操作。在 C 语言中提供了多种文件读写的函数，列表如下。

（1）字符读写函数：fgetc()和 fputc()。

（2）字符串读写函数：fgets()和 fputs()。

（3）数据块读写函数：fread()和 fwrite()。

（4）格式化读写函数：fscanf()和 fprinf()。

使用以上函数都要求包含头文件 stdio.h。在本节的内容中，fp 是一个已经定义好的文件指针。

1．读一个字符函数 fgetc( )

调用格式：

```
fgetc(fp);
```

功能：从 fp 所指向的文件中，读出一个字符到内存，同时将读写位置指针向前移动 1 个字节（即指向下一个字符）。函数的返回值就是读出的字符，该函数无出错返回值。

使用该函数时文件必须是以读或读写方式打开的。通常，读出的字符会赋给一个变量。该函数的调用常使用：

```
ch=fgetc(fp);
```

ch 为字符变量，fgetc()函数带回一个字符，赋给 ch。如果执行 fgetc()读字符时遇到文件结束符，函数返回一个文件结束标志 EOF。

【例 10.1】　读出文件 f71.c 中的字符输出到屏幕上。

```
#include"stdio.h"
main( )
    {   FILE *fp;                       /*定义文件指针*/
    char ch;
    if((fp=fopen("f71.c","r"))==NULL)  /*打开文件失败*/
{   printf("Cannot open file!");
    exit(0);
    }
    ch=fgetc(fp);                       /*从文件中读一个字符*/
    while (ch!=EOF)
```

```
{    putchar(ch);                          /*将字符输出到屏幕上*/
     ch=fgetc(fp);
     }
     fclose(fp);                           /*关闭文件*/
}
```

例 10.1 的功能是：从文件中逐个读取字符，在屏幕上显示。程序定义了文件指针 fp，以读文本文件方式打开文件 f71.c，并使 fp 指向该文件。若打开文件出错，给出提示并退出程序。程序中使用语句 ch=fgetc(fp);先读出一个字符，然后进入循环，只要读出的字符不是文件结束标志（每个文件末有一个结束标志 EOF）就把该字符显示在屏幕上，再读入下一字符。每读一次，文件内部的位置指针向后移动一个字符，文件结束时，该指针指向 EOF。执行本程序将显示整个文件的内容。

2．写一个字符函数 fputc( )

调用格式：

fputc（ch，fp）;

其中：*ch* 是要写入的字符，它可以是一个字符常量，也可以是一个字符变量。*fp* 是文件指针变量。

功能：将字符（*ch* 的值）写入到 *fp* 所指向的文件中，同时将读写位置指针向前移动 1个字节（即指向下一个写入位置）。

如果写入成功，则函数返回值就是写入的字符数据；否则，返回一个符号常量 EOF（其值在头文件 stdio.h 中被定义为-1）。

1）关于符号常量 EOF

在对 ASCII 文件执行写入操作时，如果遇到文件尾，则写操作函数返回一个文件结束标志 EOF（其值在头文件 stdio.h 中被定义为-1）。

在对二进制文件执行读出操作时，必须使用库函数 feof()来判断是否遇到文件尾。

2）库函数 feof( )

调用格式：

feof(fp);

功能：在执行读文件操作时，如果遇到文件尾，则函数返回逻辑真（1）；否则，返回逻辑假（0）。feof()函数同时适用于 ASCII 文件和二进制文件。

【例 10.2】 从键盘上输入一组字符，将它们写入磁盘文件中去并输出，直到输入一个"#"为止。

```
#include"stdio.h"
main( )
{    FILE *fp;
     char ch, filename[10];
     scanf("%s",filename);                /*从键盘输入要操作的文件名*/
     if ((fp=fopen(filename,"w"))==NULL)
     {    printf("cannot open file \n");
          exit(0);
     }
```

```
    while((ch=getchar( ))!= '#')
        fputc(ch, fp);                          /*向文件中写入一个字符*/
    fclose(fp);
    if ((fp=fopen(filename,"r"))==NULL)
    {   printf("cannot open file \n");
        exit(0);
    }
    while((ch=fgetc(fp))!= '#')
        putchar(ch);
    fclose(fp);
}
```

例 10.2 中第 6 行以写文本文件方式打开文件。程序第 10 行从键盘输入一个字符后进入循环，当读入字符不为"#"时，则把该字符写入文件之中，然后继续从键盘输入下一字符。每输入一个字符，文件内部位置指针向后移动一个字符。写入完毕，该指针已指向文件末，关闭文件，然后以读文本文件方式打开文件，文件指针移向文件头，若使用循环读出的字符不是文件结束标志就把该字符显示在屏幕上，再读出下一字符。每读一次，文件内部的位置指针向后移动一个字符，文件结束时，该指针指向 EOF。

【例 10.3】 将一个磁盘文件中的信息复制到另一个磁盘文件中。

```
#include"stdio.h"
main( )
{   FILE *in,*out;
    char ch, infile[10], outfile[10];
    printf("Enter the infile name:\n");
    scanf("%s", infile);
    printf("Enter the outfile name:\n");
    scanf("%s", outfile);
    if ((in=fopen(infile,"r"))==NULL)
    {   printf("cannot open infile\n");
        exit(0);
    }
    if((out=fopen(outfile,"w"))==NULL)
    {   printf("cannot open outfile\n");
        exit(0);
    }
    while(!feof(in))
        fputc(fgetc(in),out);
    fclose(in);
    fclose(out);
}
```

feof (fp) 用来测试 fp 所指向的文件当前状态是否"文件结束"。如果是文件结束，函数 feof (fp) 的值为 1，否则为 0。如果想顺序读入一个二进制文件中的数据，可以用：

```
while (!feof(fp))
{   c=fgetc(fp);
    ...            }
```

当文件没有结束时，feof(*fp*)的值为 0，! feof(*fp*)的值为 1，读入一个字节的数据赋给整型变量 *c*，直到遇到文件结束，feof(*fp*)值为 1，不再执行 while 循环。

3．读一个字符串函数 fgets（）

调用格式：

fgets(str，n，fp)；

功能：从 *fp* 所指向的磁盘文件中读出 *n*–1 个字符，并把它们放到字符数组 *str* 中。如果在读出 *n*–1 个字符结束之前遇到换行符或 EOF，读出即结束。字符串读出后在最后加一个'\0'字符，fgets()函数的返回值为 *str* 的首地址。

4．写一个字符串函数 fputs（）

调用格式：

fputs(str，fp)；

功能：将字符串 *str* 写入到 *fp* 所指向的磁盘文件中，同时将读写位置指针向前移动 strlen（字符串长度）个字节。如果写入成功，则函数返回值为 0；否则，为非 0 值。

str 可以是一个字符串常量，或字符数组名，或字符指针变量名。

【例 10.4】 将键盘上输入的一个长度不超过 80 的字符串以 ASCII 码形式存储到一个磁盘文件中，然后再输出到屏幕上。

```
#include"stdio.h"
main( )
{   FILE *fp;
    char str[81], name[10];
    gets(name);                      /*从键盘输入一个字符串*/
    if((fp=fopen(name,"w"))==NULL)
    {   printf("can not open this file\n");
        exit(0);
    }
    gets(str);
    fputs(str, fp);                  /*向文件写入一个字符串*/
    fclose(fp);
    if((fp=fopen(name,"r"))==NULL)
    {   printf("can not open this file\n");
        exit(0);
    }
    fgets(str,strlen(str)+1,fp);     /*从文件中读取一个字符串*/
    printf("Output the string: ");
    puts(str);                       /*输出一个字符串*/
    fclose(fp);
}
```

例 10.4 中定义了一个字符数组 *str* 共 81 个字节，调用函数 gets(*str*)从键盘上输入一个字符串，然后使用语句 fputs(str, fp);把字符串写入文件 *fp* 指向的文件，关闭文件。以只读方式打开文件，使用语句 fgets(str, strlen(str)+1, fp);把文件 *fp* 指向的文件中的字符写入数组中，输出数组到屏幕。

实际应用中常常需要对文件一次读写一个数据块，为此 ANSI C 标准提供了 fread() 和 fwrite( )函数。

5. 读一个数据块函数 fread()
调用格式：

```
fread(buf, size, count, fp);
```

功能：从 fp 所指向文件的当前位置开始，读出 *count* 个 *size* 大小的数据存放到从 *buf* 开始的内存中；同时，将读写位置指针向前移动 size* count 个字节。其中，*buf* 是存放从文件中读出数据的起始地址。

6. 写一个数据块函数 fwrite()
调用格式：
```
fwrite(buf,size,count,fp);
```

功能：将内存地址 *buf* 中的 *count* 个 *size* 大小的数据写入到 *fp* 所指向的文件中。同时，将读写位置指针向前移动 size* count 个字节。

buf 是数据块在内存中的存放地址，通常为数组名或指针，对 fwrite()而言，*buf* 中存放的就是要写入到文件中去的数据；对 fread()而言，从文件中读出的数据被存放到指定的 *buf* 中。

如果调用 fread( )或 fwrite( )成功，则函数返回值等于 count。fread( )和 fwrite( )函数一般用于二进制文件的处理。

【例10.5】 从键盘输入 4 个学生数据，然后把它们存储到磁盘文件 student.txt 中， 再读出这 4 个学生的数据显示在屏幕上。

```c
#include"stdio.h"
struct stu
{     char name[10];
      int num;
      int age;
      char addr[15];
}boya[4],boyb[4],*pp,*qq;
main()
{     FILE *fp;
      char ch;
      int i;
      pp=boya;
      qq=boyb;
      if((fp=fopen("student.txt","w"))==NULL)
{    printf("Cannot open file strike any key exit!");
      exit(0);
}
for(i=0;i<4;i++,pp++)
```

```
            scanf("%s%d%d%s",pp->name,&pp->num,&pp->age,pp->addr);
        pp=boya;
        fwrite(pp,sizeof(struct stu),4,fp);          /*向文件中写入学生信息块*/
        fclose(fp);
        if((fp=fopen("student.txt","r"))==NULL)
        {   printf("Cannot open file strike any key exit!");
            exit(0);
        }
        fread(qq,sizeof(struct stu),4,fp);            /*从文件中读出学生信息块*/
        for(i=0;i<4;i++,qq++)
            printf("%s\t%5d%7d%s\n",qq->name,qq->num,qq->age,qq->addr);
        fclose(fp);
    }
```

例 10.5 中定义了一个结构体 *stu*，定义了两个结构数组 boya 和 boyb 以及两个结构指针变量 *pp* 和 *qq*，*pp* 指向 boya，*qq* 指向 boyb。程序中首先以写方式打开文件 student.txt，输入 4 个学生数据之后，写入该文件中，然后以读方式打开文件 student.txt，把文件内部位置指针移到文件首，读出 4 个学生数据后，在屏幕上显示。

7. 文件格式化输入函数 fscanf()
调用格式：

fscanf (fp ，"格式符"，地址列表);

功能：按照格式符中指定的格式从 *fp* 所指向的文件中读出数据到指定的地址列表中。

8. 文件格式化输出函数 fprintf()
调用格式：

fprintf (fp ，"格式符"，变量列表);

功能：按照格式符中指定的格式把变量列表的数据写入到 *fp* 所指向文件中。

fscanf()与 scanf()的功能相同，只不过 fscanf()是针对磁盘等设备文件的，而 scanf()只能从 stdin（键盘）读入；同理，fprintf()与 printf()的功能相同，只不过 fprintf()将数据送到指定的盘文件中去，而 printf()仅把输出数据送到 stdout()（显示器）上。

例如：

```
int i=3; float f=9.80;
fprintf(fp,"%2d,%6.2f", i, f);
```

fprintf( )函数的作用是将变量 *i* 按%2d 格式、变量 *f* 按%6.2f 格式，以逗号作分隔符，输出到 *fp* 所指向的文件中：□3,□□9.80（□表示 1 个空格）。

【例 10.6】 使用格式化读写函数解决例 10.5 中的问题。

```
#include"stdio.h"
struct stu
{   char name[10];
    int num;
    int age;
    char addr[15];
}boya[4],boyb[4],*pp,*qq;
```

```
main( )
{   FILE *fp;
    char ch;
    int i;
    pp=boya;
    qq=boyb;
    if((fp=fopen("stu_list","w"))==NULL)
    {   printf("Cannot open file strike any key exit!");
    exit(0);
}
for(i=0;i<4;i++,pp++)
    scanf("%s%d%d%s",pp->name,&pp->num,&pp->age,pp->addr);
pp=boya;
for(i=0;i<4;i++,pp++)
    fprintf(fp,"%s %d %d %s\n",pp->name,pp->num,pp->age,pp->addr);
fclose(fp);
if((fp=fopen("student.txt","r"))==NULL)
{   printf("Cannot open file strike any key exit!");
    exit(0);
}
for(i=0;i<4;i++,qq++)
    fscanf(fp,"%s %d %d %s\n",qq->name,&qq->num,&qq->age,qq->addr);
qq=boyb;
for(i=0;i<4;i++,qq++)
    printf("%s\t%5d %7d %s\n",qq->name,qq->num, qq->age,qq->addr);
  fclose(fp);
}
```

与例 10.5 相比，本程序中 fscanf() 和 fprintf() 函数每次只能读写一个结构体数组元素，因此采用了循环语句来读写全部数组元素。还要注意指针变量 *pp*、*qq* 由于循环改变了它们的值，因此在程序中分别对它们重新赋予了数组的首地址。

10.2.3　文件的定位

文件中有一个读写位置指针，指向当前的读写位置，每次读写一个（或一组）数据后，系统自动将位置指针移动到下一个读写位置上。如果想改变系统这种读写规律，可使用有关文件定位的函数。

1. 位置指针复位函数 rewind( )
调用格式：

```
rewind(fp);
```

功能：使文件的位置指针返回到文件头。
【例 10.7】　有一个磁盘文件，第 1 次将它的内容显示在屏幕上，第 2 次把它复制到另一文件上。

```
#include "stdio.h"
main( )
{   FILE *fp1, *fp2;
    fp1=fopen("file1.c","r");
    fp2=fopen("file2.c","w");
    while(!feof(fp1))
        putchar(getc(fp1));
    rewind(fp1);                    /*file1.c 中的文件指针复位*/
    while(!feof(fp1))
        putc(getc(fp1),fp2);
    fclose(fp1);
    fclose(fp2);
}
```

例 10.7 中首先打开文件 file1.c，将其内容显示在屏幕上，这时文件指针位于文件尾部，在进行将 file1.c 中的内容写入到文件 file2.c 中之前，首先使 file1.c 中的文件指针复位，在程序中使用语句 rewind(fp1);实现。

2．位置指针随机定位函数 fseek()

对于流式文件，既可以顺序读写，也可随机读写，关键在于控制文件的位置指针。所谓顺序读写是指读写完当前数据后，系统自动将文件的位置指针移动到下一个读写位置上。所谓随机读写是指读写完当前数据后，可通过调用 fseek()函数，将位置指针移动到文件中任何一个地方。

调用格式：

fseek(fp，位移量 w，起始点);

功能：将指定文件的位置指针从起始点开始向前或向后移动位移量个字节数，使位置指针移到距起始点偏移 w 个字节处。

起始点可为：0、1、2，分别表示文件开始、当前位置、文件末尾。

例如：

```
fseek(fp,100L,0);            /*以文件头为起点，向前移动 100 个字节的距离*/
fseek(fp,50L,1);             /*以当前位置为起点，向前移动 50 个字节的距离*/
fseek(fp,-10L,2);            /*以文件尾为起点，向后移动 10 个字节的距离*/
```

fseek()函数一般用于二进制文件。

【例 10.8】 在磁盘文件上存有 10 个学生的数据。要求将第 1、3、5、7、9 个学生的数据输入计算机，并在屏幕上显示出来。

```
#include<sldlib.h>
#include "stdio.h"
typedef struct
{   char name[10];
    int num;
    int age;
```

```
        char sex;
    }STU;
    main( )
    {   int i;
        STU st[10];
        FILE *fp;
        if((fp=fopen("stud.dat","rb"))==NULL)
    {   printf("cannot open file\n");
        exit(0);
    }
    for(i=0;i<10; i+=2)
    {   fseek(fp,i*sizeof(STU),0);
            fread(&st[i],sizeof(STU),1,fp);
            printf("%s %d %d %c\n",st[i].name,st[i].num,st[i].age,st[i].sex);
        }
        fclose(fp);
    }
```

3. 返回文件当前位置的函数 ftell( )

调用格式：

ftell(fp);

功能：返回文件位置指针的当前位置（用相对于文件头的位移量表示）。如果返回值为-1L，则表明调用出错。例如：

```
offset=ftell(fp);
if(offset= =-1L)printf("ftell( ) error\n");
```

4. 出错检测函数

1）文件操作出错测试函数 ferror( )

在调用输入/输出函数时，如果出错，除了函数返回值有所反映外，也可利用 ferror() 函数来检测。

调用格式：

ferror(fp);

功能：如果函数返回值为 0，表示未出错；如果返回一个非 0 值，表示出错。

对同一文件，每次调用输入/输出函数均产生一个新的 ferror( )函数值，因此在调用了输入/输出函数后，应立即检测，否则出错信息会丢失。在执行 fopen( )函数时，系统将 ferror( ) 的值自动置为 0。

2）清除错误标志函数 clearerr( )函数

调用格式：

clearerr (fp);

功能：将文件错误标志（即 ferror( )函数的值）和文件结束标志（即 feof( )函数的值）置为 0。对同一文件，只要出错就一直保留，直至遇到 clearerr( )函数或 rewind( )函数，或其他任何一个输入/输出函数。

10.3 上机实践

一、上机实践的目的要求
1. 掌握文件和文件指针的概念以及文件的定义方法。
2. 了解文件打开和关闭的概念和方法。
3. 掌握有关文件的函数。

二、上机实践内容
输入并运行程序。

1. 编写程序，把输入字符中的小写字母全部转换成大写字母输出到一个磁盘文件 test 中保存（用字符!表示输入字符串的结束）。

```
#include"stdio.h"
main( )
{   FILE *fp;
    char str[100];
    int i=0;
    if((fp=fopen("test","w"))==NULL)
    {   printf("Can not open this file.");
        exit(0);
    }
    gets(str);
    while(str[i]!= '! ')
    {   if(str[i]>= 'a'&&str[i]<= 'z')
                str[i]=str[i]-32;
        fputc(str[i],fp);
        i++;
    }
    fclose(fp);
}
```

2. 编写程序向 data.dat 文件写入 100 以内所有的素数。

```
#include"stdio.h"
main( )
{   FILE *fp;
    int i,m;
    fp=fopen("date.dat","w");
    for(m=2;m<=100;m++)
    {   for(i=1;i<=m/2;i++)
        if(m%i==0)  break;
        if(i>=m/2)  fprintf(fp,"%d",m);
```

```
    }
    fclose(fp);
}
```

3．设有一文件 cj.dat 存放了 50 个人的成绩（英语、计算机、数学），存放格式为：每人一行，成绩间由逗号分隔。计算 3 门课平均成绩，统计个人平均成绩大于或等于 90 分的学生人数。

```
#include"stdio.h"
main( )
{   FILE *fp;
    int num;
    float x, y, z, s1=0.0, s2=0.0, s3=0.0 ;
    fp=fopen ("cj.dat","r");
    {   fscanf(fp,"%f,%f,%f",&x,&y,&z);
        s1=s1+x;
        s2=s2+y;
        s3=s3+z;
        if((x+y+z)/3>=90)
            num=num+1;
    }
    printf("分数高于 90 的人数为：%.2d",num);
    fclose(fp);
}
```

4．统计上题 cj.dat 文件中每个学生的总成绩，并将原有数据和计算出的总分数存放在磁盘文件 stud 中。

```
#include"stdio.h"
main( )
{   FILE *fp1,*fp2;
    float x,y,z;
    fp1=fopen("cj.dat","r");
    fp2=fopen("stud","w");
    while(!feof(fp1))
    {   fscanf (fp1,"%f,%f,%f",&x,&y,&z);
        printf("%f,%f,%f,%f\n",x,y,z,x+y+z);
        fprintf(fp2,"%f,%f,%f,%f\n",x,y,z,x+y+z);
    }
    fclose(fp1);
    close(fp2);
}
```

5．在学生文件 stu_list 中读出第 2 个学生的数据。

```
#include"stdio.h"
struct stu
```

```
{   char name[10];
    nt num;
    nt age;
    har addr[15];
}boy,*qq;
main( )
{   cFILE *fp;
    char ch;
    cnt i=1;
    cq=&boy;
    cf((fp=fopen("stu_lisit","rb"))==NULL)
        {   printf("Cannot open file strike any key exit!");
        exit(0);
    }
    rewind(fp);
    fseek(fp,i*sizeof(struct stu),0);
    fread(qq,sizeof(struct stu),1,fp);
    printf("\n\nname\tnumber age addr\n");
    printf("%s\t%5d %7d %s\n",qq->name,qq->num,qq->age,qq->addr);
}
```

6. 编写程序，统计一个文本文件中含有英文字母的个数。

```
#include"stdio.h"
main( )
{   FILE *fp;
    long  num=0;
    if (fp=fopen("f1.dat","r")==NULL)
    {   printf("Can't  Open  File\n");
        exit(0);
    }
    While(fge(tcfp)!=EOF)
        if((fgetc(fp)>='a'&&fgetc(fp)<'z'||(fgetc(fp)>='A'&&fgetc(fp)<'z'))num++;
    printf("%ld\n",num);
    fclose(fp);
}
```

7. 程序的功能是显示文件 data 的内容。找出程序的错误，改正并上机调试出正确结果。

```
#include"stdio.h"
main( )
{   FILE *fp;
    char ch;
    fp=fopen("data ","w");
    ch=fgetc(fp);
```

```
    while(ch!=feof(fp1))
    {   putchar(ch);
        ch=fgetc(fp);
    }
    fclose(fp);
}
```

8. 读懂程序并找出错误。

```
#include"stdio.h"
struct res
{   int a;
    char b;
}
main( )
{   struct res r;
    FILE *fp;
    r.a=100;
    r.b='G'-32;
    fp=fopen("f1 ","w");
    fwrite(&r,size(r),1,fp);
    fclose(fp);
}
```

10.4 习题

一、选择题

1. 下列关于 C 语言文件的叙述，正确的是（   ）。

   A．文件由 ASCII 字符组成，C 语言只能读写文本文件

   B．文件由二进制数据序列组成，C 语言只能读写二进制文件

   C．文件由记录序列组成，可按数据的存储形式分为二进制文件和文本文件

   D．文件由数据流组成，可按数据的存储形式分为二进制文件和文本文件

2. 下列关于 C 语言文件的叙述，错误的是（   ）。

   A．C 语言中文本文件以 ASCII 形式存储

   B．C 语言中对二进制的访问速度比文本文件快

   C．C 语言中随机读写方式不适合于文本文件

   D．C 语言中顺序读写方式不适合于二进制文件

3. C 语言中用于关闭文件的库函数是（   ）。

   A．fopen()   C．fclose()

   C．fseek()   D．rewind()

4. 假设 *fp* 是一个已经指向一个文件的指针，在没有遇到文件结束标志时，函数 feof(fp)

的返回值是（　　）。

  A．0   B．1   C．–1   D．不确定

  5．在函数 fopen()中使用 "a+" 方式打开一个已经存在的文件，以下叙述正确的是（　　）。

    A．文件打开时，原有内容不被删除，位置指针移动到文件尾，可追加和读文件

    B．文件打开时，原有内容不被删除，位置指针移动到文件首，可重写和读文件

    C．文件打开时，原有内容被删除，只可做写操作

    D．以上 3 种说法都不正确

二、程序分析题

1．执行以下程序后，test.txt 文件的内容是（若文件能正常打开）（　　）。

```c
#include"stdio.h"
main( )
{   FILE *fp;
    char *s1="Fortran", *s2="Basic";
    f((fp=fopen("test.txt","wb"))==NULL)
    {   printf("Can't open test.txt file\n");
        exit(0);
    }
    fwrite(s1,7,1,fp);
    fseek(fp,0L,SEEK_SET);
    fwrite(s2,5,1,fp);
    fclose(fp);
}
```

  2．现有两个 C 程序文件 T18.c 和 myfun.c 同在 TC 系统目录（文件夹）下，其中 T18.c 文件如下：

```c
#include"stdio.h"
#include"myfun.c"
main( )
{   fun();
    printf("\n");
}
```

myfun.c 文件如下：

```c
void fun()
{   char s[80],c;
    int n=0;
    while((c=getchar())!='\n')
        s[n++]=c;
    n--;
    while(n>=0)
        printf("%c", s[n--]);
}
```

当编译、连接通过后，运行程序 T18 时，若输入 Thank 则输出结果是（　　　）。

三、程序填空题（在下列程序的_____处填上正确的内容，使程序完整）

1. 从键盘输入一行字符，输出到磁盘文件 file.txt 中。

```c
#include"stdio.h"
main( )
{   FILE *fp;
    char str[80];
    if(    (1)    ==NULL)
    {   printf("*****");
        exit(0);
    }
    while(strlen(gets(str))>0)
    {    fputs(str,fp);
         fputs('\n',fp);
    }
        (2)
}
```

2. 以下程序由终端键盘输入一个文件名，然后把终端键盘输入的字符依次存放到该文件中，用#作为结束输入的标志，请填空。

```c
#include"stdio.h"
main( )
{   FILE *fp;
    char ch,fname[10];
    printf("Input the  name of file  \n");
    gets(fname);
    if((fp=    (1)    )==NULL)
    {    printf("Cannot open  \n");
         exit(0);
    }
    printf("Enter date  \n");
    while((ch = getchar())! ='#')
        fputc(    (2)    ,fp);
    fclose(fp);
}
```

3. 以下程序把一个名为 f1.dat 的文件复制到一个名为 f2.dat 的文件中。

```c
#include"stdio.h"
main( )
{   char  c;
    FILE *fp1, *fp2
    fp1=fopen("f1.Doc", "r");
    fp2= fopen("f2.doc", "w");
```

```
        c=fgetc(fp1);
        while(c!=EOF)
        {   fputc(c,fp2);
            c=fgetc(fp1);
        }
        fclose(fp1);
        _____;
}
```

4．统计文件 f1.dat 中的字符个数。

```
#include"stdio.h"
main( )
{   FILE *fp;
    long num=0;
    if(_____==NULL)
    {   printf("Can't  Open  File\n");
        exit(0);
    }
    while(fgetc(fp)!=EOF)
            num++;
    printf("%ld\n",num);
    fclose(fp);
}
```

四、程序设计题

1．用户由键盘输入一个文件名，然后输入一串字符（用#结束输入），将其存放到此文件并将字符的个数写到文件尾部。

2．有 5 个学生，每个学生有 3 门课的成绩，从键盘输入以上数据（包括学号、姓名、3 门课成绩），计算出平均成绩，将原有数据和计算出的平均分数存放在磁盘文件 score.txt 中。

第11章

综合设计

综合设计的目的是将课本上的理论知识和实际运用有机结合起来，巩固和加深学生对C语言课程的基本知识的理解和掌握，掌握利用C语言进行简单软件设计的基本思路和方法，提高运用C语言解决实际问题的能力。

本章以学生成绩管理系统的综合设计为例，阐述了程序开发的一般流程，以起到抛砖引玉的作用。

11.1 学生成绩管理系统

建立学生成绩管理系统，使用计算机对学生成绩进行管理，可以进一步提高办学效益和现代化水平，帮助广大教师提高工作效率，实现学生成绩信息管理工作流程的系统化、规范化和自动化。利用结构体实现的学生成绩管理系统可以使大家了解数据库管理的基本功能，掌握C语言中的结构体、指针、函数、文件操作等知识，是C语言知识的综合应用。

11.2 系统需求分析

需求分析是软件开发中最重要的环节，它直接影响着项目的成功与失败。通过对用户的需求进行调查分析，写出需求分析的文档。需求分析的文档可以作为项目设计的基本要求，也可以作为系统分析员进行系统分析和测试人员进行软件测试的手册。

1. 需求概述

设计一个学生成绩管理系统，使之能提供以下功能。

（1）学生成绩信息录入功能。

（2）学生成绩信息查询功能。

（3）学生成绩信息删除功能。

（4）学生成绩信息浏览功能。

（5）学生成绩信息统计计算功能。

2. 需求说明

（1）系统中的信息包含学生的学号、姓名、课程成绩、平均成绩等。

（2）录入的信息要求以文件或其他形式保存，并可以进行查询、计算、删除和浏览等基本操作。

（3）系统中的信息显示要求有一定的规范格式。

（4）对系统中的信息可以按照姓名进行查询，要求能返回所有符合条件的信息。

（5）所设计的系统应以菜单方式工作，应为用户提供清晰的使用提示，根据用户的选择进行各种处理，并要求在此过程中能尽可能地兼容使用中的异常情况。

11.3 系统总体设计

根据需求分析的文档可以初步提出问题的解决方案，以及软件系统的体系结构和数据结构的设计方案，并写出总体设计说明书，为详细设计做准备。

1. 功能模块

根据需求分析得到系统的功能模块，如图 11.1 所示。

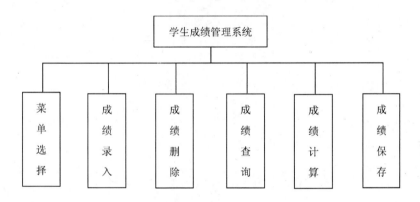

图 11.1 系统模块图

说明：

（1）菜单选择模块完成用户命令的接收功能，是学生成绩管理系统的入口，用户想要进行的各种操作都要在此模块中选择，并进而调用其他模块实现相应的功能。

（2）成绩录入模块完成学生成绩的输入功能。输入的信息包括学号、姓名、课程成绩等数据，且每一项输入有误时用户能直接修改。

（3）成绩删除模块完成成绩的删除功能。用户登录该界面后，根据个人需求输入所要删除的记录，系统将执行该程序，并输出删除后剩余的原有存储信息。

（4）成绩查询模块完成成绩的查询功能。查询符合条件的记录信息，可以按照姓名进行查询，并输出符合条件的信息。

（5）成绩计算模块完成计算平均分的功能。

（6）成绩保存模块完成成绩保存到文件的功能。

2. 数据结构

本系统中主要的数据结构就是学生的成绩信息，包含学号、姓名、3 门课程成绩、平均分等。

3. 程序流程

　　系统的执行应从系统菜单的选择开始，根据用户的选择来进行后续的处理，直到用户选择退出系统为止，其间应对用户的选择做出判断及异常处理。系统的流程图如图 11.2 所示。

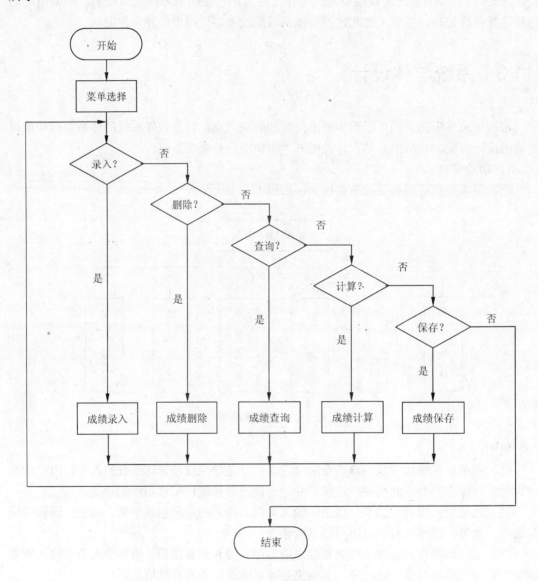

图 11.2　程序流程图

11.4　系统详细设计与实现

　　在总体设计的基础上进行详细设计和实现。

1．数据结构

由于学生信息中包含不同的数据类型，因此应将学生定义为结构体类型的数据，定义学生结构体如下：

```
typedef struct
{   char number[20];
    char name[20];                      /*姓名*/
    int score[3];                       /*3 门成绩*/
    float avg;                          /*平均分*/
}STUDENT;
```

2．各个功能模块的设计与实现

1）菜单的设计与实现

本系统设计了友好且功能丰富的主菜单界面，提供 7 项功能的选择。利用 switch-case 语句来实现调用主菜单函数，使用整数 0～6 作为开关语句的条件，值不同，执行的函数不同，具体函数如下：

```
（1）length=enter(stu);                 /*输入新记录*/
（2）list(stu,length);                  /*显示全部记录*/
（3）search(stu,length);                /*查找记录*/
（4）length=delete(stu,length);         /*删除记录*/
（5）comput(stu,length);                /*成绩计算*/
（6）save(stu,length);                  /*保存文件*/
（7）exit(0);
```

2）输入新记录

当在主菜单中输入了字符 0 时，调用 enter()函数进行学生信息的输入。首先输入要输入的学生的人数，然后按照提示信息输入学号（字符串不超过 10 位）、姓名（字符串不超过 10 位）、3 门课程的成绩（整数 0～100），每输入一个数就按一下回车键。输入的数据保存在结构体数组中。

3）显示所有数据

当在主菜单中输入了字符 1 时，调用 list()函数实现所有学生信息数据的显示浏览。该函数的形参是结构体数组，函数的功能是把该数组的数据输出。

4）数据查询

当在主菜单中输入了字符 2 时，调用 search()函数进行信息数据的查找。该函数按照学生姓名进行查找数据。首先输入待查找姓名，然后调用 find()函数进行操作，从头开始顺序查找，若成功则显示记录信息；否则，显示"Can not find the name who you want!"。

5）删除数据

当在主菜单中输入了字符 3 时，调用 delete()函数进行信息数据的删除。首先输入要删除学生的姓名，然后调用 find()函数查找该姓名的学生，如果没找到，则输出"no found not deleted"；否则，显示"是否要删除"的信息，按 1 键后删除信息。

6）保存数据到文件

当在主菜单中输入了字符 4 时，调用 save()函数进行信息数据的保存。将学生成绩信息保存到指定的文件（record.txt）中。

7）成绩计算

当在主菜单中输入了字符 5 时，调用 comput()函数进行信息数据的统计计算。该函数完成学生平均成绩的计算功能。

8）退出系统

当在主菜单中输入了字符 6 时，调用 exit(0)函数结束系统的运行。

11.5　系统参考程序

```c
#include "stdio.h"                        /*I/O 函数*/
#include "stdlib.h"                       /*标准库函数*/
#include "string.h"                       /*字符串函数*/
#include "ctype.h"                        /*字符操作函数*/
#define M 500                             /*定义常数表示记录数*/
typedef struct
{   char number[20];
    char name[20];                        /*姓名*/
    int score[3];                         /*3 门成绩*/
    float avg;                            /*平均分*/
}STUDENT;

int enter(STUDENT t[]);                   /*输入记录函数声明*/
void list(STUDENT t[],int n);             /*显示记录函数声明*/
int delete(STUDENT t[],int n);            /*删除记录函数声明*/
void search(STUDENT t[],int n);           /*按姓名查找显示记录函数声明*/
void save(STUDENT t[],int n);             /*记录保存为文件函数声明*/
void print(STUDENT t);
void comput(STUDENT t[],int n);           /*计算平均分函数声明*/
int find(STUDENT t[],int n,char *s) ;     /*查找函数声明*/
int menu();                               /*主菜单函数声明*/

main( )
{   int i;
    STUDENT stu[M];                       /*定义结构体数组*/
    int length;                           /*保存记录长度*/
    clrscr();                             /*清屏*/
    for(;;)
    {   switch(menu())
        { case 0:length=enter(stu);break;          /*输入新记录*/
          case 1:list(stu,length);break;           /*显示全部记录*/
          case 2:search(stu,length);break;         /*查找记录*/
          case 3:length=delete(stu,length);break;  /*删除记录*/
```

```
            case 4:save(stu,length);break;              /*保存文件*/
            case 5:comput(stu,length);break;            /*成绩计算*/
            case 6:exit(0);
            }
        }
}
menu( )                                      /*菜单输出函数*/
{   char s[80];
    int c;
    gotoxy(1,25);                            /*将光标定为在第 1 行, 第 25 列*/
    printf("press any key enter menu......\n"); /*提示按任意键继续*/
    getch();                                 /*读入任意字符*/
    clrscr();
    gotoxy(1,1);
    printf("**********MENU************\n\n");
    printf("  0. Enter new record\n");
    printf("  1. Browse all record\n");
    printf("  2. Search record on name\n");
    printf("  3. Delete a record\n");
    printf("  4. Save record to file\n");
    printf("  5. comput average\n");
    printf("  6. Quit\n");
    printf("************************\n");
    do
    {   printf("\n Enter you choice(0~6):");    /*提示输入选项*/
        scanf("%s",s);                       /*输入选择项*/
        c=atoi(s);                           /*将输入的字符串转化为整型数*/
    }while(c<0||c>10);                        /*选择项不在 0~6 之间重输*/
    return c;                                 /*返回选择项*/
}

int enter(STUDENT t[])                       /*输入新记录函数*/
{   int i,n;
    char *s;
    clrscr();
    printf("\nplease input recordnum \n");
    scanf("%d",&n);                          /*输入记录数*/
    printf("please input new record \n");    /*提示输入记录*/
    printf("number       name      eng      math.    comp \n");
    printf("---------------------------------------------------\n");
    for(i=0;i<n;i++)
        {   scanf("%s%s%d%d%d",t[i].number,t[i].name,&t[i].score[0],&t[i].
        score [1],
            &t[i].score[2]);                 /*输入记录*/
        printf("---------------------------------------------------\n");
        }
```

```
        return n;                           /*返回记录条数*/
    }

    void list(STUDENT t[],int n)            /*显示所有记录函数*/
    {   int i;
        clrscr();
        printf("\n\n*******************STUDENT*******************\n\n");
        printf("number      name       eng      math      comp     avg \n");
        printf("------------------------------------------------------\n");
        for(i=0;i<n;i++)
            printf("%-15s%-15s%-10d%-10d%-10d%-10.1f\n",t[i].number,t[i].
            name,t[i]. score[0],t[i].score[1],t[i].score[2],t[i].avg);
        if((i+1)%10==0)                     /*判断输出是否达到 10 条记录*/
        {   printf("Press any key continue...\n");
            getch();
        }
        printf("*******************end*******************\n");
    }

    void search(STUDENT t[],int n)         /*按姓名查找记录函数*/
    {   char s[20];                        /*保存待查找姓名字符串*/
        int i;                             /*保存查找到结点的序号*/
        clrscr();
        printf("Please enter name that you want to search:\n");
        scanf("%s",s);                     /*输入待查找姓名*/
        i=find(t,n,s);                     /*调用 find()函数,得到一个整数*/
        if(i>n-1)                          /*如果整数 i 值大于 n-1,说明没找到*/
            printf("Can not find the name who you want!\n");
        else
            print(t[i]);                   /*找到,调用显示函数显示记录*/
    }

    int find(STUDENT t[],int n,char *s)    /*查找函数*/
    {   int i;
        for(i=0;i<n;i++)                   /*从第 1 条记录开始,直到最后一条*/
        {   if(strcmp(s,t[i].name)==0)     /*姓名和待比较的姓名是否相等*/
            return i;
        }
        return i;
    }

    int delete(STUDENT t[],int n)          /*删除记录函数*/
    {   char s[20];                        /*要删除记录的姓名*/
        int ch=0;
        int i,j;
```

```
        printf("please deleted name\n");        /*提示信息*/
        scanf("%s",s);                          /*输入姓名*/
        i=find(t,n,s);                          /*调用 find()函数*/
        if(i>n-1)                               /*如果 i>n-1 说明超过了数组的长度*/
            printf("no found not deleted\n");   /*显示没找到要删除的记录*/
        else
            {  print(t[i]);                     /*调用输出函数显示该条记录信息*/
printf("Are you sure delete it(1/0)\n");        /*确认是否要删除*/
scanf("%d",&ch);                                /*输入一个整数*/
if(ch==1)                                       /*确认删除*/
{    for(j=i+1;j<n;j++)                          /*删除该记录,后续记录前移*/
    {    strcpy(t[j-1].name,t[j].name);         /*将后一条记录的姓名拷贝到前一条*/
        strcpy(t[j-1].number,t[j].number);
        t[j-1].score[0]=t[i].score[0];
        t[j-1].score[1]=t[i].score[1];
        t[j-1].score[2]=t[i].score[3];
        t[j-1].avg=t[i].avg;
    }
    n--;                                        /*记录数减 1*/
    }
    }
    return n;                                   /*返回记录数*/
}


void save(STUDENT t[],int n)                    /*将数据保存到文件 record.txt 中*/
{   int i;
    FILE *fp;
    if((fp=fopen("record.txt","wb"))==NULL)
    {   printf("can not open file\n");
        exit(1);
    }
    printf("\nSaving file\n");                  /*输出提示信息*/
    fprintf(fp,"%d",n);                         /*将记录数写入文件*/
    fprintf(fp,"\r\n");                         /*将换行符号写入文件*/
    for(i=0;i<n;i++)
     { fprintf(fp,"%-15s%-15s%-10d%-10d%-10d%-10.1f",t[i].number, t[i].
     name,t [i].score[0],t[i].score[1],t[i].score[2],t[i].avg);
        fprintf(fp,"\r\n");
    }
    fclose(fp);                                 /*关闭文件*/
    printf("****save success***\n");            /*显示保存成功*/
}


void print(STUDENT t)                           /*显示一条记录函数*/
{   clrscr();
```

```
        printf("\n\n************************************************\n");
        printf("number     name      eng      math      comp      avg\n");
        printf("---------------------------------------------------\n");
        printf("%-15s%-15s%-10d%-10d%-10d%-10.1f\n",t.number,t.name,t.score[
        0],t.score[1],t.score[2],t.avg);
        printf("******************end************************\n");
}

void comput(STUDENT t[],int n)              /*计算平均分函数*/
{   int i;
    clrscr();
    for(i=0;i<n;i++)
    t[i].avg=(t[i].score[0]+t[i].score[1]+t[i].score[2])/3 ;
    printf("\n\n******************STUDENT******************\n\n");
    printf("number     name      eng      math      comp      avg \n");
    printf("---------------------------------------------------\n");
    for(i=0;i<n;i++)
        printf("%-15s%-15s%-10d%-10d%-10d%-10.1f\n",t[i].number,t[i].name,
                t[i].score[0],t[i].score[1],t[i].score[2],t[i].avg);
    if((i+1)%10==0)                         /*判断输出是否达到 10 条记录*/
    {   printf("Press any key continue...\n");
        getch();
    }
    printf("******************end******************\n");
}
```

第12章
实用编程技巧举例

12.1 模块化程序编程技巧

　　一个复杂的程序如何编写呢？刚开始总觉得无从下手，编程没有章法，往往需要反复修改。实际上可以先进行一个总体规划，把一个复杂问题分成几个部分，每个部分只完成一个功能。如果某部分功能实现起来比较困难，可以考虑分层，层层递进，最终完成该功能。在 C 语言中，程序的入口部分是主函数。主函数一般不包含具体功能的实现，主要是程序功能主菜单显示及选择，然后根据菜单选择调用子函数，每一个功能对应一个或多个子函数。有的子函数，可以被多个函数调用，这样实现了函数重用，提高了编程效率。在实际工作当中，往往将工作中解决问题编写的程序改写成具有特定功能的子函数，逐步积累形成自己的专业函数库，以后就可以利用这些函数库快速编写应用程序。由于函数库里的函数都是经过验证的，所以调试程序的工作量变得很小。下面以例 12.1 为例，阐述以上编程方法的实现方法和技巧。

　　【例 12.1】 编写一个通用的正整数进制转换系统，要求能够完成二进制、八进制、十进制、十六进制间的相互转换。

　　首先进行需求分析，提出系统的功能要求，该系统可以将其中任一进制转换为其余 3 种进制。例如，输入二进制数，可以转换为相应的八进制数、十进制数、十六进制数。该系统具有 4 大模块，每一模块完成一种进制数的输入，并输出相对应的其余 3 种进制数，将其主函数设计成一个总控模块，主要由一个选择菜单组成，用户输入一个菜单对应的整数，系统则调用相应的子函数进行处理。一般系统需要多次进制转换，故菜单结构外面加一个 while 循环。exit()函数的功能是立即结束程序运行。

```
main( )
{   int n;
    while(1)
    {   printf("二进制:B  八进制:O  十进制:D  十六进制:H\n");
        printf("1.B->O,D,H\n");
        printf("2.O->B,D,H \n");
        printf("3.D->B,O,H \n");
        printf("4.H->B,O,D\n");
```

```
        printf("0.EXIT\n");
        scanf("%d",&n);
        switch(n)
        {   case 0:exit();
            case 1:bto();break;
            case 2:oto();break;
            case 3:dto();break;
            case 4:hto();break;
        default:printf("input error\n");}
}}
```

以上主程序调用 4 个子函数 bto()、oto()、dto()、hto()，分别用于二进制、八进制、十进制、十六进制向其余 3 个进制的转换。子函数先写成空函数，以后再逐步完成。

```
void bto()
{}
void oto()
{}
void dto()
{}
void hto()
{}
```

这样，就可以对主函数进行调试运行。成功后，主函数以后就可以不管了，以后调试程序时，如果有错，肯定是其他函数的错。对于其他函数，也尽量调试一个，成功一个，然后，再进行下一个模块的处理。这样，在调试程序时，若出错了，就知道哪些函数没有问题，问题会出在哪些函数里，而且这个范围可以控制在一个小范围内。由于子函数写在前面，主函数写在后面，故可以不做函数原型声明，所以设计子函数时，将其代码写在主函数前面。

接下来，一个接一个的将子函数完成就可以了。二进制转换成其他进制的算法思路是：二进制数的输入采用由 "0" 和 "1" 组成的字符串，printf("请输入二进制数：\n"); 语句起到提示作用，getchar();用于消除主函数产生的换行符。gets(a);将用户输入的二进制字符串放入字符数组 a 中。字符 "0" 的 ASCII 码值为 48，字符 "1" 的 ASCII 码值为 49。例如用户输入 "110"，则 $a[0]$='1', $a[1]$= '1', $a[2]$= '0', $a[3]$= '\0',字符串长度为 3 。语句 x=x*2+a[i]-48;的作用是，每次循环 a[i]-48 将字符 "0"、"1" 变成数值 0 和 1，累加到 x 中，每次循环 $x*2$ 将上次循环得到的 x 乘以 2，即左移一位。第 1 次循环 $x=1$，第 2 次循环 $x=1*2+1$，第 3 次循环 $x=3*2+0$，故二进制数 "110" 的值为 6。输出时，二进制数用格式符 "%s"，八进制用 "%o"，十进制用 "%d"，十六进制用 "%x"。注意，这里只进行了二进制到十进制的转换，实际上是将含有二进制的字符串转换成 C 语言的整型数，C 语言整型数本身就具有十进制、八进制、十六进制的输出格式。

```
void bto( )
{   char a[33];int i,n,x=0;
    printf("请输入二进制数：\n");
```

```
    getchar();
    gets(a);
    n=strlen(a);
    for(i=0;i<n;i++)
        x=x*2+a[i]-48;
    printf("%s#B  %o#O  %d#D  %x#H\n",a,x,x,x);
}
```

八进制转换为其他进制的函数时，十进制、十六进制利用 C 语言本身的格式符即可完成，关键是转换成二进制，实际上是将整型数转换成二进制代码，为此，专门建立了一个整型数转换成二进制的子函数 void dtob(int *n*)。整型数转换为二进制的方法是除二取余，直到除尽为止，即整除结果为零停止循环。但是，刚算出来的余数是二进制的低位，不能直接输出，需要放到一个整型数组中存储，循环结束时，逆序打印出来即可。为了加快计算速度，语句 a[i]=n%2;可以改成位运算 a[i]=n&1;，语句 n=n/2;可以改成位运算 n=n>>1;。

```
void dtob(int n)
{    int a[33],i=0,j;
     while(n!=0)
     {    a[i]=n%2;n=n/2;i++;  }
     for(j=i-1;j>=0;j--)
         printf("%d",a[j]);
     printf("#B  ");
}
void oto( )
{    int n;
     printf("请输入八进制数：\n");
     scanf("%o",&n);
     printf("%o#O  ",n);
     dtob(n);
     printf("%d#D  %x#H\n",n,n);
}
```

与其他两个子函数所不同的只是输入为十进制、十六进制数，处理过程和八进制转换函数类似。下面给出完整的程序：

```
#include<stdio.h>
#include<string.h>
void dtob(int n)
{    int a[33],i=0,j;
     while(n!=0)
     {a[i]=n&1;n=n>>1;i++;  }
     for(j=i-1;j>=0;j--)
         printf("%d",a[j]);
     printf("#B  ");
}
void oto( )
```

```
{   int n;
    printf("请输入八进制数：\n");
    scanf("%o",&n);
    printf("%o#O  ",n);
    dtob(n);
    printf("%d#D  %x#H\n",n,n);
}
void dto( )
{   int n;
    printf("请输入十进制数：\n");
    scanf("%d",&n);
    printf("%d#D  ",n);
    dtob(n);
    printf("%o#O  %x#H\n",n,n);
}
void hto( )
{   int n;
    printf("请输入十六进制数：\n");
    scanf("%x",&n);
    printf("%x#H  ",n);
    dtob(n);
    printf("%o#O  %d#D\n",n,n);
}
void bto( )
{   char a[33];int i,n,x=0;
    printf("请输入二进制数：\n");
    getchar();
    gets(a);puts(a);
    n=strlen(a);
    for(i=0;i<n;i++)
        x=x*2+a[i]-48;
    printf("%s#B  %o#O  %d#D  %x#H\n",a,x,x,x);
}
void main( )
{   int n;
    while(1)
    {printf("二进制:B  八进制:O  十进制:D  十六进制:H\n");
    printf("1.B->O,D,H\n");
    printf("2.O->B,D,H \n");
    printf("3.D->B,O,H \n");
    printf("4.H->B,O,D\n");
    printf("0.EXIT\n");
    scanf("%d",&n);
    switch(n)
    {   case 0:exit();
```

```
        case 1:bto();break;
        case 2:oto();break;
        case 3:dto();break;
        case 4:hto();break;
        default:printf("input error\n");
    }
    }
}
```

12.2 使用通用函数的编程技巧

在实际工作中，经常需要将专业领域中的一些常用应用项目进行系统梳理，整理需要的应用模块，将其改写成通用的函数存放在所从事领域的函数库中。这样经过一定时间的积累，对于新项目的开发会有许多帮助。许多功能不用重新开发，只是简单地调用领域函数库现成的函数即可完成。

下面以定积分为例说明通用函数的编程技巧。

【例 12.2】 编写一个通用的定积分计算函数，然后调用该函数分别计算 3 个数学函数在其上下界的定积分。

如图 12.1 所示，函数 $f(x)$ 在 $[a,b]$ 区间的定积分为 $f(x)$ 在 $[a,b]$ 区间上与 x 坐标轴间的面积。将 $[a,b]$ 区间分为 n 等份，每一等份的长度为 h，当 n 的值足够大时，$f(x)$ 在每一等份区间上逼近于直线。计算 $f(x)$ 在 $[a,b]$ 区间的定积分可以看成计算 n 个小梯形的面积之和，这样求定积分就变成求 n 个梯形面积的累加和。

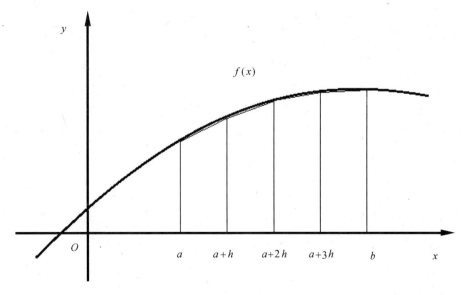

图 12.1 定积分

设 $n=4$，函数 $f(x)$ 在 $[a,b]$ 区间的定积分由 4 个梯形的面积组成。

$$h = \frac{b-a}{n}$$

$$s = \frac{[f(a)+f(a+h)]h}{2} + \frac{[f(a+h)+f(a+2h)]h}{2} + \frac{[f(a+2h)+f(a+3h)]h}{2}$$

$$+ \frac{[f(a+3h)+f(b)]h}{2}$$

$$s = \frac{h}{2}[f(a)+f(b)+2f(a+h)+2f(a+2h)+2f(a+3h)]$$

$$s = \frac{h}{2}[f(a)+f(b)+2f(a+h)+\cdots+2f(a+(n-1)h)]$$

以上是数学推导，当 n 的取值足够大时，s 即为函数定积分的近似值，其误差可控制在较小的范围内，实际编程 n 取 20 000，也就是由 20 000 个小梯形的面积组成。编程时，先将梯形的上底和下底累加和计算出来，然后再乘高除 2。$f(a+h)$、$f(a+2h)$、$f(a+3h)$、$\cdots$、$f(a+(n-1)h)$ 既是上一个梯形的下底，又是下一个梯形的上底，所以要加两次，$f(a)$、$f(b)$ 只加一次。

进一步分析，确定一个定积分的通用函数的参数有 3 个：$f(x)$、a、b。a、b 用实型形式参数表示，$f(x)$ 用函数的指针形式参数表示。函数的指针实际上就是函数在内存中存放的地址，找到函数的地址，就可以调用该函数。C 语言规定，函数名就是函数的指针（地址）。在本例中，数学函数 $f(x)$，其函数值为实型，函数只有一个实型参数 x，所以其函数指针变量 f 应定义为：float （*f) (float);

具体编程过程如下：通用定积分函数为 jifen()，函数的返回值为函数的积分，其类型为实型，函数有 3 个形参 f、a、b，分别代表积分函数的指针、积分上界（实型）、积分下界（实型）。计算积分的方法为梯形法，上面已经用数学公式讨论了，在实际编程中，要把数学式子转换成计算机语句，累加用循环结构实现。

函数 $f1(x)$、$f2(x)$、$f3(x)$ 分别为需要计算的 3 个数学函数：$\sin(x)$、$\frac{1}{x+1}$、$1+e^x$。

应用时，用主函数 main() 调用通用定积分函数为 jifen() 3 次，就可以将 3 个函数的定积分计算出来。jifen() 调用时，其实参分别为积分函数名（指针），如 $f1$、$f2$、$f3$；积分上界（实型值）；积分下界（实型值）。例子中的 3 个函数积分都可以用数学公式计算出其理论值，试将理论值和计算机运算结果进行比较，测试程序的正确性并计算误差。

```
#define  NUM 20000
#include<stdio.h>
#include<math.h>
float jifen(float (*f)(float),float a,float b)
{      int i;
       float h;
       float s=f(a);
       h=(b-a)/NUM;
       for(i=1;i<=NUM-1;i++)
       s=s+f(a+h*i)*2;
```

```
            s=(s+f(b))*h/2.0;
            return s;
    }
    float f1(float x)
    {   return sin(x);}
    float f2(float x)
    {   return 1.0/(1.0+x);}
    float f3(float x)
    {   return(1.0+exp(x));      }
    main( )
    {   float y1,y2,y3;
        y1=jifen(f1,0.0,1.0);
        y2=jifen(f2,0.0,1.0);
        y3=jifen(f3,1.0,3.2);
        printf("y1=%10f\n  y2=%10f\n  y3=%10f\n",y1,y2,y3);
    }
```

12.3 数值分析的计算机编程技巧

在理工科工程实践、基础实验中，经常会遇到许多烦琐的计算问题。这些计算问题完全可以通过编写 C 语言程序来实现，但是，还有一些计算问题难度比较大，例如，线性方程组的计算、矩阵计算、插值、数据拟合、方程求根等。《数值分析》课程就是讨论这些问题的理论求解原理，然后给出计算机算法的一门课程。要用这些方法解决实际问题，需要根据算法，编写 C 语言应用程序，下面以牛顿迭代法求非线性方程的根的算法为例，讨论其编程技巧。

首先，给出《数值分析》课程中求根的牛顿迭代法的计算机算法，其原理可以参考《数值分析》教科书。

目的：给定初值 x_0，求 $f(x)=0$ 的根。

输入：给定初值 x_0；允许误差 TOL

最大允许迭代次数 N。

输出：根的近似值 x 或方法失败的信息。

计算步骤：

（1）置 i=1。

（2）当 i<N 时，做（2.1）~(2.4)：

(2.1) 置 $x = x_0 - \dfrac{f(x_0)}{f'(x_0)}$，计算 x。

(2.2) 如果 |x-x_0|<TOL，则输出 x。

过程成功

停机

(2.3) 置 i=i+1。

(2.4) 置 x_0=x(更新 x_0)。

（3）输出：方法失败的信息。

停机

【例 12.3】 求方程 $xe^x-1=0$ 的根。

解：
$$f(x)=xe^x-1, \quad f^1(x)=e^x(1+x)$$

$$x_{n+1}=x_n-\frac{f(x_n)}{f'(x_n)} \qquad n\geqslant 0$$

$$x_0=1.0$$

设计程序时，在尽量减少输入变量的个数，把不需要变动的常数，用常量符号来表示。本例中的允许误差 TOL、最大允许迭代次数 N 就使用常量符号来表示。计算方程的根，需要用户输入一个初始根，初始根的选择尽量靠近实际的根，可以选 0.0、1.0、2.0 等带入方程中，方程的值越接近零，其初始值选得越好。本例直接选择 1.0 作为初值 x_0。根据牛顿迭代算法的原理，由初值、方程函数、方程函数导函数可求出一个新的根 x。迭代如果收敛的话，新的 x 会更接近于实际根。算法（2.1）至（2.4），通过循环，从 x_0 开始，不断地从最近的根，迭代生成一个新根，当这两个根差值的绝对值小于 TOL，该新根就是方程的根。把该根带入方程，方程的值接近于零，说明求解正确。有的函数与坐标横轴不相交，经过 N 次迭代，仍然无法收敛，则打印求解失败。有的函数与坐标横轴多次相交，该方程有多个根，输入不同的初值会得到不同的根。

子函数 f(x)表示方程函数，子函数 fd(x)表示方程导函数。由于迭代仅需要存储最近的两个相邻的根的值，所以仅用 x0、x 两个变量就可以了。循环开始时，将 x0 的值赋给 x，这样 x、x0 都是初始根，由 x 可以根据公式得到新的根 x0。如果满足循环条件，下次循环将 x0 的值赋给 x，更新 x，又会由 x 得到新的根 x0。循环条件为 fabs(x-x0)>TOL&&i<N，也可以理解为当 fabs(x-x0)≤TOL||i≥N 成立时就停止循环，当 fabs(x-x0)≤TOL 成立时，得到方程的根 x0，当 i≥N 成立时，该方程没有解。如图 12.2 所示，运行程序，输入初值为 1，得到的根为 0.567143，带入方程中，方程函数值为 0.0，共迭代了 5 次。

图 12.2 方程计算结果

```
#define N 2000
#define TOL 1e-4
#include<stdio.h>
#include<math.h>
float f(float x)                /*函数 f(x)*/
{    return x*exp(x)-1.0;}
```

```
float fd(float x)              /*函数 f(x)的导函数*/
{   return exp(x)*(1+x);}
main()
{   float x,x0;
    int i=1;
    scanf("%f",&x0);
    do{ x=x0;   x0=x-f(x)/ fd(x);
    i++;}
    while(fabs(x-x0)>TOL&&i<N);
    if(i>N)
        printf("no answer!\n");
    else
        printf("x=%f,函数值=%f,迭代次数=%d\n",x0,f(x0),i);
}
```

试使用该方法，计算 $f(x)=x^3-2x^2+4x+1=0$ 方程的根，提示需要求出导函数。

试利用例 12.2 的编写通用函数的方法，编写一个求非线性方程根的通用函数，然后利用该函数，求解以上两个方程的根。

【例 12.4】　用数列求 $\sin x$ 的近似值。

$$\sin x \approx x - \frac{x^3}{3!} + \frac{x^5}{5!} - \frac{x^7}{7!} + \frac{x^9}{9!} - + ...$$

数列是理工科学生经常遇到的，特别是无穷数列。无穷数列往往是收敛的，所以无穷数列的求解可以是前 N 项的和。本例取前 N=50 项，第 50 项的分母是（2×50-1）的阶乘，该项的值很小，其后各项的值更小，故可以忽略。

数列编程比较简单，从总体上看就是将各项的值累加起来，但是要找到各项的变化规律就比较难，也就是数学上所说的"通项"。本例的每一项由 3 部分组成，分子由符号项 t 和乘积组成，分母由 $n!$ 组成。t 的值初值是 1.0，下一项为-1.0，累加本项后，使用 t=-t;语句使得累加下一项是 t=-1.0。第 3 项累加前，t=-t=-(-1.0)=1.0，所以该项 t 为正的 1.0，同理第四项 t=-1.0。从而实现多项式中正负相间的累加功能。

x^n、$n!$ 如果每次都从头进行计算，计算量比较大。读者会发现 x^n 乘以 x 就变成 x^{n+1}，$n!$ 乘以(n+1)就变成(n+1)!。定义双精度变量 a=1.0，b=1.0，然后循环 2*N-1 次，N 取 50，则循环 99 次。循环变量为 i，i 的初值为 1，增量为 1，循环时 i 的值依次为：1、2、3…99。每次循环 a 的值乘以 x，循环时 a 的值依次为：x、x^2、x^3、…、x^{99}。每次循环 b 的值乘以 i，循环时 b 的值依次为：1!、2!、3!、…、99!。再看 $\sin x$ 的近似多项式只包括奇数项，所以，每次循环，判断循环变量 i 是否为奇数，如果为奇数，才将该项的值累加到变量 sum 中。注意，偶数项必须计算但不累加，否则就算不出正确的 x^n、$n!$ 的值了。循环结束后，sum 的值就是 $\sin x$ 的近似值。

由于用户平时使用的角度单位是"°"，主函数要求用户输入角度的单位也是"°"，然后进行计算得到对应的弧度值，再进行运算。如图 12.3 所示，输入 45，得到的函数值 $f(x1)$ 和库函数 $\sin(x1)$ 是一致的，说明程序设计是正确的。

```
#define N 50
```

```
#include "stdio.h"
#include"math.h"
double f(float x)
{    int i;
     double a=1.0,b=1.0,sum=0.0,t=1.0;
     for(i=1;i<=2*N-1;i++)
     {    a=a*x;b=b*i;
          if(i%2==1)    {sum+=t*a/b; t=-t;}
     }
     return sum;
}
main()
{    float x,y,x1;
     printf("请输入角度（度）值：\n");
     scanf("%f",&x);
     x1=x/180.0*3.1415926;
     y=f(x1);
     printf("f(%f)=%f,sin(%f)=%f\n",x,y,x,sin(x1));
}
```

```
请输入角度（度）值：
45
f(45.000000)=0.707107,sin(45.000000)=0.707107
Press any key to continue
```

图 12.3   求正弦函数的值

12.4   读取设计手册上的文本数据的方法和技巧

理工科学生在进行课程设计和毕业设计时，要查阅许多手册上的数据，进行绘图或者计算。在实际工作中，也需要查阅设计手册上的数据。如何用 C 语言程序自动读取这些数据，然后进行相应的计算和处理呢？

设计手册、实验数据、统计数据等都可以用文本文件的形式录入到计算机中，一般用英文","作为数据分隔符。如何读取文本文件，并正确的识别其中的数据，然后用 C 程序进行数据处理呢？下面以一个学生成绩文本文件为例，讨论如何按字符读取数据，识别学号、姓名、课程成绩，然后进行数据处理。学生成绩处理读者都比较熟悉，所以以此为例。将来读取设计手册上的数据，其方法是一样的。首先，将手册上的数据设计成规范的二维表，然后，将这些数据按行录入到一个文本文件中，每一行可以有多个数据项，每项数据间用","隔开，每行数据的第一项或前几项，是本行数据的标识项。例如，本例中，每行数据的第一项为学生的学号，学号为该行数据的标识项。找到标识项，就可以确定唯一的数据行。

【例 12.5】 在 D 盘根目录下，有一个文本文件 grade.txt，其内容如下所示，每一行包括学生的学号、姓名、5 门课程成绩，数据间用 "，" 隔开。要求读取学生的信息，计算学生的总成绩、平均成绩，并按总成绩排序，并打印出来。

```
1001,xu li,67,89,90,90,92
1002,wang song,76,65,92,69,68
1006,xue liwei,69,91,79,69,89
1020,li jing,90,66,85,89,88
1023,liu yue,88,99,89,99,88
1024,liang li,77,89,70,90,92
1025,jiang jun,69,87,77,69,89
1026,shi wei,100,89,79,69,84
1027,yan jing,76,66,85,85,88
1028,wang li,88,94,86,92,88
```

编程之前需要对文本文件中的数据进行深入分析。每行数据最后有一个换行符'\n'，数据从首行开始，到没有数据的空行为止，数据行是连续的，中间不能出现空行。每行数据之后可能紧跟着换行符'\n'，也有可能其后有若干个空格再跟着换行符'\n'。最后一行数据的下一行首字符可能是换行符'\n'或者是空格，与此对应的是前面的数据行首字母不能为空格。由以上分析得知，每行数据的结束符为'/n'，以此作为读取一行数据的判断条件。整个数据文件结束的标记是：该行数据的首字符是空格或者换行符'\n'。重要的约定是：每行数据输完后，必须回车换行；数据行的首字母不能为空格；数据项间用 "，" 隔开。

主函数的功能设计：打开文本文件 "D:\\grade.txt"，语句 c=fgetc(fp)；从文件的首字符开始读取，通过循环将 c 依次放入字符数组 str 中，当遇到换行符'\n'时，停止读取，在字符数组 str 中置入字符串结束标记符'\0'。然后，将装有第 1 行数据的字符数组交由子函数 void info(char *str) 进行进一步的处理。str 字符数组装入字符串"1001,xu li,67,89,90,90,92"，即第一行文本数据。接着主函数将循环变量 i 置为 0，继续读取下一行数据。当该行数据首字符为空格或者没有任何字符直接就是换行符'\n'时，就认为该行为无效的数据，不会交由子函数 info() 进行进一步的处理。这样 main() 就将文本文件分解成一个个含有有效数据的字符串并送到子函数 info() 进一步抽取该学生的详细数据项。接着主函数调用子函数 sort() 对学生成绩进行排序，调用子函数 ppp() 打印学生成绩单。

数据结构设计：从文件中读取的学生数据需要一个数据结构存储到内存中。学生数据包括学号、姓名、5 门课程成绩、总成绩、平均成绩、名次，这些数据是异构数据类型的组合，采用结构体较为合适。由于学生人数为多人，故采用结构体数组。整个程序由多个子函数组成，每个子函数都需要读取结构体数组中学生的数据，因此采用全局结构体数组有利于提高数据存取的效率。采用全局结构体数组 s 存取学生数据，数组的大小定为 100，即最多可以处理 100 个学生的数据，如果多于 100 人，则必须更改源程序数组 s 的大小，重新编译、连接。

子函数 void info(char *str) 是本程序的关键子程序，其作用是将主函数读取的一个学生的数据，如"1001,xu li,67,89,90,90,92"，根据分隔符 "，" 拆成 8 个字符串，其中第 1 个字符、第 2 个字符串直接复制到学生结构体数组元素 $s[n]$ 的学号、姓名成员变量中，其余 5 个字符串需调用子函数 int toint(char *s)，将其转换成 5 个整型变量，然后赋给学生结构体数组元素 s[n] 的成绩数组成员。根据这些数据，接着计算每个学生的总成绩、平均成绩。全局变量 n 对学生实际人数计数。

子函数 sort() 采用冒泡法对全局结构体数组 s 按总成绩进行排序。

子函数 ppp() 的功能主要是根据总成绩排列名次，成绩相同的名次并列，然后打印成绩表，采用了一些格式符，输出较为整齐的成绩表。

程序中课程的数量 NK 可以根据需要设置，学生的人数小于等于 100。

```c
#define NK 5
#include <stdio.h>
#include <string.h>
typedef struct stu
{   char num[20];
    char name[20];
    int a[NK];
    int sum;
    float average;
    int no;
}student;
student s[100];
int n=0;
int toint(char *s)
{   int x=0;
    while(*s)
    {   if(*s==32)break;
        x=x*10+*s-'0';
        s++;}
    return x;
}
void info(char *str)
{   int i=0,j=0,k;
    char a[NK+2][30];
    while(*str)
    {   if(*str!=','){   a[j][i]=*str;i++;str++;}
        else         {a[j][i]='\0';i=0;str++;j++;}
    }
    a[j][i]='\0';
    strcpy((s+n)->num,a[0]);
    strcpy((s+n)->name,a[1]);
    for(k=0;k<NK;k++)    (s+n)->a[k]=toint(a[2+k]);
        (s+n)->sum=0;
    for(k=0;k<NK;k++)    (s+n)->sum+=(s+n)->a[k];
    (s+n)->average=(float)(s+n)->sum/NK;
```

```
        n++;
    }
void ppp( )
{   int i,j;int nn=1;
    (s+0)->no=nn;
    for(i=1;i<n;i++)
    {if((s+i)->sum<(s+i-1)->sum)nn=i+1;
    (s+i)->no=nn;}
    for(i   =0;i<n;i++)
    {   printf("%-4d%-8s%-15s",(s+i)->no,(s+i)->num,(s+i)->name);
    for(j=0;j<NK;j++)printf("%-5d",(s+i)->a[j]);
        printf("%-5d%-10.2f\n",(s+i)->sum,(s+i)->average);}
}
sort( )
{   student t;
    int i,j;
    for(i=0;i<n-1;i++)
    for(j=0;j<n-i-1;j++)
        if((s+j)->sum<(s+j+1)->sum)
        {t=s[j];s[j]=s[j+1];s[j+1]=t;}  }
main( )
{   FILE *fp;int i=0;
    char c;char str[81];
    fp=fopen("d:\\grade.txt","r");
    while(!feof(fp))
    {   c=fgetc(fp);
        if(c!='\n') {str[i]=c;i++;}
        else
        {   str[i]='\0';
            if(str[0]!=' '&&i>0)info(str);i=0;
        }
    }
    fclose(fp);
    sort();
    ppp();
}
```

该程序的运行结果如图 12.4 所示。

希望读者设计一个子函数，计算 NK 门课程的平均分和均方差 d 并打印出来。平均分的计算公式为：

$$\bar{x} = \frac{1}{n}\sum_{i=1}^{n}x_i$$

其中，x_i 为第 i 个学生分数，n 为班级学生参加考试人数。课程的均方差的计算公式为：

$$d = \sqrt{\frac{1}{n-1}\sum_{i=1}^{N}(x_i - \bar{x})^2}$$

```
1    1023    liu yue         88    99    89    99    88    463    92.60
2    1028    wang li         88    94    86    92    88    448    89.60
3    1001    xu li           67    89    90    90    92    428    85.60
4    1026    shi wei         100   89    79    69    84    421    84.20
5    1020    li jing         90    66    85    89    88    418    83.60
5    1024    liang li        77    89    70    90    92    418    83.60
7    1027    yan jing        76    66    85    85    88    400    80.00
8    1006    xue liwei       69    91    79    69    89    397    79.40
9    1025    jiang jun       69    87    77    69    89    391    78.20
10   1002    wang song       76    65    92    69    68    370    74.00
Press any key to continue
```

图 12.4   学生成绩处理结果

常用字符与 ASCII 代码对照表

ASCII 值	字符	名称	ASCII 值	字符	ASCII 值	字符	ASCII 值	字符
0	(null)	NUL	32	(space)	64	@	96	'
1	☺	SOH	33	!	65	A	97	a
2	●	STX	34	"	66	B	98	B
3	♥	ETX	35	#	67	C	99	c
4	♦	EOT	36	$	68	D	100	D
5	♣	ENQ	37	%	69	E	101	e
6	♠	ACK	38	&	70	F	102	F
7	(beep)	BEL	39	'	71	G	103	g
8	■	BS	40	(	72	H	104	h
9	(tab)	HT	41	)	73	I	105	i
10	(line feed)	LF	42	*	74	J	106	j
11	(home)	VT	43	+	75	K	107	k
12	(form feed)	FF	44	,	76	L	108	l
13	(carriage return)	CR	45	-	77	M	109	m
14	♫	SO	46	。	78	N	110	n
15	¤	SI	47	/	79	O	111	o
16	▶	DLE	48	0	80	P	112	p
17	◀	DC1	49	1	81	Q	113	q
18	↕	DC2	50	2	82	R	114	r
19	‖	DC3	51	3	83	X	115	s
20	¶	DC4	52	4	84	T	116	t
21	§	NAK	53	5	85	U	117	u
22	▬	SYN	54	6	86	V	118	v
23	▮	ETB	55	7	87	W	119	w
24	↑	CAN	56	8	88	X	120	x
25	↓	EM	57	9	89	Y	121	y
26	→	SUB	58	:	90	Z	122	z
27	←	ESC	59	;	91	[	123	{
28	∟	FS	60	<	92	\	124		
29	◆	GS	61	=	93	]	125	}
30	▲	RS	62	>	94	^	126	~
31	▼	US	63	?	95	—	127	⌂

运算符的优先级和结合性

优先级	运算符	含义	结合方向	运算对象个数
1	( ) [ ] —> .	圆括号 下标运算符 指向结构体成员运算符 结构体成员运算符	左结合	
2	! ~ ++ - - - （类型标识符） * & sizeof	逻辑非运算符 按位取反运算符 自加运算符 自减运算符 取负运算符 类型转换运算符 间接访问运算符 取地址运算符 求字节数运算符	右结合	1
3	* / %	乘法运算符 除法运算符 求余运算符	左结合	2
4	+ -	加法运算符 减法运算符	左结合	2
5	<< >>	按位左移运算符 按位右移运算符	左结合	2
6	< <= > >=	关系运算符	左结合	2
7	== !=	等于运算符 不等于运算符	左结合	2
8	&	按位与运算符	左结合	2
9	∧	按位异或运算符	左结合	2
10	|	按位或运算符	左结合	2
11	&&	逻辑与运算符	左结合	2
12	||	逻辑或运算符	左结合	2
13	? :	条件运算符	右结合	3
14	= += -= *= /= %= >>= <<= &= ∧ = |=	赋值运算符	右结合	2
15	,	逗号运算符	左结合	

库函数

　　库函数并不是 C 语言的一部分，它是由人们根据需要编制并提供给用户使用的。每一种 C 编译系统都提供了一批库函数，不同的编译系统所提供的库函数的数目和函数名以及函数功能是不完全相同的。ANSI C 标准提出了一批建议提供的标准库函数，它包括了目前多数 C 编译系统所提供的库函数，但也有一些是某些 C 编译系统未曾实现的。考虑到通用性，本书列出 ANSI C 标准建议提供的、常用的部分库函数。对多数 C 编译系统，可以使用这些函数的绝大部分。由于 C 库函数的种类和数目很多（例如，还有屏幕和图形函数、时间日期函数、与系统有关的函数等，每一类函数又包括各种功能的函数），本附录不能全部介绍，只从教学需要的角度列出最基本的函数。读者在编制 C 程序时可能要用到更多的函数，请查阅所用系统的手册。

1. 数学函数

　　使用数学函数时，应该在源文件中使用：#include "math.h"，常用的数学函数如表 C.1 所示。

表 C.1　数学函数

函数名	函数类型和形参类型	功能	返回值	说明
acos	double acos(x) double x;	计算反余弦 $\arccos(x)$ 的值	计算结果	x 应在 $-1\sim1$ 范围内
asin	double asin(x) double x;	计算反正弦 $\arcsin(x)$ 的值	计算结果	x 应在 $-1\sim1$ 范围内
atan	double atan(x) double x;	计算反正切 $\arctan(x)$ 的值	计算结果	
atan2	double atan2(x,y) double x,y;	计算 $\arctan(y/x)$ 的值	计算结果	
cos	double cos(x) double x;	计算余弦 $\cos(x)$ 的值	计算结果	x 的单位为弧度
cosh	double cosh(x) double x;	计算 x 的双曲余弦 $\cosh(x)$ 的值	计算结果	
exp	double exp(x) double x;	计算指数 e^x 的值	计算结果	
fabs	double fabs(x) double x;	计算 x 的绝对值	计算结果	
floor	double floor(x) double x;	求出不大于 x 的最大整数	该整数的双精度实数	
fmod	double fmod(x,y) double x;	求整除 x/y 的余数	返回余数的双精度实数	

续表

函数名	函数类型和形参类型	功能	返回值	说明
frexp	double frexp(val,eptr) double val; int *eptr;	把双精度数 val 分解为数字部分（尾数）x 和以 2 为底的指数 n，存放在 eptr 指向的变量中	返回数字部分 x $0.5 \leq x < 1$	
log	double log(x) double x;	求自然对数 ln(x)的值	计算结果	
log10	double log10(x) double x;	求以 10 为底的对数 lg(x)的值	计算结果	
modf	double modf(val,iptr) double val; double* iptr;	把双精度数 val 分解为整数部分和小数部分，把整数部分存放在 iptr 指向的单元	小数部分	
pow	double pow(x,y) double x,y;	求 x^y 的值	计算结果	
sin	double sin(x) double x;	计算正弦函数 sin(x)的值	计算结果	
sinh	double sinh(x) double x;	计算 x 的双曲正弦函数 sinh(x)的值	计算结果	
sqrt	double sqrt(x) double x;	计算 x 的平方根	计算结果	
tan	double tan(x) double x;	计算正切函数 tan(x)的值	计算结果	
tanh	double tanh(x) double x;	计算 x 的双曲正切函数 tanh(x)的值	计算结果	

2. 字符函数和字符串函数

ANSI C 标准要求在使用字符串函数时要包含头文件"string.h"，在使用字符函数时要包含头文件"ctype.h"，如表 C.2 所示。有的 C 编译不遵循 ANSI C 标准的规定，而用其他名称的头文件。请使用时查有关手册。

表 C.2　字符函数和字符串函数

函数名	函数类型和形参类型	功能	返回值	包含文件
isalnum	int isalnum(ch) int ch;	检查 ch 是否是字母（alpha）或数字（numeric）	是字母或数字返回 1；否则返回 0	ctype.h
isalpha	int isalpha(ch) int ch;	检查 ch 是否是字母字符	是，返回 1； 不是，返回 0	ctype.h
iscntrl	int iscntrl(ch) int ch;	检查 ch 是否是控制字符（其 ASCII 码在 0x7F 或 0x00 和 0x1F 之间）	是，返回 1； 不是，返回 0 （不包括空格）	ctype.h
isdigit	int isdigit(ch) int ch;	检查 ch 是否是数字（0～9）	是，返回 1； 不是，返回 0	ctype.h
isgraph	int isgraph(ch) int ch;	检查 ch 是否是可打印字符（其 ASCII 码在 0x21～0x7F 之间）	是，返回 1； 不是，返回 0	ctype.h
islower	int islower(ch) int ch;	检查 ch 是否是小写字母(a～z)	是，返回 1； 不是，返回 0	ctype.h
isprint	int isprint(ch) int ch;	检查 ch 是否是可打印字符（其 ASCII 码在 0x20～0x7F 之间）	是，返回 1； 不是，返回 0	ctype.h

续表

函数名	函数类型和形参类型	功能	返回值	包含文件
ispunct	int ispunct(ch) int ch;	检查 ch 是否是标点字符（不包括空格），即除字母、数字和空格以外的所有可打印字符	是，返回 1; 不是，返回 0	ctype.h
isspace	int isspace(ch) int ch;	检查 ch 是否是空格、跳格符（制表符）或换行符	是，返回 1; 不是，返回 0	ctype.h
isupper	int isupper(ch) int ch;	检查 ch 是否是大写字母（A～Z）	是，返回 1; 不是，返回 0	ctype.h
isxdigit	int isxdigit(ch) int ch;	检查 ch 是否是十六进制数（即 0～9，A～F，a～f）	是，返回 1; 不是，返回 0	ctype.h
strcat	char *strcat(str1,str2) char *str1,*str2;	把字符串 str2 接到 str1 后面，str1 最后面的'\0'被取消	str1	string.h
strchr	char *strchr(str,ch) char *str; int ch;	找出 str 指向的字符串中第一次出现字符 ch 的位置	返回指向该位置的指针，如找不到，则返回空指针	string.h
strcmp	int strcmp(str1,str2) char *str1,*str2;	比较两个字符串 str1、str2	str1<str2,返回负数 str1=str2,返回 0 str1>str2,返回正数	string.h
strcpy	char *strcpy(str1,str2) char *str1,*str2;	把 str2 指向的字符串复制到 str1 中去	返回 str1	string.h
strlen	unsigned int strlen(str) char *str;	统计字符串 str 中字符的个数（不包括终止符'\0'）	返回字符个数	string.h
strstr	char *strstr(str1,str2) char *str1,*str2;	找出 str2 字符串在 str1 字符串中第一次出现的位置（不包括 str2 的串结束符）	返回该位置的指针，如找不到，返回空指针	string.h
tolower	int tolower(ch) int ch;	把 ch 字符转换为小写字母	返回 ch 所代表的字符的小写字母	ctype.h
toupper	int toupper(ch) int ch;	把 ch 字符转换为大写字母	与 ch 字符相对应的大写字母	ctype.h

3. 输入/输出函数

凡用表 C.3 所列的输入/输出函数，应该把 stdio.h 头文件包含到源程序文件中。

表 C.3　输入/输出函数

函数名	函数类型和形参类型	功能	返回值	说明
clearerr	void clearerr(fp) FILE *fp;	清除文件指针错误指示器	无	
fclose	int fclose(fp) FILE *fp;	关闭 fp 所指的文件，释放文件缓冲区	有错则返回非零值，否则返回 0	
feof	int feof(fp) FILE *fp;	检查文件是否结束	遇文件结束符返回非零值，否则返回 0	
fgetc	int fgetc(fp) FILE *fp;	从 fp 所指定的文件中取得下一个字符	返回所得到的字符。若读入有错，返回 EOF	
fgets	int fgets(buf,n,fp) char *buf; int n; FILE *fp;	从 fp 所指向的文件读取一个长度为（n-1）的字符串，存入起始地址为 buf 的空间	返回地址 buf，若遇文件结束或出错，返回 NULL	

函数名	函数类型和形参类型	功能	返回值	说明
fopen	FILE *fopen(filename,mode) char *filename,*mode;	以 *mode* 指定的方式打开名为 *filename* 的文件	成功，返回一个文件指针（文件信息区的起始地址）；否则，返回 0	
fprintf	int fprintf(fp,format,args,…) FILE *fp; char *format;	把 *args* 的值以 *format* 指定的格式输出到 *fp* 所指的文件中	实际输出的字符数	
fputc	int fputc(ch,fp) char ch; FILE *fp;	将字符 *ch* 输出到 *fp* 指定的文件中	成功，则返回该字符；否则，返回 EOF	
fputs	int fputs(str,fp) char *str; FILE *fp;	将 *str* 指向的字符串输出到 *fp* 指定的文件中	成功，返回 0，若出错返回非零值	
fread	int fread(pt,size,n,fp) char *pt; unsigned size,n; FILE *fp;	从 *fp* 所指定的文件中读取长度为 *size* 的 *n* 个数据项，存到 *pt* 所指向的内存区	返回所读的数据项的个数，如遇文件结束或出错返回 0	
fscanf	int fscanf(fp,format,args,…) FILE *fp; char format;	从 *fp* 指定的文件中按 *format* 给定的格式将输入数据送到 *args* 所指向的内存单元（*args* 是指针）	已输入的数据个数	
fseek	int fseek(fp,offset,base) FILE *fp; long offset; int base;	将 *fp* 所指向的文件位置指针移动到以 *base* 所指出的位置为基准、以 *offset* 为位移量的位置	返回当前位置；否则，返回-1	
ftell	long ftell(fp) FILE *fp	返回 *fp* 所指向的文件中的读写位置	返回 *fp* 所指向的文件中的读写位置	
fwrite	int fwrite(ptr,size,n,fp) char *ptr; unsigned size,n; FILE *fp;	把 *ptr* 所指向的 *n**size 个字符输出到 *fp* 所指向的文件中	写到 *fp* 文件中的数据项的个数	
getc	int getc(fp) FILE *fp	从 *fp* 所指向的文件中读入一个字符	返回所读的字符。若文件结束或出错，返回 EOF	
getchar	int getchar(void)	从标准输入设备读取下一个字符	所读字符。若文件结束或出错，返回-1	
getw	int getw(fp) FILE *fp	从 *fp* 所指向的文件中读取下一个字（整数）	输入的整数。若文件结束或出错，返回-1	非 ANSI 标准函数
printf	int printf(format,args,…) char *format;	将输出表列 *args* 的值输出到标准输出设备	输出字符的个数，若出错，返回负数	*format* 可以是一个字符串，或字符数组的起始地址

续表

函数名	函数类型和形参类型	功能	返回值	说明
putc	int putc(ch,fp) char ch; FILE *fp;	把一个字符 *ch* 输出到 *fp* 指定的文件中	输出的字符 *ch*，若出错，返回 EOF	
putchar	int putchar(ch) char ch;	把字符 *ch* 输出到标准的输出设备	输出的字符 *ch*，若出错，返回 EOF	
puts	int puts(str) char *str;	把 *str* 指向的字符串输出到标准输出设备，将'\0'转换为回车换行	返回换行符，若失败，返回 EOF	
putw	int putw(w,fp) int w; FILE *fp;	将一个整数 *w*（即一个字）输出到 *fp* 指定的文件中	返回输出的整数，若出错，返回 EOF	非 ANSI 标准函数
rename	int rename(oldname,newname) char *oldname,*newname;	把由 *oldname* 所指的文件名改为由 *newname* 所指的文件名	成功返回 0，出错返回-1	
rewind	void rewind(fp) FILE *fp	将 *fp* 指示的文件中的位置指针置于文件开头位置，并清除文件结束标志和错误标志	无	
scanf	vodid scanf(format,args,…) char *format;	从标准输入设备按 *format* 指向的格式字符串规定的格式，输入数据给 *args* 所指向的单元	读入并赋给 *args* 的数据个数。遇文件结束返回 EOF，出错返回 0	*args* 为指针

4. 动态存储分配函数

ANSI 标准建议设 4 个有关的动态存储分配的函数（如表 C.4 所示），即 calloc()、malloc()、free()、realloc()。实际上，许多 C 编译系统实现时往往增加了一些其他函数。ANSI 标准建议在"stdlib.h"头文件中包含有关的信息，但许多 C 编译系统要求用"malloc.h"而不是"stdlib.h"。读者在使用时应查阅有关手册。

ANSI 标准要求动态分配系统返回 void 指针。void 指针具有一般性，它们可以指向任何类型的数据，但目前绝大多数 C 编译系统所提供的这类函数都返回 char 指针。无论以上两种情况的哪一种，都需要用强制转换的方法把 void 或 char 指针转换成所需的类型。

表 C.4 动态存储分配函数

函数名	函数类型和形参类型	功能	返回值
calloc	void(或 char) *calloc(n,size) unsigned n,size;	分配 *n* 个数据项的内存连续空间，每个数据项的大小为 *size*	分配内存单元的起始地址，如不成功，返回 0
free	void free(p) void（或 char） *p;	释放 *p* 所指的内存区	无
malloc	void(或 char) *malloc(size) unsigned size;	分配 *size* 字节的存储区	所分配的内存区起始地址，如内存不够，返回 0
realloc	void(或 char) *realloc(p,size) void（或 char） *p; unsigned size;	将 *p* 所指的已分配内存区的大小改为 *size*。*size* 可以比原来分配的空间大或小	返回指向该内存区的指针

2010年3月全国计算机等级考试二级C笔试试题及参考答案

一、选择题

（1）下列叙述中正确的是（　　　）。

    A. 对长度为 n 的有序链表进行查找，最坏情况下需要的比较次数为 n

    B. 对长度为 n 的有序链表进行对分查找，最坏情况下需要的比较次数为 $(n/2)$

    C. 对长度为 n 的有序链表进行对分查找，最坏情况下需要的比较次数为 $(\log 2n)$

    D. 对长度为 n 的有序链表进行对分查找，最坏情况下需要的比较次数为 $(n\log 2n)$

（2）算法的时间复杂度是指（　　　）。

    A. 算法的执行时间

    B. 算法所处理的数据量

    C. 算法程序中的语句或指令条数

    D. 算法在执行过程中所需要的基本运算次数

（3）软件按功能可以分为应用软件、系统软件和支撑软件（或工具软件）。下面属于系统软件的是（　　　）。

    A. 编辑软件   B. 操作系统   C. 教务管理系统   D. 浏览器

（4）软件（程序）调试的任务是（　　　）。

    A. 诊断和改正程序中的错误   B. 尽可能多地发现程序中的错误

    C. 发现并改正程序中的所有错误   D. 确定程序中错误的性质

（5）数据流程图（DFD图）是（　　　）。

    A. 软件概要设计的工具   B. 软件详细设计的工具

    C. 结构化方法的需求分析工具   D. 面向对象方法的需求分析工具

（6）软件生命周期可分为定义阶段、开发阶段和维护阶段。详细设计属于（　　　）。

    A. 定义阶段   B. 开发阶段   C. 维护阶段   D. 上述3个阶段

（7）数据库管理系统中负责数据模式定义的语言是（　　　）。

    A. 数据定义语言   B. 数据管理语言   C. 数据操纵语言   D. 数据控制语言

（8）在学生管理的关系数据库中，存取一个学生信息的数据单位是（　　　）。

    A. 文件   B. 数据库   C. 字段   D. 记录

（9）数据库设计中，用E-R图来描述信息结构但不涉及信息在计算机中的表示，它属于数据库设计的（　　　）。

  A．需求分析阶段　　　　　　　　B．逻辑设计阶段

  C．概念设计阶段　　　　　　　　D．物理设计阶段

（10）有两个关系 R 和 T 如下：

R

A	B	C
a	1	2
b	2	2
c	3	2
d	3	2

T

A	B	C
c	3	2
d	3	2

则由关系 R 得到关系 T 的操作是（　　　）。

  A．选择　　　　　B．投影　　　　　　　C．交　　　　　　D．并

（11）以下叙述正确的是（　　　）。

  A．C 语言程序是由过程和函数组成的

  B．C 语言函数可以嵌套调用，例如：fun(fun(x))

  C．C 语言函数不可以单独编译

  D．C 语言中除了 main()函数，其他函数不可作为单独文件形式存在

（12）以下关于 C 语言的叙述中正确的是（　　　）。

  A．C 语言中的注释不可以夹在变量名或关键字的中间

  B．C 语言中的变量可以在使用之前的任何位置进行定义

  C．在 C 语言算术表达式的书写中，运算符两侧的运算数类型必须一致

  D．C 语言的数值常量中夹带空格不影响常量值的正确表示

（13）以下 C 语言用户标识符中，不合法的是（　　　）。

  A．_1　　　　　　B．AaBc　　　　　　C．a_b　　　　　　D．a-b

（14）若有定义：double a=22;int i=0,k=18;，则不符合 C 语言规定的赋值语句是（　　　）。

  A．a=a++,i++;　　B．i=(a+k)<=(i+k);　　C．i=a;　　　　　D．i=!a;

（15）有以下程序：

```
main()
{   char a,b,c,d;
    scanf("%c%c",&a,&b);
    c=getchar(); d=getchar();
    printf("%c%c%c%c\n",a,b,c,d);
}
```

当执行程序时，按下列方式输入数据：

12

34

则输出结果是（　　　）。

  A．1234　　　　　B．12　　　　　　　C．12　　　　　　D．12

             3　　　　　　　　34

（16）以下关于 C 语言数据类型使用的叙述中错误的是（　　　）。

A．若要准确无误地表示自然数，应使用整数类型

B．若要保存带有多位小数的数据，应使用双精度类型

C．若要处理如"人员信息"等含有不同类型的相关数据，应自定义结构体类型

D．若只处理"真"和"假"两种逻辑值，应使用逻辑类型

（17）若 a 是数值类型，则逻辑表达式(a==1)||(a!=1)的值是（　　）。

A．1　　　　　　B．0　　　　　　C．2　　　　　D．不知道 a 的值，不能确定

（18）以下选项中与 if(a==1)a=b; else a++;语句功能不同的 switch 语句是（　　）。

```
A.  switch(a)
    {  case:a=b;break;
       default:a++;    }
B.  switch(a==1)
    {  case 0:a=b;break;
       case 1:a++;    }
C.  switch(a)
    {  default:a++;break;
       case 1:a=b;    }
D.  switch(a==1)
    {  case 1:a=b;break;
       case 0:a++;    }
```

（19）有如下嵌套的 if 语句：

```
if (a<b)
if(a<c) k=a;
else k=c;
else
if(b<c)k=b;
else k=c;
```

以下选项中与上述 if 语句等价的语句是（　　）。

A．k=(a<c)?b:c;k=(a<b)?a:b;　　　　　B．k=(a<b)?((b<c)?a:b):((b>c)?b:c);

C．k=(a<b)?((a<c)?a:c):((b<c)?b:c);　　D．k=(a<b)?a:b; k=(a<c)?a:c;

（20）有以下程序：

```
main()
{   in i,j,m=1;
    for(i=1;i<3;i++)
    {  for(j=3;j>0;j--)
       {  if(i*j)>3)break;
          m=i*j;
       }
    }
    printf("m=%d\n",m);
}
```

程序运行后的输出结果是（　　　）。

  A. m=6   B. m=2   C. m=4   D. m=5

（21）有以下程序：

```
main()
{   int a=1;b=2;
    for(;a<8;a++)  {b+=a;a+=2;}
    printf("%d, %d\n", a, b);
}
```

程序运行后的输出结果是（　　　）。

  A. 9，18   B. 8，11   C. 7，11   D. 10，14

（22）有以下程序，其中 k 的初值为八进制数：

```
main()
{   int k=011;
    printf("%d\n", k++);
}
```

程序运行后的输出结果是（　　　）。

  A. 12   B. 11   C. 10   D. 9

（23）下列语句组中，正确的是（　　　）。

  A. char *s;s="Olympic";   B. char s[7];s="Olympic";

  C. char *s;s={"Olympic"};   D. char s[7];s={"Olympic"};

（24）以下关于 return 语句的叙述中正确的是（　　　）。

  A. 一个自定义函数中必须有一条 return 语句

  B. 一个自定义函数中可以根据不同情况设置多条 return 语句

  C. 定义成 void 类型的函数中可以有带返回值的 return 语句

  D. 没有 return 语句的自定义函数在执行结束时不能返回到调用处

（25）下列选项中，能正确定义数组的语句是（　　　）。

  A. int num[0..2008];   B. int num[];

  C. int N=2008; int num[N];   D. #define N 2008 int num[N];

（26）有以下程序：

```
void fun(char *c,int d)
{   *c=*c+1;d=d+1;
    printf("%c,%c,",*c,d);}
main()
{   char b='a',a='A';
    fun(&b,a);printf("%c,%c\n",b, a);
}
```

程序运行后的输出结果是（　　　）。

  A. b，B，b，A   B. b，B，B，A

  C. a，B，B，a   D. a，B，a，B

（27）若有定义 int(*Pt)[3];，则下列说法正确的是（　　）。

    A．定义了基类型为 int 的 3 个指针变量

    B．定义了基类型为 int 的具有 3 个元素的指针数组 *pt*

    C．定义了一个名为*pt*、具有 3 个元素的整型数组

    D．定义了一个名为 *pt* 的指针变量，它可以指向每行有 3 个整数元素的二维数组

（28）设有定义 double a[10],*s=a;，以下能够代表数组元素 *a*[3]的是（　　）。

    A．(*s)[3]　　　　B．*(s+3)　　　　C．*s[3]　　　　D．*s+3

（29）有以下程序：

```
main()
{   int a[5]={1,2,3,4,5},b[5]={0,2,1,3,0},i,s=0;
    for(i=0;i<5;i++) s=s+a[b[i]]);
    printf("%d\n", s);
}
```

程序运行后的输出结果是（　　）。

    A．6　　　　　　B．10　　　　　　C．11　　　　　　D．15

（30）有以下程序：

```
main()
{   int b [3][3]={0,1,2,0,1,2,0,1,2},i,j,t=1;
    for(i=0;i<3;i++)
    for(j=i,j<=1;j++) t+=b[i][b[j][i]];
    printf("%d\n",t);
}
```

程序运行后的输出结果是（　　）。

    A．1　　　　　　B．3　　　　　　C．4　　　　　　D．9

（31）若有以下定义和语句：

```
char s1[10]="abcd!",*s2="\n123\\";
printf("%d %d\n", strlen(s1),strlen(s2));
```

则输出结果是（　　）。

    A．5 5　　　　　B．10 5　　　　　C．10 7　　　　　D．5 8

（32）有以下程序：

```
#define N 8
void fun(int *x,int i)
{   *x=*(x+i);   }
main()
{   int a[N]={1,2,3,4,5,6,7,8},i;
    fun(a,2);
    for(i=0;i<
    {printf("%d",a[i]);}
    printf("\n");
```

```
}
```

程序运行后的输出结果是（　　）。

　　A. 1313　　　　　　B. 2234　　　　　　C. 3234　　　　　　D. 1234

（33）有以下程序：

```
int f(int t[],int n);
main
{   int a[4]={1,2,3,4},s;
    s=f(a,4); printf("%d\n",s);
}
int f(int t[],int n)
{   if(n>0) return t[n-1]+f(t,n-1);
    else return 0;
}
```

程序运行后的输出结果是（　　）。

　　A. 4　　　　　　　B. 10　　　　　　　C. 14　　　　　　　D. 6

（34）有以下程序：

```
int fun()
{   static int x=1;
    x*2; return x;     }
main()
{   int i,s=1;
    for(i=1;i<=2;i++)  s=fun();
    printf("%d\n",s);
}
```

程序运行后的输出结果是（　　）。

　　A. 0　　　　　　　B. 1　　　　　　　C. 4　　　　　　　D. 8

（35）有以下程序：

```
#define SUB(a)  (a)-(a)
main()
{ I nt a=2,b=3,c=5,d;
    d=SUB(a+b)*c;
    printf("%d\n",d);
}
```

程序运行后的输出结果是（　　）。

　　A. 0　　　　　　　B. -12　　　　　　C. -20　　　　　　D. 10

（36）设有定义：

```
struct complex
{ int real,unreal;} data1={1,8},data2;
```

则以下赋值语句中错误的是：（　　　）。

A．data2=data1;　　　　　　　B．data2=(2,6);

C．data2.real=data1.real;　　　D．data2.real=data1.unreal;

（37）有以下程序：

```
struct A
{   int a; char b[10]; double c;};
void f(struct A t);
main()
{    struct A a={1001,"ZhangDa",1098.0};
    f(a); printf("%d,%s,%6.1f\n",a.a,a.b,a.c);
}
void f(struct A t)
{    t.a=1002; strcpy(t.b,"ChangRong");t.c=1202.0;}
```

程序运行后的输出结果是（　　　）。

A．1001,zhangDa,1098.0　　　B．1002,changRong,1202.0

C．1001,ehangRong,1098.0　　D．1002,ZhangDa,1202.0

（38）有以下定义和语句：

```
struct workers
{ int num;char name[20];char c;
  struct
  { int day; int month; int year;} s;
};
struct workers w,*pw;
pw=&w;
```

能给 w 中 year 成员赋 1980 的语句是（　　　）。

A．*pw.year=1980;　　　　　B．w.year=1980;

C．pw->year=1980;　　　　　D．w.s.year=1980;

（39）有以下程序：

```
main()
{   int a=2,b=2,c=2;
    printf("%d\n",a/b&c);
}
```

程序运行后的输出结果是（　　　）。

A．0　　　　　　B．1　　　　　C．2　　　　　　D．3

（40）有以下程序：

```
main()
{   FILE *fp;char str[10];
    fp=fopen("myfile.dat","w");
    fputs("abc",fp);fclose(fp);
```

```
fpfopen("myfile.data","a++");
fprintf(fp,"%d",28);
rewind(fp);
fscanf(fp,"%s",str); puts(str);
fclose(fp);
}
```

程序运行后的输出结果是（　　）。

  A．abc   B．28c   C．abc28   D．因类型不一致而出错

二、填空题

（1）一个队列的初始状态为空。现将元素 A、B、C、D、E、F、5、4、3、2、1 依次入队，然后再依次退队，则元素退队的顺序为　【1】　。

（2）设某循环队列的容量为 50，如果头指针 front=45(指向队头元素的前一位置)，尾指针 rear=10（指向队尾元素），则该循环队列中共有　【2】　个元素。

（3）设二叉树如下：

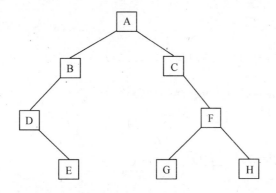

对该二叉树进行后序遍历的结果为　【3】　。

（4）软件是　【4】　、数据和文档的集合。

（5）有一个学生选课的关系，其中学生的关系模式为：学生（学号，姓名，班级，年龄），课程的关系模式为：课程(课号，课程名，学时)，其中两个关系模式的键分别是学号和课号，则关系模式选课可定义为：选课(学号，　【5】　，成绩)。

（6）设 x 为 int 型变量，试写出一个关系表达式　【6】　，用以判断 x 同时为 3 和 7 的倍数时，关系表达式的值为真。

（7）有以下程序：

```
main()
{   int a=1,b=2,c=3,d=0;
    if(a==1)
    if(b!=2)
    if(c==3) d=1;
    else d=2;
    else if(c!=3) d=3;
    else d=4;
```

```
else d=5;
printf("%d\n",d);
}
```

程序运行后的输出结果是 ___【7】___ 。

（8）有以下程序：

```
main()
{ int m,n;
  scanf("%d%d",&m,&n);
  while(m!=n)
  { while(m>n) m=m-n;
  }
  printf("%d\n",m);
}
```

程序运行后，当输入 14 63 <回车> 时，输出结果是 ___【8】___ 。

（9）有以下程序：

```
main()
{ int i,j,a[][3]={1,2,3,4,5,6,7,8,9};
  for(i=0;i<3;i++)
  for(j=i;j<3;j++) printf("%d%",a[i][j]);
  printf("\n");
}
```

程序运行后的输出结果是 ___【9】___ 。

（10）有以下程序：

```
main()
{ int a[]={1,2,3,4,5,6},*k[3],i=0;
  while(i<3)
  { k[i]=&a[2*i];
    printf("%d",*k[i]);
    i++;
  }
}
```

程序运行后的输出结果是 ___【10】___ 。

（11）有以下程序：

```
main( )
{ int a[3][3]={{1,2,3},{4,5,6},{7,8,9}};
  int b[3]={0},i;
  for(i=0;i<3;i++) b[i]=a[i][2]+a[2][i];
  for(i=0;i<3;i++) printf("%d",b[i]);
  printf("\n");
}
```

程序运行后的输出结果是 __【11】__ 。

（12）有以下程序：

```c
void fun(char *str)
{   char temp;int n,i;
    n=strlen(str);
    temp=str[n-1];
    for(i=n-1;i>0;i--) str[i]=str[i-1];
    str[0]=temp;
}
main( )
{   char s[50];
    scanf("%s",s); fun(s); printf("%s\n",s);
}
```

程序运行后输入：abcdef<回车>，则输出结果是 __【12】__ 。

（13）以下程序的功能是：将值为 3 位正整数的变量 x 中的数值按照个位、十位、百位的顺序拆分并输出，请填空。

```c
main()
{   int x=256;
    printf("%d-%d-%d\n", 【13】 ,x/10†,x/100);
}
```

（14）以下程序用以删除字符串所有的空格，请填空。

```c
main()
{   char s[100]={"Our teacher teach C language!"};int i,j;
    for(i=j=0;s[i]!='\0';i++)
    if(s[i]!= ' ') {s[j]=s[i];j++;}
    s[j]= 【14】
    printf("%s\n",s);
}
```

（15）以下程序的功能是：借助指针变量找出数组元素中的最大值及其元素的下标值，请填空。

```c
main()
{   int a[10],*p,*s;
    for(p=a;p-a<10;p++) scanf("%d",p);
    for(p=a,s=a;p-a<10;p++) if(*p>*s) s= 【15】 ;
    printf("index=%d\n",s-a);
}
```

2010 年 3 月全国计算机等级考试二级 C 笔试试题参考答案

一、选择题

1~5 ADBAC   6~10 BADAA   11~15 BBDCC   16~20 DABCA

21～25　DDABD　　26～30　ADBCC　　31～35　ACBCC

36～40　BADAC

二、填空题

（1）A,B,C,D,E,F,5,4,3,2,1

（2）15

（3）EDBGHFCA

（4）程序

（5）课号

（6）(x%3==0)&&(X%7==0)

（7）4

（8）7

（9）123569

（10）135

（11）101418

（12）12fabcde

（13）X%100%10

（14）14 s[i+1]

（15）s+1

附录E 习题参考答案

2.8 习题参考答案

一、选择题

1．A　　2．C　　3．D　　4．C　　5．B　　6．A　　7．B　　8．B

9．C　　10．B　　11．B　　12．D　　13．C　　14．C

二、程序分析题

1．16　　2．c，100　　3．4.000000　　4．10，2　　5．-2

三、填空题

1．j=6　　　　　　　　　　　2．1.0　　　　　　　　　　3．6.6

4．x=1，y=2，z=2

　　x=1，y=3，z=3

　　x=2，y=1，z=1

3.9 习题参考答案

一、选择题

1．A　　2．D　　3．A　　4．D　　5．B　　6．D　　7．B

8．D　　9．C　　10．A

二、程序分析题

1．3，3　　2．16　　3．23　　4．6　　5．10,4,3

三、程序设计题

1．输入三角形的边长 *a*、*b*、*c*，求三角形的面积 *area*。

```
#include "math.h"
main( )
{   float a,b,c,s,area;
    scanf("%f,%f,%f",&a,&b,&c);
    if (a+b>c&&a+c>b&&b+c>a)
    {   s=1.0/2*(a+b+c);
        area=sqrt(s*(s-a)*(s-b)*(s-c));
```

```
        printf("area=%7.2f\n",area);
        printf("a=%7.2f,b=%7.2f,c=%7.2f,s=%7.2f\n",a,b,c,s);
    }
    else
        printf("error!\n");
}
```

2．输入两个整数，求它们相除的余数。

```
#define SURPLUS(a,b) a%b
main( )
{   int a,b;
    printf("Input two integers a,b£°\n");
    scanf("%d  %d",&a,&b);
    printf("Remainder is %d\n",SURPLUS(a,b));
}
```

3．输入 10 个整数，统计并输出正数、负数和零的个数。

```
main( )
{   int i,number[10];
    int positive=0,negative=0,zero=0;
    printf("Input ten numbers:");
    for(i=0;i<10;i++)
        scanf("%d",&number[i]);
    for(i=0;i<10;i++)
    {   if(number[i]>0 )    positive++;
        else if(number[i]<0)    negative++;
        else    zero++;
    }
    printf("positive=%d,negative=%d,zero=%d\n",positive,negative,zero);
}
```

4.4　习题参考答案

一、选择题

1．D　　2．BC　　3．D　　4．C　　5．A　　6．D　　7．B E　　8．B　　9．D
10．D　　11．A　　12．D

二、程序设计题

1．从键盘输入半径，计算圆的面积和周长，输出要求取小数点后两位数字。

```
    main()
{   float s,l.r;
    xcanf("%f",&r);
    l=3.14*2*r;
    s=3.14*r*r;
    printf("l=%.2f,s=%.2f",l.s);
}
```

2. 输入一个华氏温度，输出摄氏温度，公式为 $c=5(f-32)/9$，输入时要求有文字说明。

```
main()
{   float c,f;
    printf("请输入一个华氏温度：\n");
    scanf("%f",&f);
    c=(5.0/9.0)*(f-32);
    printf("%5.2f\n",c);
}
```

3. 用 getchar() 函数读入两个字符给 c_1、c_2，然后分别用 putchar() 函数和 printf() 函数输出这两个字符，并思考以下问题：

① 变量 c_1、c_2 应定义为字符型还是整型？抑或二者皆可？

② 要求输出 c_1 和 c_2 值的 ASCII 码，应如何处理？用 putchar() 函数还是 printf() 函数？

③ 整型变量与字符型变量是否在任何情况下都可以互相代替？如 char c1,c2;与 int c1,c2;是否无条件等价？

```
#include "stdio.h"
main()
{   char c1,c2;
    c1=getchar();
    c2=getchar();
    putchar(c1);
    putchar(c2);
    printf("\n");
    printf("%c,%c\n",c1,c2);
}
```

运行结果：

输入 ab✓

putchar 语句的结果为：ab

printf 语句的结果为：a,b

思考题：

① c_1 和 c_2 可以定义为字符型或整型，二者皆可。

② 在 printf() 函数中用%d 格式符输出：printf("%d,%d\n",c1,c2);。

③ 字符变量在计算机内占一个字节，而整型变量占两个字节，因此整型变量在可输出字符范围内（ASCII 码 0～255 之间的字符）是可以与字符数据互相转换的。如果整数在此范围外，则不能代替。

5.6 习题参考答案

一、选择题

1. D 2. B 3. B 4. A 5. B 6. C 7. C 8. B 9. D

二、程序分析题

1. ####   2. 7 5   3. 0.1   4. 2   5. a=2,b=1

三、程序设计题

1. 输入 3 个单精度数，输出其中最小值。

```
main()
{   float x,y,z,min;
    printf("input three float numbers:");
    scanf("%f%f%f",&x,&y,&z);
    if(x<y) min=x;
    else min=y;
    if(min>z) min=z;
    printf("min=%f\n",min);
}
```

2. 输入三角形的 3 个边长，输出三角形的面积。

```
#include "math.h"
main()
{   float a,b,c,s,area;
    printf("input three edges:");
    scanf("%f%f%f",&a,&b,&c);
    if((a+b>c)&&(b+c>a)&&(c+a>b))
    {  s=(a+b+c)/2;
       area=sqrt(s*(s-a)*(s-b)*(s-c));
       printf("area=%.2f\n",area);
    }
    else
    printf("No triangle\n");
}
```

3. 用 if-else 结构编写一程序，求一元二次方程 $ax^2+bx+c=0$ 的根。

```
#include "math.h"
main()
{   float a,b,c,disk,x1,x2;
    scanf("%f%f%f",&a,&b,&c);
    disk=b*b-4*a*c;
    if(disk>=0)
    {    x1=(-b+sqrt(disk))/(2*a);
         x2=(-b-sqrt(disk))/(2*a);
         printf("x1=%f\n x2=%f\n",x1,x2);
    }
    else
    {    printf("x1=%f+%f*i\n",-b/(2*a),sqrt(-disk)/(2*a));
         printf("x2=%f-%f*i\n",-b/(2*a),sqrt(-disk)/(2*a));
```

```
        }
    }

4. 用 switch-case 结构编写一程序，输入月份 1~12 后，输出该月的英文名称。

#include "stdio.h"
main()
{   int month;
    char ch;
    while(1)
    {   printf("\ninput month (1-12):");
        scanf("%d",&month);
        switch(month)
        {   case 1:printf("January\n");break;
            case 2:printf("February\n");break;
            case 3:printf("March\n");break;
            case 4:printf("April\n");break;
            case 5:printf("May\n");break;
            case 6:printf("June\n");break;
            case 7:printf("July\n");break;
            case 8:printf("August\n");break;
            case 9:printf("September\n");break;
            case 10:printf("October\n");break;
            case 11:printf("November\n");break;
            case 12:printf("December\n");break;
            default:printf("input error\n");
        }
        getchar();
        printf("\ncontinue?(Y/N):");
        ch=getchar();
        if(ch!='y'&&ch!='Y') break;
    }
}

5.

main()
{   int x;
    printf("\n 1----小型车");
    printf("\n 2----中型车");
    printf("\n 3----大型车");
    printf("\n 4----重型车");
    printf("\n 请选择车型：");
    scanf("%d",&x);
    switch (x)
    {   case 1: printf("费用是%d元\n",15);break;    /*如果 x 等于1*/
        case 2: printf("费用是%d元\n",35);break;    /*如果 x 等于2*/
        case 3: printf("费用是%d元\n",50);break;    /*如果 x 等于3*/
        case 4: printf("费用是%d元\n",70);break;    /*如果 x 等于4*/
```

```
        default: printf("输入错误！");                    /*否则，提示输入有误*/
    }
}
```

6.4　习题参考答案

一、选择题

1．B　　2．C　　3．B　　4．C　　5．D　　6．B　　7．C　　8．B

二、程序分析题

1．52　　2．22　　3．8473　　4．55　　5．2　　6．sum=50，i=5

7．sum=25，i=10　　8．t=40，i=7　　9．t=48，i=7　　10．t=60，i=4

三、程序填空题

1．m%i==0　　　　2．continue　　　　3．switch(c)　　　4．x>=0

四、程序改错题

1.　if(i%13) continue;　　　　　if(i%13)break;

2.　}while(i=100);　　　　　}while(i<=100);

3.　t+=1/i;　　　　　　　　t+=1.0/i;

4.　{if(*ch>='a'&*ch<='z')　　{if(*ch>='a'&&*ch<='z')

五、程序设计题

1．输入两个正整数，输出它们的最大公约数和最小公倍数。

```
main( )
{   int a,b,maxgy,mingb;
    printf("input two integer data:");
    scanf("%d%d",&a,&b);
    maxgy=a<b?a:b;
    while(a%maxgy!=0||b%maxgy!=0) maxgy--;
    mingb=a>b?a:b;
    while(mingb%a!=0||mingb%b!=0) mingb++;
    printf("maxgy=%d mingb=%d\n",maxgy,mingb);
}
```

2．求 $Sn=a+aa+aaa+\cdots+aa\cdots a$(最后一项为 n 个 a)的值，其中 a 是一个数字。如：
　　　2+22+222+2222+22222(此时 n=5)，n 的值从键盘输入。

```
main( )
{   int a,n,i;
    float s=0,result=0;
    printf("input a(1-9):");
    scanf("%d",&a);
    printf("input n:");
    scanf("%d",&n);
    for(i=1;i<=n;i++)
```

```
    {    s=s*10+a;
         result+=s;
    }
     printf("\nresult=%f\n",result);
}
```

3. 打印出所有的"水仙花数"。所谓"水仙花数"是指一个 3 位数，其各位数的立方和等于该数本身。如：$153=1^3+5^3+3^3$，则 153 是一个水仙花数。

```
main( )
{   int i,j,k;
    for(i=1;i<=9;i++)
    for(j=0;j<=9;j++)
     for(k=0;k<=9;k++)
     if(i*i*i+j*j*j+k*k*k==i*100+j*10+k)
      printf("%8d",i*100+j*10+k);
}
```

4. 计算 $\displaystyle\sum_{k=1}^{100}\frac{1}{k}+\sum_{k=1}^{50}\frac{1}{k^2}$。

```
main( )
{   float sum=0,i;
    for(i=1;i<=100;i++)
         if(i<=50)
              sum+=1/i+1/(i*i);
         else
              sum+=1/i;
         printf("sum=%f\n",sum);
    }
```

5. 编写程序，按下列公式计算 e 的值 $\left(\text{精度要求}\dfrac{1}{n!}\text{为}<10^{-6}\right)$。

$$e=1+\frac{1}{1!}+\frac{1}{2!}+\frac{1}{3!}+\cdots+\frac{1}{n!}$$

```
main( )
{   float i,s=1,sum=0;
    i=1;
    while(1/s>=1e-6)
    {   sum+=1/s;
        i++;
        s*=i;
    }
 printf("e=%f\n",sum+1);
}
```

6. 有一篮子苹果，两个一取余一，3 个一取余二，4 个一取余三，5 个一取刚好不剩，问篮子至少有多少个苹果？

```
main( )
{    int total=5;
     while(total%2!=1||total%3!=2||total%4!=3)
     total+=5;
     printf("total=%d\n",total);
}
```

7. 笔记本每本 5 元，水性笔每支 3 元，橡皮擦 1 元 3 个，现有 100 元，要买 100 个上述产品，刚好将钱花完，将所有可能的情况打印出来。

```
main( )
{    int i,j,k;
     for(i=0;i<=20;i++)
     for(j=0;j<=33;j++)
     {    k=100-i-j;
          if(5*i+3*j+k/3.0==100.)
          printf("%5d%5d%5d\n",i,j,k);
     }
}
```

7.6 习题参考答案

一、选择题

1. A   2. A   3. C   4. D   5. C   6. D   7. D
8. C   9. D   10. B   11. A   12. C   13. B   14. B

二、程序分析题

1. 19   2. 3   3. 5   5   8

4. *****
     *****
      *****
       *****
        *****

5. 9

6. g.i=4142

   g.s[0]=42   g.s[1]=41

   g.s=1

三、程序填空题

1. k=I   2. strlen(str)-1   3. n%base

4. s[i]+=a[i][j]   5. scanf("%s",a)

四、程序设计题

1. 输入 10 个整型数并将其存入一维数组，要求输出值和下标都为奇数的元素个数。

```
main()
{   int a[10],i,num=0;
    printf("enter array a:\n");
    for(i=0;i<10;i++)
        scanf("%d",&a[i]);
    for(i=0;i<10;i++)
        if(i%2==1&&a[i]%2==1)  num++;
    printf("num=%d\n",num);
    }
```

2. 有 5 个学生，每个学生有 4 门课程，将有不及格课程的学生成绩输出。

```
main()
{   int a[5][4]={{78,87,93,65},{66,57,70,86},{69,99,76,76}, {78,59,87,
    90},{90,67,97,87}};
    int i,j,k;
    for(i=0;i<5;i++)
    for(j=0;j<4;j++)
        if(a[i][j]<60)
        {   printf("%4d",i+1);
            for(k=0;k<4;k++)
        printf("%4d",a[i][k]);
        printf("\n");
        break;
    }
}
```

3. 从键盘上输入一个字符串，统计字符串中的字符个数，不允许使用求字符串长度函数 strlen( )。

```
#include "stdio.h"
main( )
{   char str[81],*p=str;
        int num=0;
        printf("input a string:\n");
        gets(str);
        while(*p++) num++;
        printf("length=%d\n",num);
    }
```

4. 从给定数组中删除一个指定元素，设该元素的值为 13。

```
main()
{   int a[10];
```

```
    int i,k;
    for(i=0;i<10;i++)
        a[i]=(i-1)*3+1;
    printf("before deleted\n");
    for(i=0;i<10;i++)
        printf("\n");
    for(k=0;k<10;k++)
        if (a[k]==13) break;
    for(i=k;i<10;i++)
        a[i-1]=a[i];
    printf("after deleted\n");
    for(i=0;i<9;i++)
        printf("%d, ",a[i]);
    printf("\n");
}
```

5. 输入一行字符，统计其中有多少个单词，单词之间用空格分隔开。

```
#include "stdio.h"
main( )
{   char str[81],c,i;
    int word,num=1;
    gets(str);
    for(i=0;(c=str[i])!='\0';i++)
    if(c==' ')
            word=0;
    else if(word==0)
            {word=1; num++;}
    printf("There are %d words in the line.\n",num);
}
```

6. 输入 3 个复数的实部和虚部放在一个结构体数组中，根据复数的模由小到大的顺序对数组进行排序并输出。(注：复数的模=sqrt(实部*实部+虚部*虚部))

```
#include "math.h"
main( )
{   struct complex
    {   float x;
        float y;
        float m;
    }a[N],t;
    int i,j,k;
    for(i=0;i<N;i++)
    {   scanf("%f%f",&a[i].x,&a[i].y);              /*输入复数的实部和虚部*/
        a[i].m=sqrt(a[i].x*a[i].x+ a[i].y*a[i].y);     /*计算复数的模*/
    }
```

```
    for(i=0;i<N-1;i++)
    {   k=i;
        for(j=i+1;j<N;j++)
            if(a[k].m<a[j].m)    k=j;
        t=a[i];a[i]=a[k];a[k]=t;
    }
    for(i=0;i<N;i++)
        printf("%f+%.2fi\n",a[i].x,a[i].y);
}
```

7. 已知某年的元旦是星期几，打印该年某一月份的日历表。

```
#include "stdio.h"
typedef struct
{   int year,mon,day;
    enum weekday{sun,mon,tue,wed,thu,fri,sat} week;
}daily;
main()
{   daily days;
    printf("Which year?");scanf("%d",&days.year);              /* 哪年日历 */
    printf("year %4d,Month 1,day 1 is weekday?\n",days.year);
    printf("0-Sun,1-Mon,2-Tue,3-Wed,4-Thu,5-Fri,6-Sat:");
    scanf("%d",&days.week);
    days.mon=days.day=1;
    montable(days);
}
montable(daily d)
{   int i,s,ds;  daily md;
    md.year=d.year;md.day=1;
    printf("Which month?");scanf("%d",&md.mon);    /* 查看当年哪月日历表 */
    for(s=0,i=1;i<=md.mon;i++)
    {   switch(i)
        { case 1: case 3: case 5: case 7: case 8: case 10: case 12:ds=31;break;
    case 2:ds=(md.year%4==0&&md.year%100!=0||md.year%400==0)?29:28;break;
        case 4: case 6: case 9: case 11:ds=30;
        }
    s+=ds;
    }
    s-=ds;
    md.week=(s+d.week)%7;
    printf("    --==%4d Year,%2d Month==--\n",md.year,md.mon);
    printf("..................................\n");
    printf("%5s%5s%5s%5s%5s%5s%5s\n","Sun","Mon","Tue","Wed","Thu","Fri"
    ,"S at");
    printf("..................................\n");
    for(i=0;i<md.week*5;i++) printf(" ");              /* 计算该月1号的打印位置 */
```

```
for(i=1;i<=ds;i++)
{   printf("%5d",i);
    if(++md.week==7){ md.week=0;printf("\n");}   /* 超过一周换行打印 */
}
  if(md.week!=0) printf("\n");
    printf(".....................................\n");
}
```

8.7　习题参考答案

一、选择题

1. C　　2. A　　3. C　　4. A　　5. B　　6. A　　7. C　　8. A

二、程序分析题

1. 4321　　2. 2　　3. 4　　4. 100,30,10,101　　5. 32

三、程序填空题

1. （1）：sum+array[i]　　　（2）：average(score)

2. a[i][j]<min

3. （1）：s1[i+j]=s2[j];　　　（2）:'\0 '

4. （1）：float area(float x)；（2）：area(r)；　　（3）:2*PI*x;　　（4）:return x1;

5. a[i+1]=x

四、程序设计题

1. 写一个判断素数的函数，在主函数输入一个整数，输出其是否是素数的信息。

```
#include"math.h"
main( )
{   int n;
    scanf("%d",&n);
    if(prime(n))
        printf("\n %d is prime.",n);
    else
        printf("\n %dis not prime.",n);
}
int prime(int m)
{   int f=1,i,k;
    k=sqrt(m)
    for(i=2;i<=k;i++)
    if(m%i==0)  break;
    if(i>=k+1)f=1;
    else f=0;
    return  f;
}
```

2. 编写函数计算 $1-\dfrac{1}{3}+\dfrac{1}{5}-\dfrac{1}{7}+\cdots+(-1)^n*\dfrac{1}{2n+1}$，用主函数调用它。

```
float fun(int n)
{   int i,f=1;
    float s=0,t;
    for(i=0;i<=n;i++)
    {   t=1.0/(2*i+1)
        s=s+f*t;
        f=-1*f;
    }
    return s;
}
main( )
{   int n;
    scanf("%d",&n);
    printf("%f",fun(n));
}
```

3. 将一个字符串中在另一个字符串中出现的字符删除。

```
main( )
{   void fun(char a[ ],char b[ ]);
    char s1[20]= "I am a boy. ", s2[20]= "You are a boy. ";
    fun(s1,s2);
    printf("\n%s",s1);
}
void fun(char a[ ],char b[ ])
{   int i=0,j=0;
    while(a[i]!= '\0')
    {   while(b[j]!= '\0')
        {if(a[i]== b[j])
            {   for(j=i;a[j]=a[j+1];j++);
                    i--;
                break;
            }
            j++;
        }
        i++;j=0;
    }
}
```

4. 用牛顿迭代法求根。方程为 $ax^3+bx^2+cx+d=0$，系数 a、b、c、d 由主函数输入。求 x 在 1 附近的一个实根。求出根后，由主函数输出。

```
#include"math.h"
float fun(float a, float b, float c, float d)
```

```
{   float x=1,x0,f,f1;
    do
    {   x0=x;
        f=((a*x0+b)*x0+c)*x0+d;
        f1=(3*a*x0+2*b)*x0+c;
        x=x0-f/f1;
    }while(fabs(x-x0)>=1e-5);
    return(x);
}
main( )
{   float a,b,c,d;
    scanf("%f,%f,%f,%f",&a,&b,&c,&d);
    printf("\nX=%10.7f\n",fun(a,b,c,d));
}
```

5. 某班有 5 个学生，3 门课。分别编写 3 个函数实现以下要求。

（1）求各门课的平均分。

（2）找出有两门以上不及格的学生，并输出其学号和不及格课程的成绩。

（3）找出 3 门课平均成绩在 85～90 分的学生，并输出其学号和姓名。

主程序输入 5 个学生的成绩，然后调用上述函数输出结果。

```
#define  SNUM  5
#define  CNUM  3
#include"stdio.h"
#include<conio.h>
void DispScore(char num[][6],char name[][20],float score[][CNUM])
{   int i,j;
    for(i=0;i<SNUM;i++)
    {   printf("%s",num[i]);
        printf("%s",name[i]);
        for(j=0;j<CNUM;j++)
            printf("%8.2f",score[i][j]);
        printf(" ");
    }
}
void CalAver(float score[][CNUM])
{   float sum,aver;
    int i,j;
    for(i=0;i<CNUM;i++)
    {   sum=0;
        for(j=0;j<SNUM;j++)
            sum=sum+score[j][i];
            aver=sum/SNUM;
            printf("Average score of course %d is %8.2f ",i+1,aver);
    }
```

```
    }
void FindNoPass(char num[][6],float score[][CNUM])
{   int i,j,n;
    for(i=0;i<SNUM;i++)
    {   n=0;
        for(j=0;j<CNUM;j++)
        if(score[i][j]<60)
    n++;
    if(n>=2)
    {   printf("%s",num[i]);
        for(j=0;j<CNUM;j++)
            if(score[i][j]<60)
                printf("%8.2f",score[i][j]);
            printf(" ");
        }
    }
}
void FindGoodStud(char num[][6],char name[][20],float score[][CNUM])
{   int i,j,n;
    for(i=0;i<SNUM;i++)
    {   n=0;
        for(j=0;j<CNUM;j++)
        if(score[i][j]>=85&&score[i][j]<=90) n++;
        if(n==3) printf("%s %s ",num[i],name[i]);
    }
}
void main()
{   char num[SNUM][6],name[SNUM][20];
    float score[SNUM][CNUM];
    int i,j;
    for(i=0;i<SNUM;i++)
    {   printf(" Student%d number: ",i+1);
        scanf("%s",num[i]);
        printf(" Student%d name: ",i+1);
        scanf("%s",name[i]);
        printf(" Student%d three scores: ",i+1);
        for(j=0;j<CNUM;j++)
        scanf("%f",&score[i][j]);
}
DispScore(num,name,score);
    CalAver(score);
    FindNoPass(num,score);
    FindGoodStud(num,name,score);
}
```

9.9　习题参考答案

一、选择题

1．B　　2．D　　3．A　　4．C　　5．B　　6．A　　7．C

8．A　　9．C　　10．C　　11．B　　12．B　　13．D

二、程序分析题

1．17　　　　　　　　　2．将输入的 10 个数据逆序输出.

3．3,3,3

4．如果 $p1$ 指向的变量值大于 $p2$ 指向的变量值，则 $p1$、$p2$ 指向的变量值互换

5．GFEDCBA　　　　6．Cdefg　　　　7．7 1

8．name: zhang total=170.000000

　　name: wang total=150.000000

9．x=72 p->x=9　　　　　　　　10．6

三、程序填空题

1．（1）'\0'　　（2）：*ptr++　　　　2．a

3．*ch>='a'&&*ch<='z'　　　　　　4．*str2++=*str1++

5．（1）：max　　（2）：(*p)(a,b)　　6．（1）：'\0'　　　　（2）：n++

7．（1）：8　　（2）：8　　　　　　8．ch==' '

四、程序设计题

1．通过调用函数，将任意 4 个实数按由小到大的顺序输出。

```c
#include "stdio.h"
void swap(float *x,float *y)
{   float z;
    z=*x;  *x=*y;  *y=z;
}
main( )
{   float a,b,c,d;
    scanf("%f%f%f%f",&a,&b,&c,&d);
    if(a>b)
        swap(&a,&b);
    if(a>c)
        swap(&a,&c);
    if(a>d)
        swap(&a,&d);
    if(b>c)
        swap(&b,&c);
    if(b>d)
        swap(&b,&d);
    if(c>d)
        swap(&c,&d);
    printf("After swap: a=%f,b=%f,c=%f,d=%f\n",a,b,c,d);
}
```

2. 编写函数，计算一维数组中最小元素及其下标，数组以指针方式传递。

```
#include "stdio.h"
int minid(int a[],int n)
{   int i;int p=0;
    for (i=1;i<n;i++)
    if(a[i]<a[p])p=i;
    return p;
}
main()
{   int a[8]={15,2,3,-5,9,-3,11,8};
    int p;
    p=minid(a,8);
    printf("min: %d\n",a[p]);
}
```

3. 编写函数，由实参传来字符串，统计字符串中字母、数字、空格和其他字符的个数。在主函数中输入字符串及输出上述结果。

```
#include "stdio.h"
void strnum(char *s,int *pa, int *pn, int *ps, int *pd)
{   *pa=*pn=*ps=*pd=0;
    while(*s!= '\0')
    {   if(*s>='a'&&*s<='z'||*s>='A'&&*s<='Z')
            (*pa)++;
        else if(*s>='0'&&*s<='9')
            (*pn)++;
        else if(*s==' ')
            (*ps)++;
        else
            (*pd)++;
    s++;
    }
}
main ( )
{   char line[81];int a,b,c,d;
    gets(line);
    strnum(line,&a,&b,&c,&d);
    printf("%d,%d,%d,%d\n",a,b,c,d);
}
```

4. 编写函数，把给定的二维数组转置，即行列互换。

```
#include "stdio.h"
main( )
{   void zhuanzhi(int (*p)[4],int n);
```

```
        int a[4][4]={1,2,3,4,5,6,7,8,9,10,11,12,13,14,15,16};
        int i,j;
        zhuanzhi(a,4);
        for(i=0;i<4;i++)
        {    for(j=0;j<4;j++)
                printf("%5d",a[i][j]);
            printf("\n");
        }
}
void zhuanzhi(int (*p)[4],int n)
  { int i,j,t;
    for(i=0;i<n;i++)
    for(j=0;j<i;j++)
    {    t=p[i][j];p[i][j]=p[j][i]; p[j][i]=t;    }
    }
```

5. 编写函数，对输入的 10 个数据进行升序排序。

```
#include "stdio.h"
main()
{    void sort(int *p,int n);
    int a[10];
    int i,j;
    for(i=0;i<10;i++)
        scanf("%d",a+i);
    sort(a,10);
    for(i=0;i<10;i++)
        printf("%5d",a[i]);
    printf("\n");
        }
        void sort(int *p,int n)
        {    int t;
    int i,j,k;
    for(i=0;i<n-1;i++)
    {    k=i;
        for(j=i+1;j<n;j++)
        if(*(p+k)>*(p+j))k=j;
        if(k!=i)
        {t=*(p+i);*(p+i)=*(p+k);*(p+k)=t; }
    }
}
```

6. 编写程序，实现两个字符串的比较，不允许使用字符串比较函数 strcmp()。

```
#include "stdio.h"
main( )
{    char str1[81],str2[81],*p1=str1,*p2=str2;
```

```
    printf("input string str1:");
    gets(str1);
    printf("input string str2:");
    gets(str2);
    while(*p1&&*p2)
        if(*p1==*p2) {p1++;p2++;}
        else break;
    printf("%d\n",*p1-*p2);
}
```

7. 统计一个英文句子中含有英文单词的个数，单词之间用空格隔开。

```
#include "stdio.h"
main( )
{   char str[81],*p=str;
    int num=0,word=0;
    printf("input a string:\n");
    gets(str);
    while(*p)
    {   if(*p==' ') word=0;
        else if(word==0)
        {num++;  word=1;}
        p++;
    }
    printf("num=%d\n",num);
}
```

8. 输入一个字符串，输出每个小写英文字母出现的次数。

```
#include "stdio.h"
main( )
{   char str[81],*p=str;
    int num[26]={0},i;
    printf("input a string:\n");
    gets(str);
    while(*p)
    {   if(*p>='a'&&*p<='z') num[*p-'a']++;
        p++;
    }
    for(i='a';i<='z';i++)
        printf("%3c",i);
    printf("\n");
    for(i=0;i<26;i++)
        printf("%3d",num[i]);
    printf("\n");
}
```

9. 从键盘上输入一个字符串，统计字符串中的字符个数，不允许使用求字符串长度函数 strlen()。

```c
#include "stdio.h"
main()
{   char str[81],*p=str;
    int num=0;
    printf("input a string:\n");
    gets(str);
    while(*p++) num++;
    printf("length=%d\n",num);
}
```

10. 编写程序，输入 5 个职工的编号、姓名、基本工资、职务工资，求出"基本工资＋职务工资"最多的职工（要求用子函数完成），并输出该职工记录。

```c
#include "stdio.h"
struct employee
{   int num;
    char name[20];
    float jbgz;
    float zwgz;
    float sum;
};
main()
{   void sum(struct employee *,int);
    void find(struct employee *,int);
    struct employee a[5]={11,"wang Li",660.0,760.0,0.0,
                          13,"wang Lin",690.0,740.0,0.0,
                          16,"Liu Hua",860.0,760.0,0.0,
                          14,"Zhang Jun",660.0,660.0,0.0,
                          22,"Xu Xia",650.0,760.0,0.0};
    sum(a,5);
    find(a,5);
}
void sum(struct employee *p,int n)
{   int i;
    for(i=0;i<n;i++)
        {   p->sum=p->jbgz+p->zwgz;p++; }
}
    void find(struct employee *p,int n)
    {   struct employee *pmax=p;
        int i;
    for(i=1;i<n;i++)
        if((p+i)->sum>pmax->sum)pmax=p+i;
        printf("%5d%10s%10.2f%10.2f%10.2f\n",pmax->num,pmax->name,pmax
    ->jbgz, pmax->zwgz,pmax->sum);
}
```

10.4 习题参考答案

一、选择题

1. D 　2. B 　3. B 　4. A 　5. A

二、程序分析题

1. Basican 　　2. knahT

三、程序填空题

1. （1）：(fp=fopen("file.txt","w")) 　　　　（2）：fclose（fp）;

2. （1）：fopen(fname, "w")) 　　　　　　　（2）：ch

3. fclose(fp2)

4. (fp=fopen("f1,dat","r"))

四、程序设计题

1. 用户由键盘输入一个文件名，然后输入一串字符（用#结束输入），将其存放到此文件并将字符的个数写到文件尾部。

```
#include"stdio.h"
main( )
{       FILE  *fp;
        char  ch,fname[32];
        int   count=0;
        printf("Input the filename :");
        scanf("%s",fname);
        if((fp=fopen(fname ,"w+"))==NULL)
        { printf("Can't open file:%s \n",fname); exit(0);}
        printf("Enter data:\n");
        while((ch=getchar())!="#")
        { fputc(ch,fp);
            count++;
        }
        fprintf( fp,"\n%d\n", count);
        fclose(fp);
}
```

2. 有 5 个学生，每个学生有 3 门课的成绩，从键盘输入以上数据（包括学号、姓名、3 门课成绩），计算出平均成绩，将原有数据和计算出的平均分数存放在磁盘文件 score.txt 中。

```
#include "stdio.h"
struct  student
{    char name[10];
     int s[3];
     float ave;
```

```
};
main( )
{   int i;
    struct student st[5];
    FILE *fp;
    if((fp=fopen("score.txt","w"))==NULL)
    {   printf("cannot open file\n");
        exit(0);
    }
    for(i=0;i<5; i++)
    {   scanf("%s %d %d %d\n",st[i].name,st[i].s[0],st[i].s[1],st[i].
    s[2]);
        st[i].ave=(st[i].s[0]+st[i].s[1]+st[i].s[2])/3;
        fprintf(fp, "%s %d %d %d\n", st[i].name,st[i].s[0],st[i].s[1],st[i].
        s[2])
    }
    fclose(fp);
}
```